Carola Clasen

Eifelmadonna

KBV

Originalausgabe

www.kbv-verlag.de
E-Mail: info@kbv-verlag.de
Telefon: 0 65 93 - 998 96-0
Fax: 0 65 93 - 998 96-20
Umschlaggestaltung: Ralf Kramp
unter Verwendung von: © zwiebackesser und
© Dmitriy Lesnyak - www.fotolia.de
Lektorat: Volker Maria Neumann, Köln
Druck: CPI books, Ebner & Spiegel GmbH, Ulm
Printed in Germany
ISBN 978-3-95441-360-7

Nicht zu wissen, wonach man sucht,
kann die Suche ungemein erschweren.
Haruki Murakami

Prolog

13. Mai 1995

Die Muttergottes der Blühenden Lilien!«, ruft Großmutter und zerrt Anna hinter sich her, über den Mittelgang der kleinen Wallfahrtskirche St. Gertrud von Barweiler zum Altar. Ihre Schritte hallen auf dem Steinfußboden. Ein schwaches Licht fällt durch die Buntglasfenster. Der Duft nach Kerzen und Weihrauch schwebt im Gewölbe.

Großmutter fällt vor dem Altar auf die Knie und zieht Anna zu sich heran. Über Kerzen und frische, weiße Lilien hinweg blicken sie auf zu einem dunklen, goldverzierten Altargewölbe, in dem eine Marienfigur in goldenem Kleid und blauem Umhang steht. Auf dem linken Arm trägt sie das nackte Jesuskind, in der rechten Hand eine Lilie aus Holz oder Stein. Beide tragen goldene Kronen. Der Duft der Lilien ist betörend und das Gold leuchtet.

Anna ist noch nie hier gewesen.

Großmutter zupft an Annas Ärmel. »Im Sommer des Jahres 1726«, flüstert sie, und ihre kleinen, dunklen Augen glühen vor Begeisterung, »also vor fast 300 Jahren, da steckten die Mädchen aus dem Ort der Muttergottes eine frische Lilie in die rechte, freie Hand, ließen sie dort stecken und verdorren. Im September des gleichen Jahres, an Mariä Geburt, begann die Lilie plötzlich wieder zu blühen. 15 Knospen an einem einzigen Stängel.«

Anna glaubt ihrer Großmutter jedes Wort, sie ersetzt ihr Vater und Mutter.

»Es war ein Wunder!«

»Ein Wunder«, wiederholt Anna ergriffen. Und sie wünscht sich, es würde noch einmal geschehen. Jetzt.

Aber Maria blickt nur lächelnd auf sie hinab.

Erst im Traum kommt das Wunder zu Anna. Sie ist in einem Wald unterwegs – ganz allein –, und der Mond scheint durch die Wipfel der Bäume. Sie ist hungrig, müde, voller Angst und hat sich verlaufen. An einer Wegkreuzung, als sie nicht weiß, wohin sie sich wenden soll, taucht SIE plötzlich auf. Eine leibhaftige Maria – in einem hellblauen, langen Gewand über einem weißen Kleid, einem lieblichen Gesicht, umgeben von goldenem Licht. In ihren schmalen Händen hält sie eine weiße Lilie, an der sich 15 Knospen langsam öffnen.

Mit sanfter Stimme spricht sie: »Folge mir, Anna!«

Und Anna folgt ihr, wird aus dem Wald hinaus bis zu einer Kapelle auf einem Hügel geführt. Das Tor steht offen. Eine Stimme singt ein Lied. Maria führt sie über den Mittelgang zum Altar.

»Knie nieder, Anna!« Sie legt ihr eine Hand auf den Scheitel.

Anna senkt den Kopf. Ihr wird schwindelig, und sie hat das Gefühl zu schweben. Dann hört sie die Stimme wieder.

»Anna! Suche nicht mehr, denn du hast schon gefunden.«

Als sie den Kopf hebt, trägt die hellblaue Marienfigur auf dem Altar eine weiße Lilie in ihren Händen. Die Knospen sind voll erblüht, und ein betörender Duft umweht sie. Anna blickt sich um, sie ist allein. Maria, die sie hergeführt hat, ist verschmolzen mit der Maria auf dem Altar – und aufgestiegen.

Lächelnd blickt Maria auf Anna hinab und sagt: »Du bist die Braut des Herrn, Anna.«

Von da ab weiß Anna, was sie werden will. Sie trägt das Geheimnis tief in sich verschlossen, es macht sie froh und zuversichtlich, und dennoch wünscht sie sich nichts sehnlicher, als jemanden zu finden, dem sie sich anvertrauen kann.

Ein Jahr später ist sie 14 Jahre alt und auf einer Jugendfreizeit auf der Insel Ameland – zusammen mit einer weiteren Jugendgruppe aus einer anderen Pfarrgemeinde. Einer der Betreuer heißt Jonas. Er ist Pastoralreferent, hat ein weiches, liebevolles Gesicht und hellblaue Augen, die leuchten, als wären sie durchsichtig.

Die beiden Wochen sind fast zu Ende. Es ist ein besonderer Moment. Alle sind am Strand. Anna hat eine fiebrige Erkältung und muss zurückbleiben. Jonas bietet an, bei ihr zu bleiben, um sie zu pflegen. Er sitzt auf einem Hocker an ihrer Campingliege. Er kocht Tee für Anna und legt ihr einen kalten Waschlappen auf die Stirn. Er liest ihr etwas vor und singt und betet leise, wenn er denkt, sie schlafe.

»Hast du Sorgen, Anna?«, fragt er sie, als sie die Augen aufschlägt. »Du kannst mir alles sagen. Es bleibt unter uns.« Er steht auf, setzt sich an ihre Bettkante und legt seine Hand auf ihren Arm. »Ich sehe doch, dass dich etwas bedrückt, meine Liebe.«

Ihre Kehle ist wie zugeschnürt. Sie fürchtet, dass er ihr Geheimnis schon entdeckt haben könnte.

Er beugt sich zu ihr herab, kommt ihrem Gesicht so nah, dass sie seinen Atem spürt. »Nun?«

»Ich möchte Nonne werden«, sagt Anna leise – so leise, dass sie hofft, er würde es nicht hören können.

Da geht ein Strahlen über sein Gesicht. Er legt beide Hände um ihre heißen Wangen. »Aber das ist doch wundervoll, Anna. Ich habe gleich gesehen, dass du etwas Besonderes bist.«

Stockend erzählt sie ihm von ihrem Traum.

Als sie geendet hat, nimmt er ihre schweißnassen Hände in seine und faltet sie zum Gebet. »Du musst dieser Stimme folgen, Anna«, sagt er. »Nur wenige sind auserwählt.«

Anna hält den Atem an.

Er weist sie nicht zurück. Er lacht sie nicht aus. Er nennt sie nicht ein dummes, verrücktes Mädchen. Er beugt seinen Kopf und sagt: »Du bist es, Anna.«

Heiß und kalt wird ihr.

»Lass uns beten, Anna!«, fordert er sie auf, und sie beten gemeinsam.

Aber plötzlich zieht sich seine Stirn sorgenvoll zusammen.

»Was ist?«, fragt sie aufgelöst. Was hat sie verkehrt gemacht?

»Es ist so«, beginnt er, als müsste er ihr etwas schonend beibringen. »Du weißt, dass die Kirche prüfen muss, ob du würdig bist.«

Sie nickt aufgeregt, ohne zu wissen, was er meint. Ein Zittern durchläuft ihren Körper.

»Die Kirche muss prüfen, ob du nicht unrein bist.«

Wieder verständnisloses Nicken. Sie wird alles tun, was er will.

»Ich kann verstehen, wenn du Angst davor hast.«

Annas Mund ist wie ausgetrocknet. Sie hat große Angst davor, nicht würdig zu sein. Sie hat keine Angst vor Jonas.

»Möchtest du, dass ich das mache?«

Ihr Nicken ist so heftig, dass ihr ein Schweißtropfen aus den vom Fieber verklebten Haaren rinnt.

»Gut«, sagt er.

1. Kapitel

Genau zwanzig Jahre später, am frühen Nachmittag des 13. Mai, hielt ein Auto vor dem Forsthaus am Ende der Stromleitung in der kleinen Ortschaft Wolfgarten mitten im Nationalpark Eifel. Als ein Mann in einer blauen Weste ausstieg und versuchte, einen Briefumschlag im rostigen Briefkasten am Jägerzaun unterzubringen, winkte Frieda Stein ihm vom Fenster aus zu und lief zu ihm hinaus.

»Besser, Sie geben mir den Brief, die Klappe klemmt nämlich.«

»Verstehe. Sind Sie denn Hauptkommissarin Sonja Senger?«

»Na, wer denn sonst?«, behauptete Frieda mit einem Lächeln und rechnete fest damit, dass ihre Lüge sofort entlarvt würde.

Aber der Briefträger schien entweder neu zu sein, oder er interessierte sich nicht für seine Kundschaft, denn er reichte Frieda anstandslos den Umschlag. »Frohe Pfingsten!«, rief er, ehe er wieder in sein Auto stieg.

»Auch so.« Frieda drückte die Haustüre fest hinter sich zu, während sie den Umschlag in Augenschein nahm: Handschrift, Großbuchstaben, Druckschrift, schwarz, kein Absender. Die Briefmarke erinnerte an das 350-jährige Bestehen der Kieler Universität. Der Stempel war so blass, dass weder das Briefzentrum noch das Datum zu entziffern waren. Es war nicht nur die weibliche Neugier, die Frieda antrieb. Obwohl sie noch nicht lange Kommissarin war, gehörte ein kritisch-aufmerksames Betrachten aller Dinge schon zu ihren Gewohnheiten. Aber dieser Brief war eine Enttäuschung, Frieda warf ihn vor die Pfoten des Katers West, der auf dem Esstisch thronte. »Für dein Frauchen.«

West beroch ihn prüfend, befand ihn für nicht essbar und wandte sich wieder seinem Innenleben zu. Er schloss die Augen und ließ sich weiter von den Sonnenstrahlen wärmen, die durch das Fenster auf den Tisch fielen.

Ratlos blickte Frieda in dem Durcheinander umher, das sich seit zehn Tagen, ihrem Dienstantritt als Haushüterin, wie von selbst in dem kleinen Forsthaus angesiedelt hatte. Sonja Senger fehlte an allen Ecken und Enden, ohne sie war einfach keine Gemütlichkeit zu schaffen.

Kriminalhauptkommissarin a. D. Sonja Senger war Friedas Vorgängerin in der Mordkommission der Polizeibehörde in Euskirchen, und im Laufe der letzten beiden Jahre waren die beiden Frauen so etwas wie Freundinnen geworden. Ein nur auf den ersten Blick ungleiches Paar. Sonja Senger war unfreiwillig pensioniert, Frieda stand als ihre Nachfolgerin am Anfang ihrer Polizeikarriere. Sonja war mit den Jahren kleiner und runder, grauhaarig und müder geworden, Frieda überragte sie, war schlank, trug ihre schwarzen Haare kurzgeschnitten, war taff und lebte für ihre Arbeit. Dennoch hatten sie einander viel zu geben. Frieda stellte Sonjas letzte Verbindung zur Mordkommission dar, und Frieda profitierte ihrerseits von Sonjas langjähriger Erfahrung als Kriminalkommissarin. Mehrere Fälle hatte Frieda mit Sonjas Hilfe bereits lösen können. Außerdem warf Frieda handwerkliches Geschick in die Waagschale, das im Forsthaus dringend benötigt wurde. Sonja hätte Friedas Mutter sein können, war aber alles andere als mütterlich. Und das war gut so.

Plötzlich und unerwartet hatte Sonja Senger sich entschlossen zu verreisen. Und Frieda hütete nun das Forsthaus und den Kater.

Es lag nicht an der Unordnung und nicht daran, dass Frieda noch keine Struktur in ihr vorübergehendes Domizil hatte bringen können. Sonja Sengers Schränke waren voll, übervoll, sodass Frieda nichts anderes übrig blieb, als ihre Habseligkeiten offen zu lagern. Sie vermied es, für jede Kleinigkeit ins Dachgeschoss zu klettern, sondern begab sich dorthin nur zum Schlafen. Ihr Koffer blieb unten, aufgeklappt neben dem Ohrensessel. Er war vollständig durchwühlt.

Das Cello, ein Leihinstrument der Musikschule Euskirchen, lehnte auf seinem Stachel in einer Zimmerecke. Das dunkle Holz schimmerte glänzend. Die gefütterte Hülle für den Transport, der Bogen und ein Notenheft

Cellospielen leicht gemacht, Band 1 lagen auf der Fensterbank. Der Notenständer musste stets zusammengeklappt sein, weil der Kater ihn sonst als Turngerät benutzte. Seit einem halben Jahr nahm Frieda Unterricht. Cellospielen war ein lang gehegter Wunsch, den sie sich endlich erfüllte – entgegen allen Ratschlägen, denn ihr linkes Ohr war nach einem Sportunfall während ihrer Ausbildung fast ohne Funktion. Es hieß, sie sei unmusikalisch. Aber Frieda liebte es, das lange Griffbrett in der Hand zu halten und über den bauchigen Körper zu streichen. Und wenn es ihr gelang, dem Instrument einen warmen, vollen und richtigen Ton zu entlocken, hatte sie das Gefühl, ein Wunder vollbracht zu haben.

Offiziell wusste niemand von diesem künstlerischen Experiment. Außer Sonja Senger. Kommentare jeder Art wollte Frieda sich gern ersparen. Natürlich konnte es auch ihren Nachbarn in Euskirchen nicht entgangen sein. Der selbst ernannte Hausmeister für den kurzen Abschnitt der Reinaldstraße, der jenseits der Theodor-Nießen-Straße lag, hatte sie bereits mehrfach auf die Einhaltung der Ruhezeiten aufmerksam gemacht.

Über den Essstühlen hingen ihre abgelegten Kleidungsstücke, schwarz das eine wie das andere. In einem Plastiksack verbarg sich Schmutzwäsche, und auf dem Esstisch stapelten sich Papiere, Stifte, zwei Aktenordner, Notebook, Stick, CDs und Ladegerät. Ein weißes Stromkabel schlängelte sich nach irgendwo, zumeist hockte West mittendrin. Und nun lag auch der Brief für Sonja Senger dort.

Frieda setzte sich zu West, klappte ihr Notebook auf, klickte auf ihren Browser, obwohl sie wusste, was geschehen würde. Das WLAN konnte keine Verbindung zum Internet herstellen. Das Smartphone war ebenso wenig dazu in der Lage. Die Sendemasten waren einfach zu schwach. Keine Anrufe, keine Mails. Frieda seufzte. Das schnelle Internet auf dem Lande war und blieb ein Traum, den die Telekom aus unerfindlichen Gründen nicht erfüllen konnte – oder wollte sie es nicht?

Frieda trat an die Spüle, wo sich das schmutzige Geschirr der letzten Tage türmte. Sie ließ heißes Wasser ins Becken, gab einen Spritzer Spülmittel hinzu und tauchte zwei Kaffeebecher unter, während sie über das einfache Landleben philosophierte. Ein Leben, das nichts für sie war. Noch nicht. Vielleicht später einmal, wenn sie müde und satt von der Hast und dem Lärm der Stadt geworden war. Wenn das Alleinsein ihr mehr zu bieten hatte als Einsamkeit, wenn Stille sie erfüllte, anstatt sie zu bedrohen.

Das leise, aber beständige Gegacker der Hühner, die ein Tierfreund nebenan in einem blauen Bauwagen mit kleiner Auslauffläche hielt, die wenigen Worte mit dem Briefträger – man wurde genügsam auf dem Land. Ab und an erspähte Frieda jenseits der Löwenzahn- und Butterblumenwiese einen Spaziergänger, Förster, Waldarbeiter oder Bauern, einmal glaubte sie sogar, die berühmte »Weiße Frau« am Waldrand vorüberhuschen zu sehen. Man wurde zum Landneurotiker. Frieda räumte das Geschirr weg, hängte das nasse Handtuch auf, ließ sich wieder am Tisch nieder und zog einen der beiden Aktenordner zu sich heran.

Sie vermisste Sonja.

Die gemeinsamen Gespräche – im letzten Winter am grünen Kachelofen, bei gutem Wetter draußen auf der alten Ofenbank, die Streifzüge bis hinunter nach Gemünd, um dort im Brauhaus ein Bier zu trinken, ein Eis zu essen oder die Auslagen in den Geschäften zu betrachten und sich über den Retro-Chic zu amüsieren. Frieda vermisste es, Sonja neben sich zu wissen, wenn sie Cello übte, und aus den Augenwinkeln ihr zustimmendes Lächeln wahrzunehmen, wenn sie sich verspielte, und den kleinen Applaus, wenn sie eine Etüde ohne Patzer zu Ende brachte.

Frieda begann, die letzten Vermerke im Aktenordner noch einmal zu lesen und nach Eingang und Bearbeitung in ihrer Dienststelle zu sortieren. Es handelte sich um die Berichte und Protokolle zu einem Todesfall, der nicht eindeutig zu klären war. Frieda war auf der Suche nach der Stecknadel im Heuhaufen, dem entscheidenden Widerspruch zwischen der Aussage des Sohnes der alten Dame, die in ihrem Bett gestorben war, den Befunden des Rechtsmediziners und der Spurensicherung. Der Sohn hatte sich im Verhör seltsam unberührt vom Tod seiner Mutter gezeigt. Ein möglicher Hinweis auf eine Verstrickung, wie es Frieda schien. Obwohl sie selbst kein gutes Verhältnis zu ihrer Mutter hatte – zu ihrem Vater freilich auch nicht – würde deren Tod ihr Leben aus den Angeln heben.

Des Katers Schnurren, ab und an das Knacken eines Dachbalkens oder einer Holzdiele, das Rascheln der Papiere und das Kratzen des Stiftes waren die einzigen Geräusche im Forsthaus. Frieda bemerkte nicht, wie die Zeit verging. Erst als es zu dunkel wurde, um die kleingedruckten und vielfach kopierten Berichte lesen und sich Notizen machen zu können und die Wohnküche nur vom bläulichen Licht des Bildschirms erleuchtet wurde, blickte sie auf und aus dem Fenster.

Der Abend eines ungewöhnlich warmen Maitages war über Wolfgarten hereingebrochen. Die Blumenwiese wurde ganz allmählich in ein blau-graues Licht getaucht, dünne Nebelschwaden hingen über den dunklen Waldrändern. Ein Mond war nicht auszumachen. Weder als Sichel noch als Ball. Weder abnehmend noch zunehmend. In keiner Form.

Es war kurz nach 22 Uhr, und Frieda hatte noch keinen neuen Hinweis entdeckt, der es ihr erlaubte, den Sohn der Toten noch einmal zu befragen. Enttäuscht klappte sie den Aktenordner zu und merkte, dass sie fror.

Sie machte sich einen grünen Tee und zog ihre schwarze Strickjacke über. Und dann funktionierte das WLAN plötzlich wieder. Reine Willkür der Telekom? Erleichtert rief Frieda ihr Mailprogramm auf. Das gurgelnde Geräusch des Rechners war vielversprechend. Das Ergebnis waren vier neue Mails. Keine von Sonja Senger, leider. Auch wenn das so abgemacht war, hatte Frieda heimlich gehofft, dass Sonja sich nicht daran halten würde. Eine Mail stammte von Friedas Mutter, die hatte Zeit. Zwei kamen von ihrer Dienststelle.

In der Sekunde, in der Frieda die erste Dienst-Mail öffnen wollte, sprang West wie von einem Pfeil getroffen auf und stob mit einem Hechtsprung und einem Aufschrei davon. Frieda blickte ihm verdutzt nach, als plötzlich ein ohrenbetäubender Knall die Stille zerriss.

Mit ihm flogen ihr Glassplitter wie spitze Geschosse um die Ohren, sie fuhr zurück, ihr Kopf schlug in den Nacken, sie verlor das Gleichgewicht und kippte hinterrücks vom Stuhl.

Ein zweiter Donnerschlag.

Als dessen Echo verhallt war und kein weiterer folgte, rollte Frieda mit angezogenen Knien zur Seite, rappelte sich auf und linste vorsichtig über die Tischplatte, die von winzigen Glassplittern übersät war. Die mittlere Scheibe eines der Sprossenfenster gegenüber ihrem Sitzplatz war zersprungen. Am Fensterrahmen ragten spitze Scherbenreste einem kreisrunden Loch entgegen. Die Nacht hatte das Fester in einen dunklen Spiegel verwandelt, in dem Frieda sich sah.

Schüsse! Das konnten nur Schüsse gewesen sein. So zielgerichtet und punktgenau auf ein kleines Fenster, das konnte kein anderes Geschoss leisten. Mit der Sensibilität eines Seismographen hatte der Kater die Gefahr rechtzeitig wahrgenommen und sich in Sicherheit gebracht. Wo steckte er jetzt? War er verletzt?

Friedas nächste Sorge galt ihrem geliebten Cello. Aber das stand unversehrt in der Zimmerecke. Es hatte keinen Ton von sich gegeben. Erleichtert schob Frieda ihr Smartphone in die Jackentasche, kroch auf Knien durch die Glassplitter zu ihrem Koffer, in dessen Seitentasche sie ihre Pistole verwahrte. Sie steckte sie in den Hosenbund und robbte in den Flur.

Die Haustür stand halb offen. Diese verdammte Tür! Deren Schloss klemmte und die man von außen nur öffnen konnte, wenn man sich dreimal dagegen warf. Wie oft hatte sie Sonja bedrängt, das Schloss zu reparieren

– so lange, bis Sonja einige Wochen zuvor endlich ein Zugeständnis gemacht hatte. Ein Pyrrhus-Sieg. Frieda durfte innen einen Riegel anbringen.

Innen, fluchte Frieda jetzt, was nichts nutzte, wenn man das Haus verließ oder vergaß ihn vorzuschieben, nachdem man es betreten hatte. So wie es vorhin geschehen sein musste, als sie mit dem Brief an Sonja beschäftigt war.

War der Täter jetzt im Haus? Frieda stellte das Atmen ein und horchte. Nichts! Nichts? War es nur das alte Forsthaus, das seine üblichen asthmatischen Geräusche von sich gab? Oder war es ein menschliches Wesen, das den Atem nicht anhalten konnte?

Wohnküche, Abstellraum, Schlafzimmer und Bad. Mehr Verstecke gab es nicht im Erdgeschoss. Die Wohnküche entfiel. Der Abstellraum auch, er war bis auf den letzten Kubikzentimeter voller Gerümpel. Niemand konnte ihn geräuschlos betreten.

Frieda blieb auf Knien, während sie den Kopf vorsichtig aus der Haustür hinausstreckte. Drüben im Dorf leuchteten die Straßenlaternen wie Glühwürmchen. Nebenan im Hühnerwagen herrschte ängstliche Ruhe. In der Luft hingen Dunkelheit, feuchte Kälte und eine völlige Stille wie auf der Rückseite des Mondes. Nichts und niemand war zu sehen. Das Gartentor war verschlossen. Als wäre alles nur ein Ausschnitt aus einem Film in ihrem Kopf gewesen. Cut. Die Szene war im Kasten.

Und dennoch hatte sie das Gefühl, dass sie jemand aus der Ferne beobachtete. Eine Zielscheibe in der offenen Haustür zu sein, war keine gute Idee. Frieda zog sich zurück, drückte die Tür zu, schob den Eisenriegel vor und lehnte sich mit dem Rücken an das Türblatt. Sie stieß die Luft aus, die sie viel zu lange angehalten hatte, und merkte, wie ihr schwarz vor Augen wurde. Ihr Herz klopfte unregelmäßig. Ihre Knie zitterten. Ihre Hände waren eiskalt. Der Tinnitus in ihrem linken Ohr, der lange geschwiegen hatte, machte sich mit einem eindringlichen Ton bemerkbar.

Friedas Blicke wanderten jede einzelne der zwölf Stufen der Treppe hinauf und wieder hinab. Durch das Dachfenster fiel ein schwaches Licht auf die oberen Stufen.

Sie zog die Pistole aus dem Hosenbund, entsicherte sie, nahm sie in die rechte Hand und erhob sich langsam. Auf Zehenspitzen kletterte sie die Stiege hinauf, schob sich an der Wand entlang, wollte es nur bis zur ersten Tür schaffen. Es schienen ihr hundert Stufen zu sein, bis sie sich endlich im fensterlosen Bad einschließen konnte. Sie machte Licht und legte die Pistole auf die Ablage.

Jetzt entdeckte sie Blutspuren an beiden Innenflächen ihrer Hände, zwischen den Fingern, auf den Knien ihrer schwarzen Jeans. Im Spiegel blickte ihr ein hochrotes, aufgelöstes Gesicht entgegen, blutige Schrammen zogen sich über Stirn und Nase. Glassplitter funkelten in ihrem schwarzen Haar und zwischen den Fäden ihrer Strickjacke.

Sah so eine taffe Kommissarin aus? Eine Kommissarin, der eine glorreiche Karriere bevorstand, ausgezeichnet für ihren Mut und ihre Unerschrockenheit? Eine, die Leib und Leben riskierte, um den Täter zu fangen?

Nein, so sah eine komplette Versagerin aus. Eine, die vor Angst schlotterte, eine, die nicht mehr aus noch ein wusste, die alle Regeln der Polizeiarbeit vergessen hatte und zu einem Häufchen Elend geworden war. Nur wegen zweier Schüsse in der Nacht.

Vorsichtig wusch sie sich die Hände und trocknete sie ab. Sie setzte sich auf den WC-Deckel, fingerte ihr Smartphone aus der schwarzen Jacke und wählte die gespeicherte Nummer ihres Kollegen Brummer.

Kein Netz.

2. Kapitel

In Zülpich hatte Hauptkommissar Klaus Brummer das Pfingstwochenende eingeläutet und es sich an seinem Spieltisch, den er auf einem Flohmarkt erstanden hatte, gemütlich gemacht. Die Einladung zu einer Geburtstagsfeier eines Kollegen hatte er mit einer fadenscheinigen Begründung abgelehnt. Er hatte sich ein Glas Rotwein eingeschenkt und damit begonnen, die Reihen einer Bismarck-Patience zu legen. Im Hintergrund lief *China Girl* von David Bowie, dessen Tod im Januar Brummer tief getroffen hatte und dessen Songs er seitdem rauf und runter hörte. 2016 schien sich zum Sterbejahr der Altstars zu entwickeln. Auf Bowie folgten bis heute Glenn Fey von den Eagles, Paul Kantner von Jefferson Airplane, Keith Emerson, Roger Cicero und Prince. Brummer wollte sich nicht vorstellen, wer sonst noch in diesem Jahr das Zeitliche segnen würde.

Parallel zu *China Girl* brachte der Fernseher eine Sendung über die aktuelle Flüchtlingssituation in Deutschland. Die Eifel-Ausgabe des *Kölner Stadt-Anzeiger* lag griffbereit auf dem Fußboden. Ein kleiner Snack aus Fleischsalat, Mini-Frikadellen und einer Handvoll Cherry-Tomaten stand in Reichweite auf einem herangezogenen Küchenstuhl. Nicht wieder aufstehen zu müssen, das war das Ziel. Höchstens um ins Bett zu gehen. Brummer liebte diese multimediale Art der Rundumversorgung am Feierabend. So fühlte er sich aufgehoben.

Er hatte erst zweimal am Wein genippt und legte gerade eine Kreuz-Dame auf den König, da klingelte sein Telefon. Ein Blick aufs Display. 23.15 Uhr! Frieda Stein! Die hatte ihm noch gefehlt. Er ließ es klingeln, stellte sich taub, griff aber im letzten Moment doch zum Hörer.

»Feierabend«, brummte er.

»Komm her, Neugebauer auch. Sofort!«, zischte eine Stimme.

»Frieda?«

»Schnell!«

»Was redest du so komisch?«

»Kommt ins Forsthaus!«

»Ins Forsthaus?«, fragte er mit einem Blick auf das komplizierte Tableau der Karten, das vor ihm lag. »Und Sonja Senger?«

»Die ist nicht da.«

»Wieso nicht?«

»Bitte kommt! Schnell. Ganz schnell! Jemand von da draußen hat versucht mich zu erschießen.«

Brummer erstarrte. »Bist du verletzt?«

»Zwei Mal hat er geschossen.«

»Soll ich nicht besser den Krankenwagen schicken?«

»Ich bin in Ordnung. Aber du und Neugebauer, bitte …«

»Ganz ruhig. Reg dich nicht auf. Ich rufe die Kollegen in Schleiden an, die sind schneller bei dir als ich und dann …«

»Nein!«, zischte Frieda. »Du und Neugebauer, schnell!«

»OK«, seufzte Brummer. Wenn Frieda sich etwas in den Kopf gesetzt hatte, war nichts mehr zu machen. Darin glich sie ihrer Vorgängerin aufs Haar. Oder war das ein Frauenproblem? »Wir kommen.«

Da hatte Frieda das Gespräch längst beendet.

Kollege Achim Neugebauer gelang es in seinem kleinen Reihenhaus in Mechernich besser, das Telefonklingeln zu ignorieren und sich seinen ruhigen Abend nicht verderben zu lassen. Brummer hinterließ ihm eine Nachricht auf dem AB, die ihm zu denken geben würde.

Daraufhin rief Brummer die Polizei Schleiden zu Hilfe. Nicht nur, weil der Ort Wolfgarten in deren Zuständigkeitsbereich fiel und die beiden Behörden recht gut zusammenarbeiteten, sondern vor allem, weil es dort Matteo Grassi gab, einen Kollegen, dessen private Handynummer Brummer eingespeichert hatte. Grassi war der Typ Polizist, der immer Bereitschaft zu haben schien.

Grassi zögerte keinen Augenblick. Gehört hatte er vom Forsthaus am Ende der Stromleitung und seiner in Polizeikreisen berühmt-berüchtigten Bewohnerin schon viel, gesehen hatte er beide noch nicht. Jetzt war der Moment gekommen.

»Gib in dein Navi Ziegenbendgesweg ein«, riet Brummer, »und fahre ihn bis zum Ende durch. Es ist das letzte Haus. Da ist sonst weiter nichts.«

»Bin schon unterwegs«, sagte Grassi.

Brummers nächster Anruf galt den Kollegen der KTU in der Mordkommission Bonn. Dort machten sich sofort zwei Kollegen auf den Weg.

Mit wehmütigem Blick legte er den Talon verdeckt auf den Tisch, ließ seine Rundumversorgung im Stich und zwängte sich in seine Lederjacke, obwohl es ein lauer Abend war. Aber ohne diese Jacke kam er sich nicht angezogen vor. Wenn er gleich zurückkam, würde er genau dort weitermachen, wo er aufgehört hatte. Länger als zwei Stunden konnte das Ganze wohl kaum dauern. Vermutlich war Frieda das Opfer eines Irrläufers geworden, den ein Jäger ins Universum abgesetzt hatte.

Erst ein halbes Jahr zuvor war am Ortsrand von Wielspütz ein Paar in aller Frühe aus den Federn gerissen worden, weil ein Schuss die Stille und Behaglichkeit des Schlafzimmers zerrissen hatte. Das war besonders brisant gewesen, weil das Kind des Paares, noch ein Säugling, im gleichen Zimmer geschlafen hatte, am Fußende des Elternbettes, und das Projektil in das Gitterbett eingeschlagen war. Alle, auch das Kind, kamen mit einem Schrecken davon. Auch hier kam am Ende aller Ermittlungen keine andere Lösung infrage als ein Irrläufer. Die Ballistiker kamen zu dem Schluss, dass das Geschoss, ein Teilmantelgeschoss wie es für Jagdgewehre benutzt wurde, aus großer Entfernung abgegeben worden sein musste und es sich damit um keine gezielte Aktion gehandelt haben konnte. So war er auch heute vermutlich wegen eines unfähigen Jägers aus seinem Feierabend gerissen worden.

Wütend trat Brummer aufs Gaspedal. Um diese Uhrzeit war wenig Verkehr, und er konnte schnell fahren, viel zu schnell. Er war erstaunt, als er schon das Ortsschild *Vlatten* und kurz darauf den Hinweis *Heimbach* hinter sich ließ. Auf dem langen, geraden Straßenverlauf zwischen Düttling und dem Abzweig nach Wolfgarten fragte er sich mit wachsendem Unmut, was Frieda Stein wohl ganz allein in Sonja Sengers Forsthaus zu schaffen habe, anstatt in ihrer Wohnung in Euskirchen zu sein. Was war da nur wieder los? Er hatte keinen Zweifel daran, dass Sonja wieder irgendetwas angezettelt hatte, vermutlich aus reiner Langeweile, weil sie mit ihrem Pensionärsleben nicht zurechtkam. Immer hatte man Probleme mit dieser Frau. Er war nicht eben traurig gewesen, als sie endlich in Pension gegangen war, und er hatte gehofft, nun nie wieder ins Forsthaus am Ende der Stromleitung fahren zu müssen.

»Denkste«, murmelte er in die Dunkelheit hinein.

Am Ortseingang von Wolfgarten blinkte die Tankleuchte auf.

»Auch das noch«, fluchte Brummer. Tankstellen waren in der Eifel so selten wie wilde Orchideen. Und wenn es doch eine gab, so hatte sie um diese Uhrzeit mit Sicherheit längst dicht gemacht. Eines nach dem anderen, sagte er sich. Mann musste Prioritäten setzen. Erst Frieda, dann das Benzin.

Um 0.05 Uhr rollte sein Wagen mit ausgeschalteten Scheinwerfern die letzten Meter über den Ziegenbendgesweg, rumpelte an einem Bauwagen vorbei, in dem sich Hühner mit Geflatter und Geschrei beschwerten, und kam hinter dem Auto des Schleidener Kollegen zum Stehen, der aus spurentechnischen Gründen einen sorgsamen Abstand zum Forsthaus hielt. Kollege Grassi saß noch hinter dem Steuer. Sein dunkler Lockenkopf war unverkennbar.

Brummer gab ihm durch die Windschutzscheibe ein Zeichen, woraufhin sich beide Fahrertüren mit leisem Klacken öffneten. Die Kommissare streiften Plastiküberzieher über ihre Schuhe und Einmalhandschuhe über die Hände, stiegen aus und ließen das Licht ihrer Taschenlampen über den vermeintlichen Tatort wandern. Friedas Auto stand vor dem Jägerzaun. Sonjas Auto fehlte. Das Forsthaus sah unbewohnt aus, nur oben hinter eine Dachluke brannte Licht.

Stille lag über dem Gelände. Hatte sich die Situation seit Friedas Anruf geändert? Der lag fast eine Stunde zurück. Seitdem hatte Brummer nichts mehr von ihr gehört.

Er wählte erneut ihre Telefonnummer. Die Verbindung baute sich zögerlich auf, als er ein Motorengeräusch wahrnahm. Scheinwerfer tauchten die Szene in ein weißes Licht. Es war der helle Transporter der Spurensicherung aus Bonn. Er kam neben Brummer zum Stehen, als er eine Stimme im Telefon hörte. Eine Mischung aus Schreien und Weinen.

»Frieda?«

»Wo bleibst du denn?«

»Wir sind hier. Die KTU kommt auch gerade.«

Stille, dann: »Danke.«

»Wo bist du?«

»Oben. Im Badezimmer.«

»Bleib dort, bis wir grünes Licht geben.«

»Ich muss euch die Tür aufmachen.«

»Wieso? Bisher reichte es, sich dreimal …«

»Ich habe innen einen Riegel angebracht. Oder ihr müsst durchs Fenster, aber …«

Er drückte das Gespräch weg.

Die beiden Kollegen von der Spurensicherung hatten währenddessen die weißen Papieroveralls angezogen.

»Es ist dunkel«, meinte Brummer leise und trat zu ihnen. Er begrüßte sie. Sie kannten ihn, er kannte sie nicht. Sie nannten ihm ihre Namen, aber er vergaß sie sofort wieder. »Und es sieht nicht nach Regen aus.«

Die Kollegen machten sich ungerührt mit ihren Koffern auf den Weg.

»Ich schlage deshalb vor, dass wir heute nur das Gelände absperren«, rief Brummer ihnen nach. »Wir frieren den Tatort ein und nehmen erst morgen bei Tageslicht alles genau unter die Lupe.«

»Morgen ist Pfingsten«, erinnerte ihn der eine, ohne sich umzusehen.

»Und übermorgen auch noch«, ergänzte der andere.

»Umso besser. Den Heiligen Geist können wir gut gebrauchen. Ich hole jetzt zuerst unsere Kollegin sicher aus dem Haus.«

»Sonja Senger?«, fragte der Techniker.

»Nein, Frieda Stein«, antwortete Brummer.

Die Techniker taten, als hätten sie nichts gehört, und marschierten weiter, aber neben Friedas Auto blieben sie abrupt stehen, starrten auf den Boden und zückten ihre Lampen.

»Was ist?«, rief Brummer.

»Wette verloren!«

»Wieso?«

Als er auf die gleiche Stelle blickte, die die Kollegen mit grellem Licht überfluteten, verstand er. Unter Friedas Auto ragte eine Hand hervor, eine linke Hand, der Handrücken zeigte nach oben, der Ärmel über dem Handgelenk war hochgerutscht und legte eine Uhr am Lederband frei.

»Ach, du Scheiße«, entfuhr es Brummer.

»Mist«, steuerte Grassi bei, als er neben Brummer stand.

Blutige Schleifspuren am Boden führten von einem dunklen, feuchten Fleck auf dem Sandboden zum Auto. Der Täter hatte offenbar nicht versucht, die Spuren zu verwischen. Brummer zog seine Pistole aus dem Holster, das er verdeckt um die Achseln trug, bückte sich und berührte die Hand des Mannes. Sie war kalt und steif.

»Wem gehört das Auto?«, fragte der KTU-Kollege.

»Unserer Kollegin Frieda Stein«, antwortete Brummer.

Zunächst wurden mehrere Fotos von der Auffindesituation gemacht.

Danach versuchte der Mann von der KTU, die Fahrertür des Autos zu öffnen, sie war nicht verschlossen. Er beugte sich über den Sitz, löste mit einem Knarzen die Handbremse, nahm mit einem Ruck den Gang raus, kurbelte am Lenkrad und begann, gemeinsam mit seinem Kollegen, den Wagen rückwärts zu schieben, bis der Tote vollständig freilag.

Ein Mann von etwa 1,80 Meter kam zum Vorschein, eine unförmige, dicke Gestalt. Er lag auf dem Bauch, das Gesicht zur Seite, Arme und Beine waren verdreht.

Etwa in Höhe seines Nackens klaffte ein Loch im völlig haarlosen Kopf, groß wie eine Euro-Münze. Blut war über den Nacken und seinen Pulli gelaufen.

Wieder flammten Fotoblitze auf. Nachdem das Einschussloch mit Schutzfolie überklebt war, um die Spuren zu bewahren, drehte der KTU-Kollege den Toten um. Das Gesicht des Mannes war blut- und dreckverschmiert, die weit geöffneten Augen waren starr und hell. Zwischen seinen Lippen steckte eine geschwollene Zunge. Blut war auch über sein Kinn gelaufen und dort angetrocknet. Die Kopfhaut schien zum Zerreißen gespannt. Der Mann hatte eine auffallend krumme Nase. Um seine Beine wickelte sich eine durchgescheuerte, dreckige, blaue Jeans. Seine Füße steckten in hellbraunen Sneakers. Ein hellblaues Stück Stoff ragte aus seiner Hosentasche heraus. Eine Kappe.

»So etwas habe ich noch nicht gesehen. Der Schuss eines Meisterschützen – und dann das absolut stümperhafte Verstecken des Toten unter dem Auto«, sagte Brummer und schüttelte den Kopf.

Brummer fingerte sein Handy aus seiner Gesäßtasche, trat beiseite, um allein zu telefonieren und kam erst zu den Kollegen zurück, nachdem er das Gespräch beendet hatte.

Gespannt blickten sie ihn an.

»Der Staatsanwalt und der Rechtsmediziner sind auf dem Weg«, erklärte er.

Die Kollegen nickten betreten, langsam schien ihnen klar zu werden, dass ihnen eine lange Nacht bevorstand. Pfingsten hin oder her. Einziger Vorteil war, dass es in dieser Einöde keine Schaulustigen geben würde, die sie abzuwimmeln hätten, und keine Presse, die normalerweise wie von selbst auftauchte, unangebrachte Fragen stellte und unerlaubte Fotos schoss.

»Wer von den Herren gibt sich denn die Ehre?«, fragte Grassi und trat ungeduldig von einem Bein auf das andere, schlug die Hände aneinander, als wäre es tiefer Winter.

»Oberstaatsanwalt Wesseling kommt wahrscheinlich höchstpersönlich.«

»Aha. Und wer ist der Rechtsmediziner?«

»Ist das nicht egal?«, fragte Brummer zurück.

Grassi schüttelte seine Locken. »Ganz und gar nicht.«

»Eine Frau«, sagte Brummer knapp.

»Eine Frau?« Grassi schien sich zu wundern. »Wie heißt sie denn?«

»Du hast Sorgen.« Brummer hatte ihren Namen schon wieder vergessen, er wandte sich der Spurensicherung zu und kommandierte: »Ruft schon mal den Leichenwagen und überseht mir bloß keine Spur hier!«

»Wie heißt das Zauberwort?«, fragte einer der beiden Weißgekleideten.

Brummer zögerte, zog die Augenbrauen zusammen und sagte dann: »Danke.«

»Geht doch.«

Zusammen mit Grassi checkte er kurz das Außengelände. Sie stapften um das Forsthaus herum, durch Brombeerhecken, Wiesengras, konnten aber keine Fußspuren entdecken. Auch in dem kleinen Wäldchen, einer Ansammlung hoher Fichten, gab es keine frisch geknackten Äste, und niemand hielt sich versteckt. Brummer machte sich schließlich an der zerbrochenen

Scheibe des Sprossenfensters zu schaffen, langte an den Fenstergriff, legte den Hebel um und drückte beide Flügel auf. Glassplitter knirschten und fielen klirrend zu Boden. Er kletterte vorsichtig über die niedrige Brüstung hindurch. Grassi folgte ihm. Mit leisem Klacken entsicherten die Polizisten ihre Pistolen. Brummer kannte sich aus. Wie oft war er hier gewesen, um Sonja Senger zu sprechen oder sie abzuholen! Er musste kein Licht machen. Grassi folgte ihm dicht auf den Fersen. Sie verließen den Raum, inspizierten den Flur und den Abstellraum, entriegelten die Haustür und kletterten die Stiege empor.

»Frieda?«, raunte Brummer und klopfte gegen die erste Tür im Dachgeschoss. »Bist du da drin?«

Ein Seufzer. »Endlich!«

Währenddessen stieß Grassi die zweite Tür auf, die nur angelehnt war, machte Licht, blickte auf ein ungemachtes Bett, einen dreitürigen Schrank, eine Kommode und ein Dachfenster, in dem sich die Deckenlampe spiegelte. Ein Blick hinter die Tür und unters Bett, und er konnte Entwarnung geben.

»Mach auf!«, verlangte Brummer. »Es ist alles sauber.«

Sie hörten schlurfende Schritte und wie der Schlüssel sich im Schloss drehte. Sie steckten ihre Pistolen weg und beobachteten, wie die Klinke heruntergedrückt und die Türe aufgezogen wurde.

3. Kapitel

Endlich!« Frieda streckte ihren Rettern ihr Smartphone entgegen, als wäre das alles, was ihr geblieben war.

Grassi reckte sich und spähte über Brummers Schulter.

»Wer ist das denn?«, stieß Frieda hervor und starrte den dunklen Lockenkopf an.

»Ein Kollege aus Schleiden«, beruhigte Brummer sie.

»Matteo Grassi«, stellte Grassi sich vor und winkte ihr lächelnd zu.

Frieda zog die Augenbrauen zusammen. »Und wo ist Neugebauer?«

»Der war nicht zu erreichen«, antwortete Brummer.

»Draußen liegt ein Toter«, verkündete Grassi stolz.

»Ich war das nicht«, stieß Frieda schnell hervor.

»Sagt auch keiner«, sagte Brummer.

»Ein Toter?«, fragte sie, als hätte sie jetzt erst begriffen, was Brummer gesagt hatte. Sie wischte sich nervös über die Lippen und hinterließ eine rotbraun verschmierte Mundpartie.

»Eine Leiche quasi«, erklärte Grassi und versuchte, Frieda mit einem Lächeln aufzumuntern.

Vergebliche Mühe. Frieda zog die Stirn kraus und kniff die Augen zusammen.

Brummer strich ihr über beide Oberarme. »Entspann dich. Die KTU ist da, gleich kommen der Staatsanwalt, eine Rechtsmedizinerin und der Leichenwagen. Wir haben alles im Griff. Du musst nichts tun.«

Sie nickte abwesend. »Ich habe alles verkehrt gemacht, was man verkehrt machen kann, nicht wahr?«

»Überhaupt nicht. Niemand hätte sich in so einer Situation anders verhalten. Selbst ich nicht.«

»Sicherheit geht vor Tapferkeit«, steuerte Grassi bei.

Sie schien nicht beruhigt und fuhr sich nervös durch die Haare. »Ich sehe schrecklich aus, nicht wahr?«

Brummer und Grassi betrachteten Frieda eingehend. Rote Schrammen in ihrem schmalen Gesicht, das noch schmaler geworden zu sein schien. Blass war es, fast weiß. Ihre Augen dagegen gerötet und verquollen, eine Mascara-Spur auf den Wangen, die kurzen, schwarzen Haare standen ab, als wäre der Blitz in sie gefahren, in der schwarzen Strickjacke glitzerten Glasscherben um die Wette.

»Gar nicht.« Brummer schüttelte den Kopf. Sie sah aus wie Schneewittchen, fand er. Schwarz-weiß-rot.

»Im Gegenteil«, behauptete Grassi und zwinkerte ihr zu.

Brummer zog sie vorsichtig an ihren Handgelenken aus dem Bad. Sie lehnte sich kurz an ihn, bibberte, fühlte sich eiskalt an. Er nahm ihren Arm und führte sie wie eine Blinde zur Stiege. Stufe für Stufe kletterten sie hinab. Grassi knipste überall das Licht an und ging voraus, um Frieda auffangen zu können.

»Wir bringen dich in deine Wohnung«, sagte Brummer.

»Das geht nicht«, protestierte sie schwach.

»Oder woanders hin. Du bleibst jedenfalls heute Nacht nicht hier.«

»Aber …«

»Nix aber«, bestimmte Brummer, als sie die Wohnküche betraten. »Wieso bist du überhaupt hier?«

»Weil ich …«, Friedas Augenmerk fiel auf die Szenerie – und sie erstarrte. Sie riss sich aus Brummers Arm los und ließ sich auf den Stuhl fallen, auf dem sie gesessen hatte, als die Schüsse fielen. Ihr Notebook, die beiden Aktenordner und ihre Notizen, auch der Brief für Sonja Senger lagen noch auf dem Tisch. Überall funkelten winzige Glasscherben. Erst als ihre Blicke auf das Cello fielen, das unbeschadet in seiner Zimmerecke lehnte, als wäre nichts geschehen, wurde sie etwas ruhiger.

»Nichts anfassen«, mahnte Brummer.

Sie hob die Hände.

»Fehlt etwas?«

Sie blickte sich um. »Der Kater.«

»West?«, fragte Brummer entsetzt.

Frieda nickte.

»Lebt der etwa noch, dieser ur-ur-alte Kater? Der scheint unsterblich zu sein.«

»Er hat mir das Leben gerettet«, erklärte Frieda theatralisch.

»Na ja«, brummte Brummer kopfschüttelnd. »Mach mal halblang. Du stehst unter Schock.«

»Doch, hat er, wirklich, außerdem habe ich Sonja versprochen, auf ihn aufzupassen. Wenn ihm etwas passiert ist, bringt sie mich um.«

Die Herren hinter ihr blickten sich schweigend an und warteten, dass sie fortfuhr.

Doch dann wurden sie abgelenkt, Brummer entdeckte das Cello. »Spielt sie jetzt etwa auch noch Bass?«

»Das ist ein Cello«, erklärte Frieda.

»Was auch immer. Sonja und Musik? Das kann ich mir überhaupt nicht vorstellen.« Brummer trat an das Instrument, hob das Griffbrett und zupfte an den Saiten.

Frieda zuckte zusammen. »Nicht anfassen.«

»Das Teil ist größer als sie selbst«, brummte er.

Frieda räusperte sich. »Sonja Senger ist verreist«, stieß sie hervor.

»Was?« Brummer fuhr herum und vergaß das Cello im gleichen Augenblick.

»Sie ist verreist«, wiederholte Frieda.

»Nein!«

»Doch!«

»Wie hast du das geschafft?«

»Das war ihre Idee.«

»Respekt«, sagte Brummer beeindruckt. Sonja Senger hatte sich taub gestellt, als er ihr empfohlen hatte, sich ein wenig auf dem Planeten umzusehen. Die Eifel war nicht der Nabel der Welt. Die Eifel war nur eine Ansammlung von Bergen und Tälern, Wäldern und Wiesen und ein paar Flüssen und Maaren. Obendrein völlig küstenfrei. Aber er hätte genauso gut mit einer Türe sprechen können. Wie hatte Frieda das nur geschafft? »Zu welchen Bedingungen?«

»Dass ich in dieser Zeit das Forsthaus und den Kater hüte, niemanden über ihre Reise informiere, vor allem nicht dich, niemanden über die Schwelle lasse, vor allem nicht dich, und sie nicht frage, wohin sie fährt und wie lange sie bleibt.«

»Ist das schon alles?«, wunderte er sich.

Frieda nickte.

»Seit wann ist sie weg?«

Frieda zögerte und biss sich auf die Lippen.

»Nun sag schon«, drängte er.

»Seit zehn Tagen.«

»Sie wird es nicht lange aushalten«, entschied er. »Wahrscheinlich hockt sie keine 50 Kilometer von hier entfernt auf ihren Koffern und wartet darauf, dass du sie anrufst.«

»Anrufe sind verboten.« Frieda langte nach dem Brief auf dem Wohnzimmertisch, aber Brummer war schneller und riss ihn an sich.

»Der ist heute für Sonja angekommen«, sagte sie.

«Mit der Post?«

»Womit denn sonst?«

Brummer zog seine Lesebrille aus der Brusttasche seiner Lederjacke, klappte die Bügel mit den Zähnen auf und setzte sie auf. Er studierte die Anschrift, wendete den Umschlag hin und her und riss ihn schließlich kurzerhand auf. Er faltete ein weißes Blatt Papier auf und sagte: »Aha!«

Er reichte es Grassi, der erstaunt die Lippen schürzte. »Sieh an!«

»Zeig!«, forderte Frieda.

Brummer presste das Blatt an seine Brust. »Du darfst dich nicht aufregen.«

Sie sprang auf. »Aber mein Leben darf ich hier riskieren, was?«

Widerwillig gestattete er ihr einen kurzen Blick.

ICH WEISS WO DU WOHNST

Frieda schlug die Hand vor den Mund und starrte auf die Botschaft. Keine Handschrift, keine ausgeschnittenen und aufgeklebten Buchstaben, sondern ein ganz normaler Computerausdruck. Schwarz auf weiß.

»Wahrscheinlich Arial 24«, sagte Brummer.

Frieda las die Worte einmal, zweimal, dreimal ... und hätte es ein weiteres Mal getan, wenn nicht ein zartes Miauen sie aus ihren Gedanken gerissen hätte.

Der Kater stand auf der Türschwelle und machte einen Buckel, sein Schwanz stand aufrecht wie ein Fragezeichen. Frieda gelang ein schiefes Lächeln. Sie bückte sich, um West anzulocken. Aber er blieb, wo er war, hob nur vorsichtig ein Bein. Auf dem Fußboden im Wohnzimmer glitzerten die Glasscherben. Nichts für Samtpfoten.

»Wie sah der Postbote aus?«, fragte Brummer.

Frieda blickte ihn entgeistert an. »Keine Ahnung.«

Er nickte. Er schien keine andere Antwort erwartet zu haben. »Mach dir keine Sorgen. Der Brief war nicht für dich bestimmt.« Als Frieda nicht reagierte, fuhr er fort. »Keiner kann wissen, dass du hier bist. Das ist doch streng geheim, oder?«

Frieda schien kurz nachzudenken, ehe sie ihm mit einem flüchtigen Nicken zustimmte.

Grassi zeigte nach draußen. »Da kommen sie endlich.« Es folgten ein Blick auf seine Uhr und ein Naserümpfen. Es war mittlerweile 1:55 Uhr. »Die haben sich aber Zeit gelassen.«

Ein Pkw war so dicht wie möglich an den Tatort herangefahren, den die Spurensicherung in der Zwischenzeit mit einem rot-weißen Band abgesperrt hatte. Ein silberner Audi. Ihm entstiegen auf der Fahrerseite ein elegant gekleideter Mann im Trenchcoat, mit akkuratem Mittelscheitel im blonden Haar und einer roten Kladde in einer Hand. Mit der anderen zog er ein Stofftaschentuch aus der Manteltasche und schnäuzte sich. Auf der Beifahrerseite des Autos kam eine Frau zum Vorschein, eine kleine, kompakte Person, deren bunter Schal bis zu ihren Knien reichte.

»Wesseling ist tatsächlich gekommen!«, rief Brummer erstaunt.

Frieda sah Wesseling zum ersten Mal, aber sie kannte ihn aus Sonja Sengers Erzählungen. Leider war die Entfernung zu groß, als dass sie seine Gesichtszüge hätte begutachten können. Sonja und Wesseling schien etwas zu verbinden, eine alte, kryptische Geschichte, aus der Frieda noch nicht schlau geworden war.

»Und der Rechtsmediziner ist tatsächlich eine Frau!«, hörte sie Grassi sagen. »Das ist doch kein Beruf für eine Frau.« Als er Friedas Blick bemerkte, fügte er rasch hinzu. »Ich finde es klasse, wenn Frauen in Männerberufe vordringen. Ich finde es auch gut, dass Frauen Polizisten werden.«

»Polizistinnen«, verbesserte Frieda ihn.

»Ach«, lächelte Brummer zufrieden. »Unsere Frieda erholt sich schon wieder.«

Währenddessen warf sich die Rechtsmedizinerin die Enden ihres Schals über die Schultern, bahnte sich einen Weg zum Toten, stellte ihr Köfferchen ab, bückte sich und begann mit ihrer Untersuchung.

Oberstaatsanwalt Wesseling verwickelte die Kollegen der Spurensicherung in ein Gespräch. Immer wieder richtete er sein Augenmerk auf das Fenster, hinter dem Brummer, Grassi und Frieda standen, in Reih und Glied und geblendet vom kaltweißen Licht, mit dem der Tatort angestrahlt wurde.

»Ich geh dann mal raus.« Brummer steckte den Drohbrief zurück in den Umschlag, ließ ihn in eine Plastiktüte gleiten und in der Brusttasche seiner Lederjacke verschwinden.

Frieda sprang auf und war vor ihm an der Küchentür. »Ich komme mit.«

»Du bleibst hier«, befahl er und drückte sich an ihr vorbei hinaus. Er gab Grassi ein Zeichen und zog die Tür fest hinter sich zu.

Frieda und Grassi sahen zu, wie Brummer auf den Staatsanwalt zulief, ihm die Hand schüttelte und auf ihn einsprach. Wesseling nickte ununterbrochen, Brummer gestikulierte.

Als der Leichenwagen eintraf, die beiden Bestatter ausstiegen und mit pietätvoller Geste ihre schwarzen Hüte aufsetzten, fragte Frieda: »Sollte ich den Toten nicht vorher einmal sehen?«

»Besser nicht«, meinte Grassi. »Sie können morgen in die Rechtsmedizin fahren, wenn Sie es schaffen.«

Es dauerte nicht lange und der Tote wurde in einen Leichensack gelegt. Der Reißverschluss wurde zugezogen. Die Bestatter verstauten ihren neuen Auftrag in ihrem Auto, ließen die Heckklappe zufallen, nahmen ihre Hüte pietätvoll ab, stiegen ein und fuhren davon.

Staatsanwalt, Rechtsmedizinerin, Hauptkommissar und die Kollegen der Spurensicherung sahen dem Leichenwagen nach, bis seine roten Rücklichter in der Dunkelheit verschwanden. Sie standen danach eine Weile unschlüssig um die Markierungen herum, die die Spurensicherung mit gelber Kreide angefertigt hatte, eine am Tatort, wo der Mann erschossen wurde, und eine andere am Fundort, wohin der Täter ihn geschleift hatte. Eine Entfernung von nur etwa drei Metern lag zwischen Tatort und Fundort. Man beriet sich, man zeigte mal auf das Forsthaus, mal auf Friedas Auto, man nickte, man schüttelte den Kopf. Dann löste sich die Rechtsmedizinerin aus der Versammlung und lief die Stufen zur Haustür hinauf.

»Ihr Kollege meint, ich sollte mal nach Ihnen sehen«, sagte sie, als sie ihren Kopf durch die Küchentür steckte und sich ihrer Einmalhandschuhe entledigte. Sie trug ihre hellblonden Haare zu einem Knoten aufgesteckt, der sich aufzulösen begann, und sah übernächtigt aus. »Sie sind Frieda Stein?«

Grassi nickte an Friedas Stelle.

»Meiser. Wie geht es Ihnen?«

»Es geht so«, meinte Frieda zögernd.

»Darf ich mal sehen?« Frau Meiser langte nach Friedas Händen und drehte die Innenflächen nach oben. Sie schob die Jackenärmel hoch und strich über ihre Unterarme, die unbeschadet waren. Dann begutachtete sie die Schrammen auf Stirn und Nase. Ein Duft nach Zitrone stieg von ihrem bunten Schal auf. »Ist das alles?«

Frieda hob die Schultern.

Frau Meiser fühlte Friedas Puls und nickte zufrieden. »Was macht der Kreislauf?«

»Ganz gut soweit«, beteuerte Frieda.

»Und das Gehör?«

»Nicht schlechter als vorher.«

Frau Meiser zog besorgt die Stirn kraus.

»Mein linkes Ohr ist seit einem Sportunfall nicht mehr viel wert«, erklärte Frieda.

»Dann müssen Sie mit Ihrem rechten Ohr sehr sorgfältig umgehen. Davon einmal abgesehen, sollten Sie sich nach diesem Ereignis unbedingt Ruhe gönnen und sicherheitshalber heute kein Auto mehr fahren. Gehen Sie morgen auf jeden Fall zu einem Arzt, ja?«

Frieda nickte.

»Zu einem richtigen Arzt«, fügte Frau Meiser zwinkernd hinzu.

Frieda versprach es und begann: »Der Mann … wie …?«

»Hier herein«, sagte Meiser und tippte auf ihren Hinterkopf. »Aber ich muss weiter. Er ist nicht der Einzige auf meiner Liste.« Und schon war sie wieder draußen.

Zurück blieb die kleine Zitronenwolke.

Draußen verabschiedete sie sich von Brummer und eilte zum Pkw, in dem Wesseling schon mit laufendem Motor hinter dem Steuer saß. Er wendete umständlich und der Tatort wurde kurzzeitig von einer dunklen Rußwolke eingehüllt, die sein manipulierter Dieselmotor ausstieß.

»Lasst uns für die KTU das Feld räumen«, sagte Brummer, als er in die Wohnküche zurückkehrte.

«Endlich Feierabend«, seufzte Grassi zufrieden und rieb sich die Hände.

Frieda blieb am Fenster stehen.

»Kommst du?«, drängelte Brummer.

»Und was mache ich mit dem Kater?«

»Nimm ihn mit.«

Sie lächelte. »Das wird er nicht wollen.«

»Darauf können wir wirklich keine Rücksicht nehmen.«

Frieda drehte sich zu ihm um. »Du hast keine Ahnung von Katzen, was?«

Er überging die Frage. »Von mir aus kann ihn irgendjemand jeden Tag füttern und mit ihm sprechen und ihn streicheln oder sonst was mit ihm machen. Aber nicht du.«

»Der Kater lässt niemanden an sich heran, außer mich und Sonja«, beteuerte Frieda. »Willst du, dass er verhungert?«

Brummer seufzte. »Also gut, aber du fährst nicht allein hierher.« Er nickte Grassi auffordernd zu.

Erst schien Grassi erfreut, aber dann verdüsterte sich plötzlich seine Meine. »Morgen ist doch Pfingsten«, gab er zu bedenken. »Meine Schwiegereltern und meine Frau und die …«

»Zu Pfingsten sollte der Kater auch etwas besonders Leckeres bekommen, hat Sonja Senger gesagt«, murmelte Frieda vor sich hin.

»Pfingsten hin oder her. Diese Wohnküche wird versiegelt«, entschied Brummer.

Frieda trug folgsam einen Stapel Katzenfutter und zwei Futternäpfe in den Flur und richtete West mit einer alten Decke ein Ausweichquartier ein. Sie füllte die Näpfe mit Wasser und Futter und begutachtete das

Katzenklo, das West nur benutzte, wenn es regnete. Er schlich vorsichtig heran, als er hörte, wie sie eine Dose öffnete und der Duft nach Kaninchen in Aspik ihn erreichte. Frieda sprach auf ihn ein. Sein Hunger besiegte seine Furcht und er begann, leise schmatzend zu fressen. Vorsichtig strich Frieda über seinen Rücken.

»Brauchst du dein Notebook?«, hörte sie Brummer fragen.

»Und den Akku und meinen Rucksack«, rief sie.

Kurz darauf standen die beiden Herren neben ihr und übergaben ihr ihre Habseligkeiten. Sie liefen den Kollegen von der Spurensicherung in die Arme, als sie das Haus verließen.

»Der Tote hatte keine Papiere bei sich«, sagte der eine. »Kein Portemonnaie und keine Schlüssel.«

»Projektile haben wir noch nicht finden können«, sagte der andere. »Morgen, wenn es hell ist, suchen wir draußen weiter.«

Brummer bedankte sich mit einem Nicken und wandte sich an Frieda: »Nimm bitte sofort Kontakt mit Sonja Senger auf. Schick ihr eine Mail, oder ist das etwa auch verboten?«

»Ich glaube, sie hat ihr Notebook gar nicht mitgenommen«, sagte Frieda.

»Was ist mit ihrem Handy? Hat sie noch diesen alten Knochen, der nichts kann außer telefonieren und noch nicht einmal GPS-fähig ist?«

»Ich denke schon.«

»Das heißt, wir können sie nicht orten.« Brummer schlug sich gegen die Stirn. »Das darf doch alles nicht wahr sein! Immer diese Spielchen. Wir brauchen sie hier dringend als Zeugin. Sie könnte den Toten vielleicht identifizieren und uns zu diesem blöden Brief etwas sagen.« Er seufzte auf und versuchte sich zu beruhigen. »Nun ja, es ist, wie es ist. Du kommst jedenfalls für die Ermittlungen hier nicht infrage.«

»Wieso nicht?«, fragte Frieda entsetzt, obwohl sie die Antwort natürlich wusste.

»Sie sind befangen, Frau Stein, ein Opfer, eine Zeugin«, erklärte Grassi mit sanfter Stimme und in behutsamen Worten. »Das geht wirklich nicht, es ist nur zu Ihrem Schutz. Am besten lassen Sie sich krankschreiben.«

»So ist es«, unterbrach Brummer ihn barsch. »Vorläufig will ich dich nicht im Büro sehen. Du stehst mit Sicherheit unter Schock. Wenn der sich auflöst, wird dir erst richtig klar werden, was hier passiert ist und wie knapp …«

»Und außerdem sollten Sie sich unbedingt professionelle Hilfe suchen«, riet Grassi besorgt.

»Gehen wir«, sagte Frieda resigniert.

Auf dem Weg zu den Autos fiel Brummer wieder ein, dass sein Benzintank fast leer war, und er fragte Grassi, wo die nächste offene Tankstelle sei. Grassi überlegte kurz und schüttelte dann den Kopf. »Aber ich habe in meiner Garage reichlich Vorrat.«

»Bis Schleiden werde ich es nicht schaffen.«

»Du musst es nur bis Nierfeld schaffen.«

»Wusste gar nicht, dass du in Nierfeld wohnst.«

»Jetzt weißt du es.«

Brummer wandte sich an Frieda und richtete sein Augenmerk auf ihre Hände. »Du lässt dein Auto stehen und fährst mit mir.«

»Hat Frau Meiser auch gesagt«, fügte Grassi hinzu.

Frieda winkte ab. »Ja, ja.«

Plötzlich blieb sie wie angewurzelt stehen.

»Was ist jetzt schon wieder?«, fragte Brummer.

Sie hatte ihr Cello vergessen! Wie konnte sie nur? Es stand in der versiegelten Wohnküche. Unerreichbar. Und unerklärbar die Bitte, es mitnehmen zu wollen.

»Nun komm schon.«

Frieda setzte sich in Bewegung. Sie fühlte sich wie eine Marionette.

Nachdem Brummers Auto in Nierfeld notdürftig mit Benzin versorgt worden war, verabschiedeten sie sich von Grassi. Frieda vereinbarte mit ihm, dass er sie am nächsten Morgen um Punkt zehn Uhr in Euskirchen abholte, um mit ihr zum Forsthaus zu fahren und den Kater zu füttern.

Hinter Anstois versuchte Brummer, ein Gespräch über Sonja Senger in Gang zu bringen. Er braucht Sonja jetzt für die Ermittlungen, der Anschlag galt schließlich ihrem Forsthaus. »Wesseling ist mit Sicherheit nur wegen Sonja Senger nach Wolfgarten gekommen.«

Keine Reaktion. Frieda ahnte, worauf er hinauswollte.

»Hat sie dir erzählt, was die beiden verbindet?«

Sie schwieg.

»Es wird gemunkelt, dass die beiden früher, na ja, was man so redet, sie hatten wohl mal eine Art …« Er suchte anscheinend nach Worten.

Warum auch nicht? Sie konnte sich Sonja und den Staatsanwalt sehr gut vorstellen. Frieda starrte interessiert aus dem Fenster, obwohl es nichts zu sehen gab außer einer schwarzen Eifelnacht.

»Kann man sich bei Sonja kaum vorstellen, oder?«, fragte er.

»So wenig wie das Cellospielen?«

»Zum Beispiel.« Brummer drosselte die Geschwindigkeit, nachdem sie das Ortsschild *Euskirchen* passiert hatten.

»Es ist mein Instrument«, sagte Frieda nach einer Weile leise. Sie hatte plötzlich das Bedürfnis, die Dinge richtigzustellen.

»Deines?«, fragte er nach.

Sie nickte.

»Du spielst Cello?«

Sie nickte.

»So richtig? Klassik? Beethoven und so? In einem Orchester? Vor Publikum? Wie eine richtige Musikerin?«

»Noch nicht. Ich bin Anfängerin. Hört sich nicht gut an, was ich spiele. Aber im Forsthaus kann ich üben, wann ich will, niemanden stört es. In meiner Wohnung geht ab 18 Uhr nichts mehr, sonntags überhaupt nicht, ich darf nicht bei offenem Fenster spielen, nicht zwischen 13 Uhr und 15 Uhr … und … am besten gar nicht.«

Brummer schlängelte sich kundig durch Euskirchen und wandte sich wieder dem Thema zu, das ihn brennend interessierte. »Wesseling weiß auch nicht, wo Sonja jetzt ist. Du scheinst die Einzige zu sein.«

»Ich weiß es auch nicht.«

»Ach komm, erzähl mir keine Märchen.«

Frieda schüttelte den Kopf.

»Wetten, sie ist noch in der Eifel, ich spüre es ganz deutlich«, behauptete er. »Oder sie ist in Köln.« Er versuchte eine Reaktion in Friedas Gesicht abzulesen. »Hat sie dir erzählt, dass sie ursprünglich aus Köln kommt?«

»Hat sie.«

»Oder sie ist in Trier. Genau, sie wird in Trier sein, da war sie nämlich nach Köln. Sie ist ein rastloser Geist, findest du nicht?«

Keine Reaktion.

Am nördlichen Stadtrand bog er von der Kessenicher Straße in die Theodor-Nießen-Straße ein, nahm den ersten Abzweig rechts, blieb vor dem zweiten Haus auf der Reinaldstraße stehen und stieg nicht aus. Auch Frieda ließ sich Zeit.

»Die Schüsse fielen kurz nach 22 Uhr«, sagte sie in die Dunkelheit. »Direkt hintereinander. Peng, peng.«

Er blickte geradeaus und nickte.

»Du hast mich alles Mögliche gefragt, nur das nicht.«

»Das hätte ich schon noch getan«, brummte er.

Sie stiegen gemeinsam aus, als hätten sie es abgesprochen.

Als sie neben ihm stand, fragte er: »Soll ich mit raufkommen?«

»Nicht nötig.«

Er zeigte auf ihre Stirn und ihre Hände. »Hast du Pflaster im Haus?«

Sie nickte und schloss umständlich die Haustür auf.

Er blieb unten stehen und wartete ab, bis sie in ihrer Wohnung Licht gemacht, ans Fenster getreten und ihm zugewinkt hatte. Dann fuhr er zurück nach Zülpich.

Im Fernsehen lief ein Spätfilm, ein uralter James Bond mit George Lazenby. Das Abendessen sah vertrocknet aus.

Brummer setzte sich wieder vor seinen Spieltisch und betrachtete missmutig die Karten. Mechanisch legte er weiter aus, mit der linken Hand und gegen den Uhrzeigersinn. Aber dann hielt er inne. Diese Patience würde im Leben nicht aufgehen. Er ließ alles stehen und liegen, schaltete den Fernseher aus und ging zu Bett. Sein Wecker zeigte 4.05 Uhr. Er fragte sich, bevor er die Augen schloss, wo in drei Gottes Namen Sonja Senger sich wohl herumtreiben mochte.

Zur gleichen Zeit wählte Kommissarin Frieda Stein Sonja Sengers Mobilfunknummer. Die beiden Frauen hatten vereinbart, dass Frieda sich in privaten Notfällen melden sollte. Und dies war ein Notfall – eindeutig! Aber Sonja Senger war nicht zu erreichen. Was eigentlich um diese Uhrzeit nicht verwunderlich war. Frieda sprach auf die Mailbox und berichtete Sonja Senger, was ihr widerfahren war.

Erst als sie das Gespräch beendet hatte, fiel ihr ein, dass sie Sonja nicht ausdrücklich gewarnt hatte. Wenn der Täter herausbekam, dass Sonja nicht in ihrem Haus gewesen war, würde er vielleicht versuchen, sie anderswo aufzuspüren. Zum ersten Mal war sie erleichtert, nicht zu wissen, wo Sonja steckte. Sonjas Geheimnistuerei würde es auch einem Verfolger schwer machen.

Im nächsten Moment überfiel Frieda der Gedanke, dass genau das Sonjas Absicht gewesen sein könnte, nämlich spurlos zu verschwinden, weil sie wusste, dass es jemanden gab, der sie im Visier hatte.

Aber welche Rolle spielte dann sie selbst, fragte sich Frieda mit wachsender Unruhe. Den Lockvogel? Die Strohpuppe? Das Bauernopfer?

4. Kapitel

Pfingsten! Frieda Stein hasste Feiertage, besonders die kirchlichen schienen ihr ein überflüssiger Ausnahmezustand. Normalerweise setzte sie sich darüber hinweg, arbeitete im Büro oder zu Hause. Aber an diesen Pfingsttagen kam noch eine dienstliche Anordnung hinzu, die sie ausbremste.

Schon klar, dass man ihr die Ermittlungen zu dem Anschlag auf das Forsthaus und den Mordfall nicht übertragen konnte. Sie war eine Zeugin und beinahe ein Opfer geworden. Sie konnte niemals diejenige sein, die man auf die Jagd nach dem Täter schicken würde.

Glasklar konnte sie sich ausmalen, was geschehen würde: Nach den Pfingstfeiertagen würde Friedas direkter Vorgesetzter Hauptkommissar Roggenmeier, der Leiter der Mordkommission in der Polizeibehörde Euskirchen, eine Soko gründen, die er vermutlich »Forsthaus« nennen würde. Dieser würden außer ihm selbst die Kollegen Brummer und Neugebauer angehören, irgendein Hauptkommissar von der Mordkommission

Bonn und ein Hauptkommissar aus Schleiden, wahrscheinlich Matteo Grassi. Die Staatsanwaltschaft Bonn würde sich einschalten, namentlich ein gewisser Oberstaatsanwalt Bernd Wesseling. Kommissarin Frieda sei krankgeschrieben. Basta.

Da war nichts zu machen.

Oder doch?

Es schien Frieda völlig absurd, nicht an dem Fall zu arbeiten und den Täter nicht jagen zu dürfen, der sie um Haaresbreite erschossen hätte. Aber sie durfte nicht einmal im Büro auftauchen, wo sie irgendetwas über den Flurfunk hätte mitbekommen können. Stattdessen wurde sie in Begleitung von Grassi einmal am Tag nach Wolfgarten gefahren, um einen Kater zu füttern und zu streicheln. Für dessen Versorgung gestand Grassi ihr jeweils eine Stunde zu, und zwar exakt von 11 Uhr bis 12 Uhr. Sie versuchte sich in Vergangenheitsbewältigung, während er ihr wichtigtuerisch Rückendeckung gab, seine Uhr kontrollierte und die Lage sondierte.

Auf das zerschossene Fenster im Erdgeschoss des Forsthauses war in der Zwischenzeit eine Spanplatte geschraubt worden. Ein Witzbold hatte darauf ein schwungvolles Graffito hinterlassen. Zwei Worte in Rot-Schwarz-Weiß. Ein *tag* – eine unlesbare Botschaft, wenn man die Schrift der Sprayer nicht kannte.

»Es war jemand hier«, sagte Frieda erstaunt.

»Sieht ganz so aus«, sagte Grassi während er mit seinem Handy das Graffito abfotografierte.

»Am besten Sie wenden sich damit an die Deutsche Bahn«, riet ihm Frieda. »Die kennen sich mit diesen Dingen aus.«

»Das lassen Sie mal schön unsere Sorge sein«, knurrte Grassi.

Außen an die Haustür waren zwei weitere Eisenriegel mit schweren Schlössern angebracht worden, zu denen allein Grassi die Schlüssel besaß. Die Tür zur Wohnküche war und blieb tabu und versiegelt.

Nur beim ersten Besuch hatte Grassi das Siegel aufgebrochen, um das Cello samt Zubehör zu holen. Während Frieda alles in der gefütterten Hülle verpackte, ins Dachgeschoss verfrachtete und dort auf Sonjas Bett legte, versiegelte Grassi die Tür erneut.

Ansonsten durften Grassi und Frieda sich im Forsthaus bewegen, wo und wie sie wollten. Sie durften die Toilette im Obergeschoss benutzen und sich aus dem Abstellraum eine Flasche Wasser holen. Sie durften auch auf den schmalen Treppenstufen sitzen und auf den Kater warten. Ihm war nur ein Zugang durch die Katzentür geblieben, die nichts anderes als ein fehlender Stein in der Hauswand war.

Es herrschte trockenes, aber kühles Wetter, und Frieda und Grassi warteten manchmal draußen auf der Ofenbank auf den Kater und ließen sich von einer matten Pfingstsonne bescheinen, Frieda wickelte sich in eine Decke ein, und sie sahen den Wolken nach, in die die Feldlerchen aufstiegen wie Pfeile.

Pfingstmontag, als West wieder auf sich warten ließ, versuchte Frieda Grassi auszufragen und herauszufinden, ob es Neues im Mordfall Wolfgarten gab, aber er bestand darauf, nichts sagen zu dürfen.

»Versetzen Sie sich doch einmal in meine Lage«, begann sie. »Wenn der Kater nicht wie von der Tarantel gestochen aufgesprungen wäre und ich mich nach ihm umgedreht hätte, dann hätte der Schuss meinen Kopf nicht verfehlt und ich wäre nun, wenn nicht tot, so doch ein sabbernder Pflegefall in einem schlecht geführten Heim. Stellen Sie sich das nur einmal vor!«

Grassi hob gelangweilt die Schultern. Er hatte überhaupt keine Phantasie.

»Brummer und Neugebauer müssen es nicht erfahren«, bot sie ihm flüsternd an. »Es könnte unter uns bleiben.«

Da erstarrte Grassis Körper, als hätte sie ihm vorgeschlagen, nackt ums Feuer zu tanzen. »Da sind Sie bei mir an der falschen Adresse«, lehnte er rundweg ab. »Sie müssen nicht denken, nur weil ich Italiener bin, könnte man mit mir handeln. Ich bin in Deutschland geboren. Und meine Eltern sind seit den 1960er Jahren hier.«

»Ist ja schon gut.« Frieda hob abwehrend die Hände.

Grassi war auch nicht zu winzigen Andeutungen bereit oder bildhaften Umschreibungen. Er halte sich grundsätzlich an Absprachen, verkündete er. Immerhin sei er bereit, sich mit Frieda zu duzen.

»Ich heiße Matteo«, sagte er und machte die Andeutung eines Dieners.

Matteo schien alle sogenannte typisch deutsche Eigenschaften aufgesogen zu haben, er war korrekt und loyal, ein langweiliger Spießer und obendrein völlig humorlos. Frieda war dankbar, dass sie nicht in Schleiden an seiner Seite Dienst tun musste. Schade, denn er war attraktiv. Vielleicht zehn Jahre älter als sie selbst. Er hatte ein ebenmäßiges Gesicht und schwarze Augen, schwarze Locken, einen verwegenen 3-Tage-Bart. Frieda mochte den südländischen Typ Mann, besonders wenn er größer als sie selbst war. Mit ihren 1,80 Meter war sie vielen Männern überlegen.

Aber Matteo Grassi war eine uneinnehmbare Festung. Er ignorierte, dass sich ihre Oberschenkel auf der Ofenbank berührten. Er war immun gegen das Parfüm, das sie aufgelegt hatte. Er ließ sich auch nicht mit einem halben Erdbeerkuchen bestechen, den Frieda auf dem Weg nach Wolfgarten gekauft hatte, sondern sah unbeteiligt zu, wie sie ihn direkt aus dem Papier mit den Händen aß, die roten Erdbeerfinger abschleckte und die Krümel aufpickte, die auf ihren Schoß fielen.

Was war los mit ihm?

»Probleme?«, fragte Frieda und wickelte den restlichen Kuchen wieder ein.

Er nickte und schniefte.

»Der Tote macht dir zu schaffen, stimmt's?«

»Das ist es nicht.«

»Dass der Täter noch frei herumläuft?«

»Nein.«

»Was ist es dann?«

Er stieß einen Seufzer aus, zog die Nase hoch und sah dramatisch in die Ferne. Nicht zu übersehen, dass es ihm wirklich schlecht ging. Da kam ihr die tollkühne Idee, ihm eine kleine Melodie auf dem Cello vorzuspielen. Außer ihrem Musiklehrer und Sonja Senger hatte noch niemand sie spielen hören. Von den ungebetenen Mithörern in ihrer Nachbarschaft einmal abgesehen. In Gedanken ging sie die Stücke durch, die in ihrem Notenheft standen. Welches davon konnte sie einigermaßen fehlerfrei spielen? *Sometimes I feel like a motherless child* eignete sich wohl kaum, um einen depressiven Polizisten aufzumuntern.

»Meine Frau«, stieß er plötzlich hervor.

Oh, nein, fluchte Frieda, der auch! Warum traf sie ständig auf Männer, die sich bei ihr ausheulen wollten? Was hatte sie, was andere Frauen nicht hatten? Sie rückte ein Stück von ihm weg.

»Sie versteht mich nicht«, murmelte Grassi und flocht seine Finger ineinander.

Das sagen sie alle, dachte Frieda.

»Es ist nämlich so, wenn ich … also, sie ist eine deutsche Frau und …«

»Was hat das damit zu tun?«, fragte sie entsetzt.

»Vielleicht …«

»Schade, dass Erika Berger gestorben ist, sonst könntest du die fragen.«

»Erika Berger?« Grassi runzelte die Stirn.

»Die Sexualtherapeutin schlechthin. Bekannt durch Funk und Fernsehen. Sie ist gestern gestorben.«

Frieda ließ ihre Information wirken. Grassi war nicht nach Späßen zumute. Die Stimmung zwischen ihnen sank wie ein leckes Schiff.

»Da kommt er endlich«, rief Frieda erleichtert aus, froh, dass West den Heimweg gefunden hatte und sie aufspringen konnte, um ihn zu versorgen und Grassis Klagen zu entgehen. West schien ein wenig zu humpeln. Aber Frieda wusste, dass er gern ein bisschen Show machte, wenn es ihm an Streicheleinheiten mangelte. Ausgehungert war er auch. Auf jeden Fall war er ein armer, grauer Kater.

Grassi schien eingeschlafen zu sein, als Frieda wieder aus dem Haus kam. Sein Kopf lag auf seiner Brust und seine Beine waren entspannt zur Seite gefallen. Eine

Haarlocke fiel ihm in die Stirn. Frieda stupste ihn an. Er fuhr hoch, klimperte mit den Augenlidern, sprang auf, legte eine Hand an seinen Pistolengürtel und sah mit hektischen Blicken um sich.

»Gut geschlafen?«, fragte sie.

Er überging ihre Frage. Ein Blick auf die Uhr. 13 Uhr. Er lief mit forschen Schritten zur Haustür, verriegelte sie wieder ordnungsgemäß und steckte die Schlüssel ein, ehe er in sein Auto stieg. Er ließ den Motor an und es sah aus, als würde er gleich ohne Frieda davonfahren, wenn sie sich nicht beeilte.

»Was ist denn nun mit deiner deutschen Frau?«, fragte Frieda, als sie sich neben ihm in den Sitz fallen ließ, den Gurt umlegte und einfach nur nett zu ihm sein wollte, obwohl er es nicht verdient hatte.

»Nichts.«

»Da bin ich aber froh. Weißt du, ich eigne mich überhaupt nicht als Eheberaterin. Ich habe null Erfahrung darin. Ich bin ledig. Ich würde dir wahrscheinlich die völlig falschen Ratschläge geben. Und was dann?«

Grassi zog die Augenbrauen hoch.

»Ich meine, ich weiß nicht, wie so eine Ehe funktioniert. Ich kann es mir auch ehrlich gesagt nicht vorstellen, wie man 20, 30, 40 oder 50 Jahre mit einem Menschen zusammenleben soll, ohne verrückt zu werden.«

»Ich bin jetzt zehn Jahre verheiratet«, sagte Grassi.

»Zehn!«, rief Frieda aus. »Meine längste Beziehung hat fünf Jahre gedauert.«

Frieda dachte nicht gern an ihre letzte Beziehung zurück. Lukas und sie waren in einem heftigen Streit auseinandergegangen. Heute schien ihr der Anlass banal.

Sie hatte eine Verabredung mit ihm vergessen. Na und? Lukas hatte eine Stunde auf sie gewartet. Warum hatte er das getan?

Sie erreichten den Parkplatz Tönnishäuschen, und Grassi stoppte an der Einmündung. Obwohl sich kein Auto näherte, blieb er stehen, als hätte er nicht vor, jemals weiterzufahren. Auch hinter ihnen war nichts als eine leere Straße. Grassi betrachtete das Lenkrad eingehend und fuhr mit den Fingern über die Speichen bis zur Nabe, wo er gedankenverloren über das VW-Symbol strich. Frieda bezweifelte, dass er dabei an den Abgasskandal dachte, der die deutsche Autofahrernation in ihren Grundmauern erschüttert hatte. VW hatte für das deutsche Wirtschaftswunder gestanden. Diese Zeiten waren nun vorbei.

»Wir haben auch gute Zeiten«, beteuerte Grassi nach einer Weile.

»Davon bin ich überzeugt«, erwiderte Frieda schnell. Die hatten Lukas und sie auch gehabt. Richtig gute Zeiten.

Grassi räusperte sich, legte seine Handfläche auf die Nabe und bedeckte das VW-Symbol. Er drückte kurz darauf. Der Ton der Hupe ließ Frieda zusammenzucken. Grassi drückte ein weiteres Mal. Dieses Mal lang. Sehr lang. Anklagend wie ein Aufschrei blökte es hinaus in die Welt. Die Baumreihen fingen den Ton auf und verschluckten ihn.

Er grinste und sein Lockenkopf wippte fröhlich.

Sie nickte ihm aufmunternd zu. Da gönnte er sich ein Hupkonzert, das genau betrachtet wenig nationalparkfreundlich war, aber Grassi schien sich von Ton zu Ton besser zu fühlen. Das war die Musik, die er brauchte.

Nicht sofort konnte er in seiner Begeisterung sehen, dass ein Autofahrer, der in der Zwischenzeit hinter ihm zum Stehen gekommen war, wenig Verständnis für seine Katharsis aufbringen konnte. Erst als Frieda ihn in die Seite boxte und hinter sich zeigte, hielt Grassi erschrocken inne, starrte in den Rückspiegel, trat aufs Gaspedal, zerrte an seinem Lenkrad und bog nach links ab. Er schaltete hoch und stocherte über die gerade Straße.

»Wir hätten eben rechts abbiegen müssen«, sagte Frieda gegen die Rückenlehne gepresst.

»Links ist es auch schön.« In der nächsten Ortschaft verlangsamte Grassi das Tempo. Sie waren jetzt in Düttling, dem kleinsten Ortsteil der Stadt Heimbach. Hinter dem Ort folgte Grassi einem undurchschaubaren Zickzack-Kurs durch die Ebene. Auf der Höhe von Roggendorf stießen sie auf die B 266, die einladend breit und gerade vor ihnen lag. Endlich. Frieda war von der Schaukelei und Kurverei fast schlecht geworden. Ihr Magen fühlte sich dumpf an. Grassi bog links ab und nahm wieder Fahrt auf.

Friedas Magen rebellierte mit kleinen Stichen.

Besorgt betrachtete er sie. »Oje, du bist ganz grün im Gesicht. Ist dir schlecht? Sorry. Ich fahre ab sofort wie ein Leichenwagen.«

»Das hilft mir auch nicht weiter.«

Vor ihrer Haustür setzte er schwungvoll in eine Parklücke und schaltete den Motor aus.

»Was würde dir denn helfen?«, fragte er, beugte sich vor und legte mit plötzlicher Vertrautheit seine rechte

Hand auf ihren Oberschenkel. Eine muskulöse, breite Hand, nicht die Hand eines Schreibtischtäters.

Frieda starrte eine Sekunde auf die Hand, sie spürte deren Wärme durch ihre schwarze Jeans, rang mit sich und stieß dann hervor: »Nur ein kleiner Tipp.«

»Ein kleiner Tipp?«, wiederholte er und strich mit seiner Hand Richtung Knie und wieder zurück.

»Nun?«, drängte Frieda. Sie hatte genug von dieser Hand.

»Wir haben in der Nähe des Forsthauses Spuren gefunden.«

Ihr stockte der Atem. »Welche Spuren?«

Er räusperte sich und nuschelte etwas.

»Was hast du gesagt?« Sie legte ihre Hand auf seine.

»Reifenspuren. Sie führen zu einem …« Er presste die Lippen aufeinander.

»Matteo«, hauchte Frieda mit betörender Stimme.

»Zu einem Auto.«

»Schon klar, aber wem gehört es? Welche Marke, welche Farbe, welches Kennzeichen?«

Grassi presste die Lippen zusammen

»Ist es von dem Toten? Von dem Täter? Nun sag schon.«

»Du kannst nie genug bekommen.« Grassi riss seine Hand unter ihrer hervor.

»Schon gut. Ich habe nichts gehört, und du hast nichts gesagt. Alles Okay. Danke. Danke.« Sie drückte ihm einen Luftkuss auf die Wange und sprang aus dem Auto. Als sie zurückblickte, sah sie, dass sein Gesicht rot angelaufen war. Noch ehe sie die Haustür aufschloss, war er schon auf und davon zu seiner Frau, die ihn nicht verstand.

Sonja Senger hatte auf Friedas Anruf bisher nicht reagiert. Vermutlich hatte sie ihr Handy nicht eingeschaltet. Aber dass Sonja keine Mails abrufen würde, kam Frieda unwahrscheinlich vor.

Während sie ihr schrieb, stellte sie fest, dass sie das mehr für sich selbst als für Sonja tat. Es kam ihr vor, als führte sie Tagebuch. Als Mädchen hatte Frieda das zuletzt getan und vergessen, wie hilfreich es war, die Geschehnisse eines Tag niederzuschreiben. Dieses Mal vergaß sie nicht, Sonja zu warnen. Der Täter war noch auf der Flucht. Er war nicht erfolgreich gewesen, er würde vielleicht nicht ruhen, ehe er getan hatte, was er tun musste. *Pass auf dich auf.*

Den Gedanken, dass Sonja sie als Lockvogel ins Forsthaus gesetzt hatte, hatte Frieda längst wieder verworfen. Das würde Sonja niemals tun. Jedenfalls nicht, ohne sie vorher darüber zu informieren und einen gemeinsamen Plan auszuhecken. Als die Mail den Weg aller Dateien ging, war es 16 Uhr.

5. Kapitel

Am Dienstag war Pfingsten endlich Geschichte und Frieda in aller Frühe im Festnetz erreichbar. Brummer forderte sie auf, im Büro zu erscheinen.

»Ich dachte, ich soll mich krankschreiben lassen«, erinnerte sie ihn.

Er räusperte sich. »So ist es auch. Aber wir brauchen dich als Zeugin.«

»Komme sofort.« Frieda versuchte, sich ihre Begeisterung über die Einladung nicht anmerken zu lassen.

»Fahr vorsichtig«, ordnete Brummer an.

»Mach ich, immer!«

Sie begann mit einem fahrigen Hin- und Herlaufen. Sie war noch im Schlafshirt, musste duschen und Haare waschen und föhnen, etwas zum Anziehen finden, das gebügelt aussah, den Weg zur Kölner Straße zurücklegen und einigermaßen entspannt vor den Kollegen erscheinen. Niemand durfte ihr ansehen, welche Kraft sie diese alltäglichen Dinge kosteten. Das Haus allein zu verlassen! Und wie lange sie für alles brauchte! Und dass sie nichts fand, dort, wo sie es suchte! Und dass sie sich nicht entscheiden konnte, was sie anziehen sollte! Obwohl alle ihre Kleidungsstücke schwarz waren. Und sie sich doch dreimal umzog, als gehe es um ein erstes Date!

Sie war fix und fertig, als sie ihr Auto auf dem Parkplatz der Polizeibehörde Euskirchen abstellte. Sie blieb noch eine Minute sitzen, um sich zu sammeln, den Schweiß von der Stirn zu wischen und im Rückspiegel zu kontrollieren, wie sie aussah. Sie war zufrieden. Die Form war besser als der Inhalt. Frieda lächelte sich zu.

Ihr Abenteuer schien in ihrer Dienststelle die Runde gemacht zu haben, denn die Kollegen, denen sie begegnete, grüßten sie besonders herzlich und aufmerksam, beteuerten, dass sie fantastisch aussehe, klopften ihr anerkennend auf die Schulter und vermieden gleichzeitig sehr professionell, sie auf den Tag X anzusprechen. Der Weg zu ihrem Büro, das am Ende eines langen Flures lag, war wie ein roter Teppich. Friedas Schritte wurden beschwingter.

Sie riss die Tür zu ihrem Dienstzimmer auf.

Während Brummer hinter seinem Schreibtisch sitzen blieb, sprang Kollege Neugebauer auf, lief Frieda entgegen und begrüßte sie überschwänglich wie eine verlorene Tochter. Er umarmte sie und betrachtete dann besorgt die kleinen, bunten Pflasterstreifen, die auf ihrer Stirn und ihren Fingern klebten. »Das sieht nicht gut aus.«

»Quatsch.« Sie schüttelte ihre Haare und strich mit den Händen ihren Pony in die Stirn.

Hauptkommissar Achim Neugebauer gehörte noch nicht so lange wie Brummer zum Kriminalkommissariat Euskirchen, obwohl sie im gleichen Alter waren. Von Sonja Senger wusste Frieda, dass er erst 2008 im Mordfall im *Eifelexpress* vom KK 11 aus Bonn abkommandiert worden war. Schnell hatte er sich in der Mordkommission eingefunden und untergeordnet. Friedas Mutter hätte an seinem fliehenden Kinn sofort erkannt, dass er es allen recht machen wollte. Eine anstrengende Schwäche, die ihn dazu brachte, ständig nervös zu blinzeln.

Wenn Neugebauer mehr zu sagen hätte, wäre Frieda Stein nicht von den Ermittlungen ausgeschlossen worden. Aber Brummer war ja auch noch da … und natürlich ihr aller Chef, Hauptkommissar Hans Roggenmeier, dem sie vermutlich auch gleich über den Weg laufen würde. Sonja Senger hatte Frieda in vielen Gesprächen vor den Strukturen der Dienststelle gewarnt. Und sie hatte nicht übertrieben. Allerdings hatte Frieda insgeheim gehofft, dass die Herren dem Charme einer jungen und langbeinigen Kollegin vielleicht doch in dem einen oder anderen Fall erliegen würden. Sie hatte es versucht, mehrmals, aber Kollege Grassi aus Schleiden war bisher der Einzige gewesen, dem sie eine Indiskretion hatte entlocken können. Und was für eine! Das Auto des Toten!

»Ich war Freitagnacht zu Hause, wirklich, aber ich habe das Telefon einfach nicht gehört, als Brummer mich anrief. Tut mir wirklich leid. Ich wäre natürlich sofort …«, hörte sie Neugebauer sagen.

»Kein Problem. Ist ja alles gut gegangen«, unterbrach sie ihn. »Brummer kam ja sofort.«

»Aber ich wäre gern dabei gewesen und hätte dich gerettet. Ausgerechnet wenn meine Lieblingskollegin in Gefahr ist, höre ich das Telefon nicht!«

»Können wir jetzt mit dem Protokoll beginnen?«, brummte Brummer und klopfte mit seinem Stift dreimal auf den Schreibtisch.

Neugebauer geleitete Frieda wie eine Kranke zu ihrem Stuhl und drückte sie auf den Sitz. »Aber sie muss doch erst einmal ankommen. So viel Zeit muss sein, Mensch! Vielleicht einen Kaffee oder nein, lieber einen Tee, Frieda? Meinen Beruhigungstee?«

»Danke«, sagte Frieda. »Ich brauche wirklich nichts. Wir können anfangen.«

»Wie du willst.« Neugebauer schritt zur Pinnwand, die gegenüber dem Fenster aufgestellt war, und befestigte das Porträtfoto eines Mannes. Es zeigte sein Gesicht. »Das ist der Tote. Er ist etwa 40 bis 45 Jahre alt und 1,82 Meter groß, stämmig, aber nicht muskulös. Wahrscheinlich kein Sportler, eher der schwammige Typ Couch-Potato, knapp 100 Kilo schwer, Schuhgröße 43, Kleidergröße 56, braune Augen. Eine ausgeprägte Glatze, wie man sieht.«

Trotz der Blutspuren war das Gesicht des Toten gut zu erkennen. Neugebauer heftete ein zweites Foto an die Pinnwand. Es zeigte den Hinterkopf des Toten und das Einschussloch in dessen Nacken, aus dem das Blut herausgelaufen war. Unter einer angetrockneten Schicht war eine glänzende Restfeuchte zu erkennen.

»Ein Meisterschuss, wenn ihr mich fragt«, sagte Neugebauer begeistert. »Aus etwa zehn Metern. Das kann nicht jeder. Das kann nur ein geübter Schütze.«

»Wer ist der Tote?«, fragte Frieda.

Neugebauer heftete Fotos vom Tatort an die Pinnwand. »Das ist unser Problem. Wir wissen nichts über ihn. Er trug keine Papiere, kein Portemonnaie, keine Schlüssel bei sich, nur diese hellblaue Kappe und eine Uhr mit Lederband. Kappe und Uhr sind Billigware, die er auch im Internet gekauft haben könnte. Wir haben sein Gesicht in keiner Datei gefunden und seine Fingerabdrücke sind nirgendwo registriert. Weder Faserspuren noch die Abgleiche mit seiner DNS und der DNS des vermeintlichen Täters auf seiner Kleidung haben irgendwelche Ergebnisse gebracht. Beide, Opfer und Täter, sind also strafrechtlich gesehen noch nicht in Erscheinung getreten.« Nach diesem Vortrag setzte sich Neugebauer wieder an seinen Schreibtisch.

Frieda erhob sich, verschränkte die Hände auf dem Rücken und trat näher an die Pinnwand. Sie legte den Kopf ein wenig schief, erst nach rechts und dann nach links, sie trat einen Schritt zurück und wieder einen vor. Das Gesicht des Mannes war aufgedunsen, sein Mund ein wenig zu klein, seine Nase auffallend krumm wie die eines Boxers und kein einziges Haar auf dem Kopf. Seine Augen waren auf dem Foto geschlossen und lagen tief in ihren Höhlen.

»Er hatte auch keine Schmauchspuren an seinen Händen. Will heißen, er hat nicht geschossen«, hörte sie Neugebauer sagen.

»Ach, nee?«, machte sie.

»Nun, er hätte doch durchaus den ersten Schuss abgeben können, daraufhin hätte der Flüchtige ihn erschießen, ihm die Waffe abnehmen können und dann hätte …«

»Hätte, hätte …«, ließ sich Brummer vernehmen.

»Das ist nicht der Mann, der mir den Drohbrief gebracht hat«, sagte Frieda, ehe Brummer »Fahrradkette« sagen konnte.

»Sicher?«, fragte er.

»Sicher.«

»Wie sah der Mann denn aus?«

»Wie ein Briefträger.«

»Geht es etwas genauer?«

»Ach, Brummer«, seufzte Frieda. »Wenn ich das wüsste, ginge es mir besser.«

»Hör nicht auf, an ihn zu denken, dann wird es dir einfallen«, riet er.

»Ich tue nichts anderes. Kann ich den Toten sehen? Vielleicht kann ich ihn identifizieren?«

»Das kann ich mir nicht vorstellen«, antwortete er.

»Aber ich bin die einzige Zeugin, und auf das Foto in der Presse hat sich noch niemand gemeldet, oder?«

Brummer und Neugebauer tauschten Blicke und wägten ab.

»Na gut«, sagte Brummer. »Einen Versuch ist es wert. Wir können dich nach Bonn in die Rechtsmedizin fahren. Er ist aber noch nicht obduziert worden.«

Neugebauer richtete sich plötzlich hinter seinem Schreibtisch auf und blinzelte nervös. »Kollege! Die Leiche ist in Köln«, rief er aus.

»Richtig!«, Brummer schlug sich gegen die Stirn. »Bonn war wegen Überfüllung geschlossen.« Er wirkte verlegen.

»Es gibt Workshops zum Gedächtnistraining«, murmelte Frieda, obwohl sie nicht das Gefühl hatte, dass bei Brummer ein Problem mit seinem Gedächtnis vorlag.

Er drohte ihr mit dem Zeigefinger.

Neugebauer lächelte Frieda aufmunternd zu. »Wir fahren dich nach Köln.«

Frieda winkte ab. »Lass mal. Das kann ich auch allein.«

»Umso besser. Ich gebe dir die Fallnummer.« Brummer kramte in den Papieren auf seinem Schreibtisch und zog schließlich einen zerknitterten Zettel hervor, strich ihn glatt und überreichte ihn Frieda. »Leg sie einfach am Empfang vor, dann wird man dich schon zur richtigen Leiche führen.«

»Danke«, presste Frieda hervor. Warum tat Brummer so, als wäre sie noch nie in einer Rechtsmedizin gewesen? Sie hasste ihn dafür. Sie hasste ihn überhaupt, wenn er sie behandelte, als wäre sie noch nicht flügge.

Brummer gab dem Kollegen ein Zeichen, weitere Fotos anzubringen, die Neugebauer kommentierte. »Die Kollegen von der KTU haben einiges sichergestellt. Reifen- und Fußspuren und zwei Projektile, eines im Vorgarten, das andere in der Wohnküche unter dem Küchenschrank. Beide stammen aus derselben Waffe, das kannst du hier an den beiden parallel verlaufenden, kleinen Schrammen erkennen, siehst du, beide absolut gleich. Kaliber 9 mal 19 Millimeter, auch Parabellum oder Luger genannt, die am weitesten verbreitete Patronen für Pistolen, siehst du?«

Neugebauer war nicht besser.

»Zum Beispiel auch für unsere Sig Sauer P6 und unsere Walther P99«, ergänzte Frieda trotzig.

Brummer grinste. Aber nur eine Sekunde lang. Dann machte er wieder sein knurriges Gesicht.

Frieda setzte sich an ihren Platz und wartete, dass die Kollegen fortfuhren.

»Wir haben uns natürlich an die Pressestelle gewandt«, verkündete Neugebauer. »Das Foto des Toten wird morgen in der Zeitung stehen, im Internet, in den sozialen Medien wie Instagram, Twitter und Facebook. Wir sind auf Hinweise aus der Bevölkerung angewiesen.«

»Klar«, sagte Frieda. Und von Sonja Senger, hoffte sie.

»Wir können die Suche immerhin ein wenig eingrenzen. Wir suchen einen Schützen, einen Kunst- oder Scharfschützen, einen Hobbyschützen, oder jemanden, der im Besitz einer Polizeiwaffe sein kann.«

»Also theoretisch auch einen Polizisten?«, fragte Frieda ungläubig.

Brummer und Neugebauer blickten sich an und kamen zum dem Schluss, die Köpfe zu schütteln.

Schon klar, dachte Frieda. Keine Nestbeschmutzung.

»Denk nur an das stümperhafte Verstecken des Toten. Das würde einem Polizisten nicht passieren«, erklärte Neugebauer.

Frieda nickte. »Und was ist mit Reifen- und Fußspuren am Tatort?«

Er grinste. »Einige gehören auch zu deinem Auto.«

»Ihr kennt die Profile meiner Reifen?«, unterbrach Frieda ihn erstaunt.

Er lächelte nachsichtig und fuhr fort: »Sonja Sengers auch. Aber es gibt weitere Spuren.«

»Vom Auto des Postboten?«, schlug sie vor. »Vom Auto des Toten? Vom Auto des Täters?«

»Oder der Täterin«, sagte Neugebauer.

»Täterin?« Frieda blickte ungläubig von Neugebauer zu Brummer. Beide Kollegen nickten. »Wie kommt ihr denn darauf?«

»Weil die Fußspuren, mal abgesehen von den Schuhen des Toten, auch von Frauenschuhen stammen könnten. Es handelt sich um die Größe 41«, erklärte Brummer.

»Ich habe Größe 39«, sagte Frieda. »Aber das wisst ihr sicher auch längst.«

Die Kollegen nickten.

»Wie viele Frauen haben wohl Schuhgröße 41?«, fragte sie ungläubig.

»Mehr als du denkst«, mischte sich Neugebauer ein. »Meine Frau sagt, wenn wir Schuhe kaufen gehen, die großen Größen sind immer zuerst weg.«

Frieda nickte. Sie hatte nicht gewusst, dass Neugebauer verheiratet war. Darüber mussten sie ein anderes Mal reden. »Okay. Aber mal abgesehen von einer gewissen Schnittmenge im Schuhgrößenbereich, wie viele Frauen sind Schützinnen?«

»Auch in dieser Fangemeinde gibt es Frauen, fürchte ich.«

Brummer bestätigte Neugebauers Annahme mit einem Nicken.

»Hat eine Frau genügend Kraft, um einen 100-Kilo-Mann zu tragen?«

»Eher nicht«, gab Neugebauer zu. »Aber sie hat ihn auch nicht getragen, sie hat ihn gerollt wie einen Baumstamm. Der Mann ist quasi von ihr über den Boden gewälzt worden. Er ist rundum übersät von Steinchen, Erdkrümeln, Holzstückchen, Gras und …«

»Hör auf! Das reicht jetzt!«, fuhr Brummer seinen Kollegen an.

Der schlug irritiert eine Hand vor den Mund.

Frieda nickte ihm dankbar zu. Keine gute Gelegenheit, den Herren einen Vortrag zu halten. Sie wussten selbst nur allzu gut, dass laut Statistik Frauen seltener schossen. Ihre Waffen waren gewöhnlich subtiler. Ihre Vorgehensweise weniger brutal. Sie vergifteten und erstickten eher, als dass sie erschossen, erschlugen oder erstachen. Sie handelten öfter im Affekt und verübten seltener Serienmorde. Nur ein Bruchteil aller Straftaten wurde überhaupt von Frauen begangen.

»Die Statistik ist die eine und die Realität die andere Seite der Wahrheit«, sagte Brummer, als hätte er Friedas Gedanken gelesen. »Und außerdem muss dich das alles nicht kümmern. Du weißt schon viel zu viel. Vergiss nicht, du bist draußen.«

Die Tür flog auf, und die Köpfe der Kommissare fuhren herum. Roggenmeier erschien auf der Schwelle. Er war ein relativ klein geratener Endfünfziger, drahtig und energisch und seine Gesichtsfarbe ließ auf einen hohen Blutdruck schließen. Mit ruckartigen Bewegungen trat er auf Frieda zu und griff nach ihrer Hand.

Frieda biss die Zähne zusammen.

»Frau Stein!«, rief er aus. Er war berühmt für seinen Knochen brechenden Händedruck.

Frieda hatte ihn bisher gut ausgehalten, aber nun fürchtete sie sich davor. Sie verzog das Gesicht.

Roggenmeier missdeutete ihre Mimik. »Was ist los mit Ihnen? Noch immer psychisch labil?« Er ließ ihre Hand fallen wie einen Handschuh.

Frieda nickte mechanisch, obwohl sie lieber in Tränen ausgebrochen wäre.

»Sie gehören leider nicht zur Soko«, verkündete Roggenmeier und stemmte die Hände in die Hüften.

Friedas Mundwinkel sanken herab.

»Machen Sie nicht so ein Gesicht. Das ist ja wohl normal. Grassi aus Schleiden wird uns unterstützen, und wir bekommen Verstärkung aus Bonn.«

»Schön«, sagte Frieda.

»Oberstaatsanwalt Wesseling«, sagte Roggenmeier stolz und machte eine Pause.

»Schön.«

»Hauptkommissar Magnus von der Bonner Mordkommission.«

»Schön.«

»Ist das alles, was Sie dazu zu sagen haben?«, beschwerte Roggenmeier sich. »Wenn Sie sich nicht im Forsthaus aufgehalten hätten, hätten wir jetzt nicht eine Soko gründen müssen.«

Frieda fiel das Kinn herunter. Welch einfacher Gedankengang.

»Ich nenne sie ›Soko Forsthaus‹«, verkündete er stolz. »Darauf wären Sie nicht gekommen, was? Das Gute liegt manchmal so nah.«

Sie nickte.

»So, ich muss wieder«, schloss Roggenmeier. »Was machen Sie überhaupt hier? Haben Sie sich nicht krankschreiben lassen?«

»Ich …«

Brummer kam ihr zuvor. »Sie ist nur hier, um ihre Zeugenaussage zu machen.«

»Aha. Gut. Wie gesagt, Frau Stein, ich erwarte Ihre Krankschreibung. Haben Sie Ihre Waffe schon abgegeben?«

»Warum sollte ich das tun?«, fragte Frieda.

»Um sich selbst zu schützen.«

»Keine Sorge, ich werde mich nicht erschießen.«

Roggenmeier streckte die Hand aus. Aber Frieda legte ihre Pistole demonstrativ auf Brummers Schreibtisch.

»Was ist mit Ihrem Ausweis?«

»Den auch? Weil ich mir damit die Pulsadern aufritzen könnte?«

Verhaltenes Glucksen der Kollegen.

»Es wird Ihnen schwerfallen, nicht zu ermitteln, so wie ich Sie kenne«, erklärte Roggenmeier pikiert.

»Meinen Ausweis habe ich zu Hause liegen lassen, ich bin ja nur als Zeugin hier.«

»Dann reichen Sie ihn später rein.« Roggenmeier rieb sich die Hände und grinste maliziös in die Runde, holte mit seinen kurzen Beinen weit aus und verließ das Büro. Er ließ die Tür hinter sich offenstehen. Seine Schritte hallten über den Flur.

Neugebauer stand auf und drückte die Türe vernehmlich ins Schloss. Die drei Kommissare brauchten eine Weile, um sich von diesem Auftritt zu erholen. Gemeinsam ertragenes Leid schweißte zusammen. Als Brummer und Neugebauer keine Anstalten machten, das Gespräch fortzusetzen, nutze Frieda die Stimmung aus.

»Und wie geht's jetzt weiter? Was machen wir jetzt als Erstes?«

»Deine Zeugenaussage«, sagte Brummer.

Neugebauer legte die Finger auf die Tastatur seines Rechners.

»9:55 Uhr«, diktierte Brummer.

»Das war so.« Frieda versuchte sich zu konzentrieren, während sie den Hergang schilderte. Aber bereits nach den ersten Sätzen kam es ihr vor, als steckte sie wieder mitten in der Situation. Sie hörte die Schüsse und das Echo, das Splittern von Glas, spürte die Schnitte auf der Haut. Sie begann zu schwitzen, unruhig auf ihrem Stuhl zu hin und her zu rutschen. Sie verlor den Faden und verhaspelte sich und konnte erst aufatmen, als sie das Protokoll unterschrieben hatte.

Neugebauer bedankte sich verständnisvoll. »Warst du schon bei einem Psychologen?«

»Wann denn?«

»Ach ja, richtig, Pfingsten. Aber heute könntest du …«

Sie schüttelte den Kopf. »Nicht nötig. Ich komm schon klar.«

»Nimm das nicht auf die leichte Schulter, Frieda. Mit einer posttraumatischen Belastungsstörung ist nicht zu scherzen.«

»Ich passe auf mich auf«, versprach sie.

»Wir könnten dir auch einen unserer Polizeipsychologen dienstlich anordnen. Die sind für solche Fälle besonders geschult.«

»Gut«, beschloss Brummer das Thema. »Deinen Lebensretter kannst du von mir aus nun auch ohne Grassi versorgen. Wir sehen im Forsthaus keine akute Gefahr mehr.« Er öffnete eine Schublade und holte zwei Schlüssel an einem Ring hervor. »Der ist für die beiden Riegel an der Haustür. Du kannst die Wohnküche wieder betreten. Und von mir aus kannst du auch im Forsthaus herumfideln, wenn dich das glücklich macht. Halt dich nicht zu lange dort auf und immer zu unterschiedlichen Uhrzeiten, klar?«

Frieda bedachte ihn mit einem finsteren Blick.

»Und komm bloß nicht auf die Idee, wieder dort einzuziehen. Es besteht immer noch die Möglichkeit, dass der Drohbrief dir gegolten hat.«

Blödsinn, dachte Frieda und nahm die Schlüssel an sich. In der Bundesrepublik Deutschland gab es ein freies Aufenthaltsrecht und auch für Beamte keine Residenzpflicht mehr, sagte sie sich.

Brummer führte sie zur Tür. »Sobald wir die Identität des Toten festgestellt und den Täter oder die Täterin gefasst haben, werden wir dich selbstverständlich informieren. Dann wird es zu einer Gegenüberstellung kommen. Bis dahin wollen wir nichts von dir hören, es sei denn, dir fällt wieder ein, wie der Briefträger aussah oder du kannst den Toten in der Rechtsmedizin identifizieren.«

Neugebauer trat auch zur Verabschiedung an. »Denk bitte an deinen Dienstausweis, ja? Und das Attest vom Arzt, sonst macht der Chef nur Stress, du kennst ihn ja.«

Frieda blickte von einem zum anderen. Ein Bedauern über die Umstände und Roggenmeiers Entscheidungen konnte sie in ihren Augen nicht erkennen. Sie schienen es vielmehr nicht abwarten zu können, sie loszuwerden.

»Mach nicht so ein Gesicht«, sagte Neugebauer. »Ich bin auch manchmal unzufrieden.«

Brummer riss die Türe auf und arrangierte seine missgelaunten Gesichtszüge zu einem Lächeln. »Danke, dass du gekommen bist. Ach, übrigens«, fügte er hinzu und legte wie einst Columbo eine Hand an die Stirn. »Sonja Sengers Notebook hat die Spurensicherung im Forsthaus nicht finden können. Sie hat es also wohl doch mitgenommen. Wir haben ihr natürlich sofort eine Mail geschickt. Wir brauchen sie als Zeugin, aber wir müssen sie auch warnen, dass der Täter noch frei herumläuft.«

»Noch einen schönen Tag«, rief Neugebauer.

Als Frieda von der Theodor-Nießen-Straße rechts in die Reinaldstraße einbog, erstand für eine Sekunde lang, wie ein Blitzlicht, das Bild des Toten, das im Büro an der Pinnwand hing, wieder vor ihren Augen. Und mit ihm Bruchstücke einer vagen Erinnerung, ein Ausschnitt aus einer Szene vor ihrer Haustür, eine unscharfe Überblendung, die sie nicht fassen konnte. Frieda fand einen Parkplatz gegenüber ihrem Hauseingang und stieg aus. Schematisch suchten ihre Blicke die Fenster der drei Miethäuser ab. Doch der Moment schien verflogen. Sie kniff die Augen zusammen und riss sie wieder auf. Vergebens. Ihr Kopf schien leer gefegt, leer wie ein verwaister Tanzsaal.

Unaufgeräumt war ein sehr schmeichelhafter Ausdruck für Friedas Wohnung. Ihre Mutter hätte bei diesem Anblick die Hände über dem Kopf zusammengeschlagen. So wie sie es wegen Friedas schwarzer Kleidung tat, wegen Friedas Unfähigkeit, einen Mann an sich zu binden, und ihrer Mutter Enkelkinder zu schenken – wegen Friedas Kompromisslosigkeit und wegen Friedas Gottweiß-was. Aber ihre Mutter war zum Glück weit weg.

Mit geübtem Schritt stieg Frieda über und um die Dinge herum, riss die Kühlschranktür auf, langte nach dem Milchkarton, setzte ihn an die Lippen und musterte dabei den Inhalt ihres Kühlschrankes. Gut, dass ihr der Appetit ohnehin vergangen war, denn nichts Weltbewegendes befand sich mehr auf den Ablagen. Ein Eierkarton, ein Bund Frühlingszwiebeln, ein Paket Brot, ein Stück Käse, im Gemüsefach eine Flasche Eifeler Landbier – alles übrig geblieben von einem Einkauf vor den Schüssen.

»Vor den Schüssen«, murmelte sie, als gäbe es ein Leben vorher und ein anderes danach. Und als hätten beide nicht viel gemeinsam. Frieda hatte sich nach den Schüssen nicht mehr aufraffen können einzukaufen. Oder aufzuräumen. Alltägliche Dinge zu tun. Dienstlich zur Ruhe aufgefordert, war sie auch privat in den Streik getreten.

Am Nachmittag sagte sie den Cello-Unterricht ab. Sie konnte sich nicht vorstellen, sich auf Noten und Saiten zu konzentrieren, sich überhaupt auf irgendetwas anderes als die Schüsse zu konzentrieren. Danach wählte sie die Telefonnummer des Allgemeinmediziners, dessen Name sie sich bei ihrer Grippe im Januar notiert hatte.

»Wie sind Sie denn versichert?«, fragte die Stimme am Telefon.

»Sie wissen, dass diese Frage rechtswidrig ist?«

Die Stimme schwieg.

»Kasse«, sagte Frieda trotzig.

»Dann haben wir Donnerstag einen Termin für Sie. 15 Uhr. Passt Ihnen das?«

Auch dieses Mal würde Frieda nicht hingehen.

Zum guten Schluss wandte sie sich ihrem Notebook zu. Auf einem gemeinsamen Internet-Portal boten einige Psychotherapeuten im Raum Euskirchen ihre Dienste an. Einige hatten auch freie Plätze, sahen adrett und kompetent aus und boten vielversprechende Lösungen an wie Entspannungstherapie, Gestalttherapie, Integrative Therapie, NLP, Gesprächstherapie und vieles andere, wobei Frieda die Hypnose noch die liebste Methode gewesen wäre, wenn überhaupt. Die Vorstellung, sich auf eine Couch zu legen, die Augen zuschließen und erst wieder zu öffnen, wenn der Albtraum vorbei war, gefiel ihr.

Und doch ging ihre Laune von Minute zu Minute unter – wie die Titanic. Schließlich klappte sie das Notebook zu. Sie war nicht krank. Eine posttraumatische Belastungsstörung würde sie allerdings bekommen, wenn sie ihrem dringenden Bedürfnis nach Aufklärung der Schüsse nicht nachgeben durfte, weiter nur herumsaß und grübelte und sich Vorwürfe machte, dass sie sich nach den Schüssen in einem Badezimmer wie ein Feigling versteckt hatte, anstatt heldenhaft hinaus in den Wald zu laufen und den Täter zu jagen.

Sie klappte das Notebook wieder auf und schrieb Sonja. Sie schrieb sich den ganzen Frust von der Seele. Und schrieb und schrieb.

6. Kapitel

Seit vier Tagen, seit dem 14. Mai, hatte Sonja Sengers Leben wieder einen Sinn. Im Leben einer Kriminalkommissarin brauchte es dazu offensichtlich einen Mord. Denn seit sie von dem Mord vor ihrem Forsthaus am Ende der Stromleitung erfahren hatte, ging es ihr wesentlich besser.

Die Zeit davor war geprägt gewesen von einer Mischung aus Trotz, Wut, Sinnlosigkeit und entsetzlichem Heimweh. Ein bitterer Cocktail, der schlechter schmeckte als Sonja Senger es sich in ihren kühnsten Albträumen vorgestellt hatte. Die Tage schlichen zäh dahin. Einer wie der andere. Elf Stück an der Zahl. Sonja schlug sie alle tot. Vergebens nahm sie sich jeden Tag neu vor, an diesem objektiv schönen Ort und in diesem objektiv erstklassigen Hotel das Beste aus der misslichen Lage zu machen und sich wie eine normale Urlauberin zu verhalten. Aber dafür war sie einfach nicht geschaffen.

Schon am ersten Morgen ihres Aufenthaltes war Sonja am Frühstücksbuffet in die Fänge einer anderen, alleinreisenden Dame geraten – eine elegant gekleidete, perfekt geschminkte, mit Schmuck behangene Person, die sich als Helene Allensteyn vorstellte, Witwe eines renommierten Anwalts. Ihr Lieblingsthema waren ihre Krankheiten, und davon hatte sie viele zu bieten. Es grenzte an ein Wunder, dass sie so quicklebendig im Garten sitzen konnte. Sonja hatte – trotz Gewissenserforschung – dazu nichts beizutragen. Ihren Orthopäden kannte sie noch nicht.

Es stellte sich heraus, dass Helene Allensteyn auf der gleichen Etage neben Sonja wohnte und ihr das zweifelhafte Vergnügen bescherte, ihre Telefongespräche mitanzuhören, ihre Selbstgespräche, ihre Schreie im Traum und ihre Anweisungen ans Personal.

Zum Glück war Helene Allensteyn zu krank, um Sonja zu begleiten. Aber sie war so redselig, als würde sie dafür bezahlt. Sonja warf alle Höflichkeit über Bord. Aber Helene Allensteyn merkte nichts, war gleichbleibend zudringlich und mit allen rhetorischen Wassern gewaschen. Ihr aus dem Weg zu gehen, war nicht einfach. Sie schien mehrere Leben zu haben, konnte gleichzeitig im Aufzug, im Salon, im Garten und an der Rezeption sein. Egal zu welcher Uhrzeit, sie war sowohl Lerche als auch Nachtigall.

Es wurde zu einer Art Hobby für Sonja, aus der Ferne zu winken, sich zu verstecken, im Laufschritt durch das Hotel zu hetzen und sich rarzumachen.

Sie machte kleinere Ausflüge mit dem Auto, unternahm lange Spaziergänge, gönnte sich am Nachmittag in Cafés Kaffee und Kuchen, und aß am Abend in feinen Restaurants, wo sie ihre Liebe zu gutem Essen neu entdeckte. Tagsüber konnte sie draußen unter Sonnenschirmen oder Bäumen sitzen, denn der Mai war in diesem Jahr besonders warm.

Sonja besuchte zwei Museen, verbrachte Stunden auf Bänken sitzend, philosophierend oder den letzten Band der Jahrhundertsaga von Ken Follet lesend, *Kinder der Freiheit*. Sie kaufte sich Dinge, die sie nicht brauchte, (bis auf einen weißen Leinenanzug), Andenken, Steh-Herums, die zu Hause zuerst auf den Fensterbänken stehen und später im Abstellraum verschwinden würden. An manchem Nachmittag sah sie fern – sie, die eine Fernsehverweigerin war! Aber die Gerichtssendung im kühlen Hotelzimmer, wenn es draußen einfach zu heiß war – wer konnte denn ahnen, dass dieser Mai der neue August werden würde – hatte einen großen Unterhaltungswert, nicht obwohl, sondern weil sie am wirklichen Leben völlig vorbeiging. Solche Kandidaten waren Sonja in ihrem ganzen Berufsleben nicht begegnet.

Eingeloggt ins WLAN des Hotels widerstand sie tapfer der Versuchung, die Eifelausgaben der regionalen Presse aufzurufen. Sie las stattdessen die Digitalausgaben der internationalen Presse und regte sich über die nachlässige Behördenarbeit bei der Bewältigung der Flüchtlingskrise auf. Wenn sie sich die Zustände in den Lagern vorstellte, denen insbesondere Frauen und Kinder ungeschützt ausgeliefert waren, packte sie die Verzweiflung. Das konnte nicht gut gehen.

Nebenbei hielt Sonja täglich nach Mails Ausschau.

Jeden Morgen nach dem Wachwerden schaltete sie ihr Handy ein und kontrollierte, ob jemand angerufen hatte. Aber niemand rief sie an. Denn niemand kannte ihre Mobilfunknummer. Niemand – außer ihren ehemaligen Kollegen, Brummer, Neugebauer und Roggenmeier. Aber warum sollten diese Herren, die sie mit einer gewissen Erleichterung ein Jahr zuvor in die Pension geschickt hatten, anrufen? Es gab keinen Grund dazu. Sie hatten Sonja Senger vermutlich längst vergessen.

Und dann war da noch Frieda Stein, ihre Nachfolgerin in der Polizeibehörde Euskirchen, der Sonja Senger ihre Mobilfunknummer gegeben hatte – allerdings mit der Verabredung, nicht anzurufen. Außer in einem privaten Notfall. Unter einem privaten Notfall verstand Sonja eine Erkrankung oder ein Unfall ihres geliebten Katers. Andere private Notfälle konnte sie sich nicht vorstellen.

Gedacht war ihr Urlaub als eine Art Bewährungszeit für ihre Nachfolgerin, die junge Kommissarin. Frieda Stein, erst seit zwei Jahren in der Polizeibehörde Euskirchen tätig, sollte die Gelegenheit bekommen, völlig autonom und selbstständig zu arbeiten. Inständig hatte Sonja gehofft, dass Frieda in dieser Zeit ein ordentlich verzwickter Fall vor die Füße fiel, den sie ohne ihre Unterstützung lösen musste. Zu oft hatte sie Sonja erst um Rat gebeten, ehe sie etwas unternahm. Und zu oft hatte Sonja den Fehler gemacht und Einfluss genommen. Das war nicht gut. Für beide nicht.

Und es war ein zweischneidiges Schwert: sich überflüssig zu machen, während die Schülerin ganz allein die Welt rettete. So mochte Sonja stolz sein auf Friedas Erfolge, aber eben auch tatenlos und obendrein an einem fremden Ort zurückbleibend. Eine Schnapsidee!

Vor vier Tagen aber war Sonja in ihrem Hotelbett aufgewacht, das viel zu weich und viel zu schmal war, von dem aus sie keinen Blick ins Grüne hatte, keine Vögel singen hörte und kein Kater an ihrer Seite schnurrte, und schaltete ihr Handy an. Mitten in der Nacht war ein Anruf eingegangen. In Abwesenheit, wie es hieß, obwohl Sonja keine fünfzehn Zentimeter neben dem Handy gelegen und einen beispiellosen Blödsinn geträumt hatte. Der Anruf stammte von Frieda Stein. Ein privater Notfall also, dachte Sonja alarmiert und hörte die Mailbox ab.

Schüsse aufs Forsthaus in der vergangenen Nacht, eine zerborstene Fensterscheibe, eine Leiche im Garten und ein Drohbrief – weder West noch Frieda war etwas Ernsthaftes zugestoßen. Nüchtern betrachtet, kein Inferno. Leider kein Grund, nach Hause zu fahren.

Über den Drohbrief grübelte Sonja nicht lange nach. Er war an sie persönlich gerichtet. Drohbriefe im Leben einer Kriminalkommissarin waren keine Seltenheit. Mails oder Anrufe, mit denen man sie bedrohte, auch nicht. Ihr Auto und ihr Forsthaus wollte schon so mancher brennen und ihren Kater hängen sehen und sie selbst in den Tod jagen. Sie hatte sich mit den Jahren an diese Verwünschungen gewöhnt. Sie nahm sie nicht mehr ernst.

Dass Frieda außer sich war, konnte sie dennoch gut verstehen. Beim ersten Drohbrief war es ihr ähnlich ergangen. Frieda beschrieb die Nacht im Forsthaus in allen Einzelheiten und mit dramatischer Fantasie. Dass sogar Oberstaatsanwalt Bernd Wesseling angerückt war, war das Sahnehäubchen. Und als Frieda ihn beschrieb, stellte Sonja fest, dass sie ihn vermisst hatte. Er hatte sich seit ihrer Pensionierung nicht mehr blicken lassen. Sonja wusste nicht mehr genau, wie sie sich beim letzten Mal getrennt hatten. Hatten sie einen Disput gehabt? Vermutlich. Es würde sie nicht wundern, sie konnte wunderbar mit ihm streiten. Er biss immer sofort an. Vielleicht sollte sie ihn anrufen, wenn sie wieder zu Hause war, und ihn zu einem Rum mit Tee einladen. So wie früher. Außer dass sie nun keine dienstlichen Themen mehr zu diskutieren hatten. Worüber sollten sie reden? Über früher?

»Wenn man anfängt über früher zu reden, ist man alt«, sagte sie sich und erhob sich endlich aus dem Bett. Es war Zeit zu frühstücken und sich gegen Helene Allensteyn zu wappnen.

Frieda Stein hatte ihr die Funktion Täuschungsanruf in ihrem Handy eingerichtet, zu dem sogar ein mittelalterliches Modell wie dieses in der Lage war. Sonja stellte eine neue Zeit ein. Sie nahm auch ihr Notebook mit ins Restaurant, bediente sich am Buffet, suchte sich einen kleinen Ecktisch hinter einer Säule, der nur für eine Person eingedeckt war. Sie verschanzte sich hinter dem Bildschirm und ging ins *world wide web.*

Noch war das Foto des Toten von Wolfgarten nicht in den Medien erschienen. Während des Frühstücks bekam Sonja zwei weitere Mails. Eine von Frieda und eine von Brummer. Frieda fragte nach ihrer Schuhgröße, Brummer fragte an, wann sie mit ihrem Versteckspiel aufhören werde. Gemeinsam war ihnen die Sorge um Sonja Senger. Der Mörder von Wolfgarten laufe noch frei herum, und er werde sicher alles daran setzen, sie aufzuspüren. Wo immer sie auch sein möge, sie solle auf sich aufpassen.

Amen, sagte sich Sonja, trat erneut ans Buffet und angelte sich ein Croissant. Sie verbuchte es als persönlichen Pluspunkt, Helene Allensteyn an diesem Morgen entgangen zu sein.

Frieda schrieb täglich eine Mail und hielt Sonja auf dem Laufenden. Sie berichtete von einem Auto, das in der Nähe des Forsthauses gefunden worden sei, von Kollege Grassi aus Schleiden, der sie nach Wolfgarten begleiten müsse, wenn sie West füttern wollte. Nach Pfingsten beklagte Frieda sich voller Entrüstung, dass man sie aus der Soko entfernt habe, weil sie eine posttraumatische Belastungsstörung habe. Sie solle sich krankschreiben lassen.

Und gestern hatte Brummer das Foto des Toten geschickt und Sonja in seiner Mail um eine Identifizierung gebeten. Sie studierte die Gesichtszüge eingehend. Er hatte das typische Gesicht eines Toten, fand sie. Starr und ausdruckslos. Die Glatze und die krumme Nase … nein, sie kannte den Mann nicht.

Über Nacht erschien der Mordfall von Wolfgarten dann auch in allen Medien. Und Sonja fürchtete, dass er auch Helene Allensteyn nicht entgangen sein konnte.

Und so war es.

»Haben Sie auch von dem Mordanschlag auf die Polizistin gehört?«, raunte ihr die gefürchtete Stimme ins Ohr, als Sonja sich beim Frühstücksbuffet am Obstsalat bediente. »Nicht einmal mehr die Polizei ist sicher.«

»Sie sagen es.« Es war besser, Helene Allensteyn recht zu geben.

»Verstehe nicht, dass die Polizei ihn nicht sofort geschnappt hat.«

Sonja löffelte Joghurt auf ihr Obst.

»Die Polizei taugt nichts, sage ich immer. Mein Mann war auch immer für den privaten Sicherheitsdienst. Wir hatten immer eine Waffe im Haus, eine Alarmanlage, einen Wachhund – und trotzdem ist bei uns eingebrochen worden.«

Sonja streute Crispies auf den Joghurt.

»Es soll in der Eifel geschehen sein! Waren Sie schon einmal in der Eifel?«

»Nein«, sagte Sonja ohne hochzusehen.

»Es muss furchtbar gefährlich dort sein. Kann ich mich zu Ihnen setzen?«

»Tut mir leid, aber ich wenig Zeit.«

Helene Allensteyn fixierte die Joghurtschale.

»Ach, kommen Sie. Ein paar Minütchen.«

Sonja gab auf und steuerte ihren Tisch an, der nur für eine Einzelperson gedeckt war. Helene Allensteyn winkte nach einer Kellnerin, ließ ein weiteres Gedeck auflegen und bestellte ihr Frühstück. Sie hatte es nicht nötig, sich am Buffet selbst zu bedienen.

Sonja klappte das Notebook zu, auf dem das Foto des Toten von Wolfgarten im Vollbildmodus zu sehen war. Sie hypnotisierte ihr Handy. Warum klingelte es nicht?

»Teufelszeug, diese Computer!«, stöhnte Helene Allensteyn und wies mit dem Kinn auf das Notebook. »Was machen Sie denn damit?«

Sonja war vorbereitet. »Ich schreibe ein Buch.«

»Ihre Memoiren?«

Da ertönte die Miss-Marple-Melodie.

»Entschuldigen Sie«, rief Sonja, schnappte sich ihr Notebook, sprang auf und lief zum Ausgang. »Es ist dringend.«

»Bleiben Sie doch. Es macht mir nichts, wenn Sie in meiner Gegenwart telefonieren. Wer ist denn dran?«

Aber da hatte Sonja die Türklinke schon in der Hand.

»Sehen wir uns beim Abendessen?«, rief Helene Allensteyn ihr nach.

Man musste sie vermutlich enthaupten, um sie zum Schweigen zu bringen, dachte Sonja. Als sie ihr Zimmer erreichte, verriegelte sie die Tür und lehnte sich dagegen.

Memoiren zu schreiben, das war gar keine schlechte Idee. Sie begann auf der ersten Seite ihres Notizbuches und hielt fest: *18. Mai 2016.*

7. Kapitel

In Euskirchen, auf der Kessenicher Straße, blühten die Kastanien, die Schafgarbe und der Spierstrauch. Die Straße war mit Blütenblättern bestreut, weiße vom Flieder, gelbe von Goldregen oder Forsythie. Das sah feierlich aus.

Später, auf dem Weg nach Wolfgarten, Raps, immer wieder Raps, zitronengelbe Rapsflächen so weit das Auge reichte. Die Eifelbauern, die einst angetreten waren, hochwertige Lebensmittel zu produzieren, mussten ihre Ernte der Ölraffinerie opfern, wenn sie überleben wollten.

In der *Kermeterschänke* in Wolfgarten wurde Kommunion nachgefeiert. Das ließ sich unschwer an den beiden Jungen erkennen, die kaum älter als zehn Jahre sein konnten, aber herausgeputzt waren wie kleine Erwachsene. Dunkelblauer Anzug, türkisfarbener Schlips, türkisfarbenes Einstecktuch, schnurgerade Scheitel im akkuraten Haarschnitt. Allein ihre schmutzigen Schuhe, die verschmierten Münder und Hände beruhigten Frieda Stein. Sie schlängelte sich an einer Reihe parkender Autos entlang.

Ein Maibaum stand im Dorf und ragte in den Himmel empor.

Drei rehbraune Kühe und drei rehbraune Kälbchen, die auf dem Ziegenbendgesweg in der Nähe des Wegekreuzes auf der Wiese lagen, beobachteten mit stoischer Ruhe, wie sich der dunkelgrüne Golf Kombi der Kommissarin seinen Weg zum Forsthaus bahnte.

Die Hühner, die in einem blauen Bauwagen mit Freilauf, Leiter und einem Hahn ein Zuhause gefunden hatten, gackerten aufgeregt, verrenkten sich die Hälse und stürmten von Neugier geplagt an den Zaun, weil nicht jeden Tag ein Auto des Weges kam.

Frieda hielt kurz an und sah sich um. Am Rand der Butterblumen- und Löwenzahnwiese, die sich vor dem Forsthaus ausbreitete, waren die Aktivitäten der Nationalparkverwaltung nicht zu übersehen: Kahlschlag der Fichten und Douglasien, als wäre der Orkan Kyrill nach fast zehn Jahren zurückgekehrt und hätte diesmal Maßarbeit verrichtet.

Im Briefkasten vor dem Forsthaus steckte keine Post, und die Markierungen der Spurensicherung waren verblasst. Das Graffito auf der Spanplatte, die die zersprungene Fensterscheibe abdeckte, schien seltsam deplatziert an einem Ort wie diesem. Frieda schloss die beiden Riegel auf, ließ sich dreimal gegen die Haustür fallen und stolperte in den Flur. »West! Hallo, West!«, rief sie. »Ich bin's! Du hast Besuch! Wo steckst du denn? Ich hab dir was zu essen mitgebracht.«

Kein Miauen, kein Pfotenklopfen auf Holzdielen.

Frieda riss das Polizeisiegel zur Wohnküche ab und stieß die Tür auf. Sie trug des Katers Besitztümer zurück in die Wohnküche auf deren Stammplatz neben dem grünen Kachelofen. Sie reinigte und füllte Fress- und Wassernapf, schüttelte die alte Decke seiner Schlafstätte aus und begutachtete das unbenutzte Katzenklo. Jetzt fehlte ihm nur Sonja zu seinem Glück.

Die Wohnküche sah aufgeräumt aus. Dankbar stellte Frieda fest, dass jemand den Boden geputzt hatte. Keine Glassplitterchen blinkten ihr entgegen. Der alte Esstisch aus Walnussholz schien blank poliert. Die Fenster waren geputzt. Alle bis auf das eine.

Es hieß, dass Sonja sich um die Beschaffung eines neues Fensters selbst kümmern müsse, sobald sie von ihrer Reise zurückgekehrt sei. Die Kosten würden selbstverständlich erstattet. Frieda überlegte, Sonja diese Arbeit abzunehmen. Aber andererseits wollte Sonja vielleicht selbst den Schaden begutachten und ihre Schlüsse daraus ziehen. Frieda vertagte die Entscheidung und machte einen Rundgang durchs Haus.

Den Abstellraum hatte niemand aufgeräumt. Er sah so undurchdringlich aus wie eh und je. Die Flaschen im Wasserkasten waren leer. Die Vorräte auf dem Holzregal wirkten vergessen.

Unter der Dachschräge fand Frieda ihr Cello und den Notenständer auf Sonjas Bett. Sie öffnete das Fenster und ließ die klare Luft hereinwehen. Frieda setzte sich auf die Bettkante, klappte den Notenständer auf und öffnete die Instrumentenhülle. Sie zog das Notenheft und den Bogen heraus und aus dem Nebenfach die kleine Dose Kolophonium, das Bogenharz, mit dem sie den Bogen regelmäßig einrieb, um die Saiten ihres Cellos zum Schwingen zu bringen. Ganz sorgfältig ging sie dieser Aufgabe nach. Erst als sie das Bogenharz wieder in der Dose verschlossen hatte, holte sie auch das Cello aus seiner Hülle, zog den Stachel am Boden heraus und stellte es zwischen ihre Beine. Aber Sonjas Bett war viel zu niedrig, als dass Frieda beim Spielen darauf hätte sitzen können. Sie zog sich einen Hocker heran. Das Griffbrett in der linken, den Bogen in der rechten Hand strich sie sanft über die Saiten. Nichts als ein schabendes Geräusch. Sie hielt inne, öffnete das Notenheft und legte es aufgeschlagen auf den Notenständer.

Es war ein anklagendes und ein wenig verstimmtes *Sometimes I feel like a motherless child,* das wenig später über dem grausam gerodeten Nationalpark Eifel erklang. Und die Feldlerchen schwiegen.

Nachdem die letzte Note verklungen war, blickte Frieda lange hinaus, ohne etwas zu sehen. Sie fragte sich, in welchem Zusammenhang der Drohbrief und die Schüsse standen. Ein Drohbrief, der keine acht Stunden vor der Tat zugestellt wurde. Wem galten die Schüsse? Sonja Senger, Frieda Stein oder dem Mann, der sein Leben gelassen hatte? Was hatte der Tote, als er noch nicht tot war, vor dem Forsthaus zu suchen gehabt? Wer war er? Wieso kam es ihr so vor, ihn zu kennen?

Der Gedanke, dass die Schüsse nicht mit Sonja, sondern mit ihr selbst zu tun haben könnten, war ebenso ungeheuerlich wie beängstigend. Ihres Wissens hatte sie sich keine Feinde gemacht, nicht in der kurzen Zeit, seit sie in der Polizeibehörde Euskirchen ihren Dienst angetreten hatte. Auch nicht im privaten Bereich, es gab keine verschmähten Liebhaber. Es gab überhaupt keine Liebhaber. Leider. Auch in ihrem Leben vor Euskirchen

– in Köln, wo sie aufgewachsen und zur Schule gegangen war, und in Berlin, wo sie studiert hatte, gab es niemanden, der sie bis hierher verfolgte, um sie zu erschießen. Nahm sie an.

Und was war mit dem Postboten? War sein Auto postgelb gewesen? Seine Kleidung dunkelblau? War das seine Dienstkleidung gewesen?

Sie wusste es nicht mehr und schlug mit der Faust auf den Fensterrahmen. Viel wahrscheinlicher war doch, dass sie nur das Opfer einer Verwechslung geworden war. Doch diese Möglichkeit erschien ihr zu einfach.

Leichte, klopfende Geräusche drangen an ihr Ohr. West kam die Stiege heraufgelaufen und blieb zaghaft auf der obersten Stufe stehen.

»Da bist du ja!« Frieda ging in die Knie.

West lief ihr entgegen, rieb sein Kinn an ihrer Hand und drängte sich gegen sie. Er schnurrte vor Wonne, machte einen Buckel und hob die Pfoten nacheinander, schloss die Augen, legte die Ohren an und konnte nicht genug von Friedas Hand bekommen.

Aber von einem Augenblick auf den nächsten war er es leid und sprang auf Sonjas Bett, machte einen Bogen um das Cello, rollte sich zusammen, ließ sich fallen und seufzte vernehmlich.

Gerne hätte Frieda sich neben ihn gelegt und ausgeruht von all den Fragen, die in ihrem Kopf umherschwirrten und hoffen, dass sie sich von selbst lösten. Ein Blick auf die Uhr, 17 Uhr, es war nicht zu spät, der Post in Gemünd einen Besuch abzustatten.

»Bis gleich«, versprach sie dem Kater.

Ein Auto fuhr auf das Forsthaus zu, als sie aus der Haustür trat. Ein silberner Audi mit Bonner Kennzeichen. Frieda blieb auf der Schwelle stehen, West war das Geräusch nicht entgangen, er schob sich zwischen ihre Beine und machte einen Buckel. Der Audi stellte sich quer vor Friedas alten, grünen Golf. Das blitzsaubere, in der Sonne glänzende Geschoss ließ Friedas Dienstwagen wie eine Schrottkiste aussehen.

Ein Mann stieg aus. Groß und in einen Trenchcoat gehüllt, versuchte er die Enden seines Seidenschals im Paisley-Muster zu bändigen. Ein kleiner Nordwind war aufgekommen, wie es gern abends in der Eifel geschah. Er umwehte den exakten Mittelscheitel des Fremden. Die Männernase war gerötet. Er tupfte sie mit einem Stofftaschentuch ab, dann schnäuzte er sich. Die andere Hand umfasste eine rote Kladde.

»Guten Tag«, rief Frieda ihm zu, er schien sie nicht bemerkt zu haben.

Auf Zehenspitzen stakste er über den Feldweg zum Haus, obwohl es keine Pfützen gab. Es hatte seit Tagen nicht geregnet. Der Mai sei zu trocken und zu warm, sagten die Bauern. Sie mussten es wissen. Der Mann trug hellbraune Lederschuhe, die teuer aussahen. Die Markierungen der KTU beachtete er nicht. Er blieb vor dem Gartentor stehen. »Wir kennen uns noch nicht.«

»Sonst würde ich Sie auch hereinbitten.«

»Je nun«, meinte er. »Das Problem lässt sich lösen. Ich bin Oberstaatsanwalt Wesseling. Und Sie sind wohl diese … diese …« Er kniff die Augen zusammen, als könnte er so besser nachdenken.

»Kriminalkommissarin Friederike Stein«, half Frieda aus und verzichtete darauf, seinen Ausweis sehen zu wollen. Da war er also, der berüchtigte Wesseling. Unverkennbar. Immer ein wenig overdressed und overstyled für einen dreckigen, blutigen Tatort, so hatte Sonja Senger ihn beschrieben.

»Richtig!«, rief er aus. »Ich kenne übrigens Ihren Herrn Vater.«

Na prima, dachte Frieda. Solchen Besuch wünschte sie sich.

Wesseling schob das Gartentor beiseite und kam auf sie zu. West nahm Reißaus. »Haben Sie einen Moment Zeit?« Er wartete keine Antwort ab und streckte ihr seine Hand entgegen. Die weiche, weiße, manikürte Hand eines Schreibtischtäters.

Frieda schlug ein. Sie wollte ihn gerade bitten hereinzukommen, da schritt er bereits an ihr vorbei durch den Flur geradewegs in die Wohnküche hinein. Er kannte sich aus und brachte einen sonderbaren Herrenduft ins Forsthaus, der zum Glück dezent war. Er strebte auf den Ohrensessel zu und nahm umständlich Platz. Den Mantel behielt er an. Er schlug die Beine übereinander und ließ die Bügelfalten seiner dunkelblauen Hose und den Rand seiner dunkelblauen Socken sehen. Wenn seine Schuhe nicht handgenäht waren, dachte Frieda, würde sie in Zukunft nur noch Flip-Flops tragen.

Sie blieb unschlüssig vor ihm stehen. »Was führt Sie zurück an den Tatort, Herr Oberstaatsanwalt?«

»Je nun«, sagte er und tupfte an seiner Nase herum. »Ich bin der Herr des Verfahrens.«

»Sie kommen spät. Das Verbrechen ist fünf Tage her. Die KTU hat inzwischen aufgeräumt«, sagte Frieda und breitete die Arme aus. »Sie werden nichts mehr finden außer neuen Spuren.«

»Und was ist mit diesem Graffito am Fenster?«

»Das ist allerdings neu.«

»Sehen Sie. Haben Sie es zuordnen lassen?«

»Die Kollegen haben das übernommen.«

»Gut.«

Wesseling musterte Frieda, unverhohlen glitten seine Blicke von ihrem Haarschopf bis zu ihren Füßen. Er schien zufrieden mit dem zu sein, was er sah, denn er lächelte.

Sie sah an sich hinunter und schloss einen Knopf an ihrer Bluse.

»Sind Sie in Trauer?, fragte er.

»Wieso?«

»Sie sind ganz in Schwarz.«

»Und Sie, gehen Sie auf eine Hochzeit?«, parierte Frieda.

»Je nun.« Er zupfte an seinem Seidenschal, dabei saß er perfekt, wechselte das Thema und verkündete mit eigentümlich schnöseliger Stimme: »Ich hatte schon öfter das Vergnügen mit Ihrem sehr geschätzten Herrn Vater, Herrn Dr. Helmut Stein, zusammenarbeiten zu dürfen.«

Frieda kreuzte die Arme über der Brust.

»Ein hervorragender Rechtsmediziner, muss ich sagen.«

»Ist er das?«

»Ihm ist nichts, aber auch nie irgendetwas entgangen, keine noch so kleine Spur. Solche Kapazitäten gibt es heutzutage gar nicht mehr. Als er noch in der Rechtsmedizin Aachen arbeitete, sind wir uns oft über den Weg gelaufen.«

Wesseling wechselte die Stellung seiner Beine. Nun lag das linke Bein oben und Frieda sah auf die linke Socke. Sie hatte – anders als die rechte – ein kleines, querverlaufendes Rautenmuster.

»Nun gibt es beides nicht mehr, sozusagen«, sagte Frieda und konnte den Blick nicht von der Socke nehmen. »Die Rechtsmedizin in Aachen ist geschlossen und mein Vater …«

Wesselings Gesicht betrübte sich. »Ist er verstorben?«

Sie verdrehte die Augen. »Er ist im Ruhestand.«

Er stieß erleichtert Luft aus. »Unglückliche Formulierung«, kritisierte er.

Frieda löste ihre Arme und schlug die Hände tatkräftig aneinander. »Ich muss leider los, Herr Oberstaatsanwalt.«

»Sicher, sicher.« Er rümpfte seine rote, leicht wunde Nase. »Ich weiß, dass Sie hier nicht wohnen.« Dann musste er niesen und prustete eine Entschuldigung ins Taschentuch. »Ich habe eine Pollenallergie.«

Frieda interessierte sich nicht für seine Krankheiten.

Er zerknüllte das Taschentuch in der Hand. Es schien sich nicht zu lohnen, es wegzupacken. »Wo, sagten Sie, ist Sonja Senger zurzeit?«

Frieda lächelte.

Wesseling lächelte.

»Sie müssen wissen, Sonja Senger und ich sind …«, er zögerte, »wir sind gute Freunde, sehr gute Freunde. Seit vielen, vielen Jahren. Genau genommen seit 2004, als

Sonja sich aus Rheinland-Pfalz nach Nordrhein-Westfalen versetzen ließ.«

»Ich weiß.«

»Aber Sie wissen sicher nicht, was sie und ich seitdem alles gemeinsam erlebt haben.« Er wackelte mit dem Kopf. »Was ich damit sagen will, ist, mir gegenüber können Sie ruhig mit der Wahrheit herausrücken. Dass Sonja sich nach ihrer Pensionierung ihren ehemaligen Kollegen gegenüber zurückhaltend verhält, kann ich gut verstehen. Man hat ihr auch übel mitgespielt. Aber bei mir liegt der Fall etwas anders. Sie verstehen? Ich habe natürlich ihre Telefonnummer, wie Sie sich denken können, auch ihre Mail-Adresse, aber ich mache mir ein wenig Sorgen, weil ich sie nicht erreiche. Partout nicht.«

Frieda hob die Schultern und ließ sie wieder fallen. »Ich auch nicht.«

Er lächelte schief.

»Wirklich nicht«, beteuerte sie. »Sie ist verreist.«

»Das sagte Hauptkommissar Brummer bereits.«

»Und niemand weiß, wohin oder wie lange sie dort bleiben wird.«

»Ich verstehe das nicht.«

»Sie will einfach nur ihre Ruhe haben. Sie ist schließlich in Pension.«

Wesseling seufzte und erhob sich umständlich. »Können wir zwei denn etwas vereinbaren?« Er zeigte mit einem Finger erst auf sich und dann auf Frieda.

Sie blickte ihn fragend an. Ein Deal mit dem Staatsanwalt? Mit dem Oberstaatsanwalt? Jetzt wurde es interessant.

»Richten Sie ihr meine Grüße aus, ja?«

Frieda nickte enttäuscht. Das war alles? »Klar, das mache ich, sobald ich sie erreichen kann. Das wird sie freuen.«

Wesseling nickte ihr zu. »Das hoffe ich.«

Schiefergraue Augen hatte er, stellte Frieda fest, als er dicht vor ihr stand. Schöne Augen.

»Und grüßen Sie Ihren Herrn Vater herzlich von mir.«

»Ja. Ja.«

»Falls Sie ihn sehen«, fügte er hinzu und stolzierte hinaus. »Ist das Ihr Auto?«, rief er, als er seinen Audi per Fernbedienung öffnete.

Welches sonst, fragte sich Frieda ohne zu antworten.

»Schönes Auto«, meinte er bösartig lachend und tauchte ab. Der Motor knurrte leise, die breiten Räder knirschten auf dem Boden, ein Wendemanöver – und der Oberstaatsanwalt rollte davon.

Er war ein alter Chauvi! Ein Chauvi mit schönen Augen, dachte Frieda, während sie das Graffito mit ihrem Smartphone fotografierte. Sie hatte nicht vor, es den Kollegen zu überlassen, die Botschaft herauszufinden.

17.20 Uhr. Fast eine halbe Stunde war mit diesem sinnlosen Gespräch ins Land gegangen. Die Post in Gemünd hatte laut Internet bis 18 Uhr geöffnet. Es wurde langsam knapp.

Doch die Eifel schien sich gegen Frieda verschworen zu haben. Denn noch in Wolfgarten wurde sie von einem seltsamen Fahrzeug aufgehalten. Hin und her gerissen zwischen Bewunderung und Ungeduld zockelte sie hinter ihm her und hörte zu, wie sich ihre Reifen durch Kuhfladen quälten. Bewundern musste sie den

Erfindungsreichtum dieses Bauern, der seine Kühe mit einer Art Gatter auf Rädern vor seinem Traktor hertrieb. Eine Konstruktion, die den Viechern keine andere Wahl ließ, als geschlossen und zügigen Schrittes mitzuhalten. Das Ganze sah nach Marke Eigenbau aus, sollte aber unbedingt als »Kuhabtriebgerät« in Serie gehen, fand Frieda. Es war eine geniale Erfindung und ließ jeden Cowboy alt aussehen.

Um 17.55 Uhr parkte Frieda, atemlos, als wäre sie zu Fuß gelaufen, auf der Aachener Straße 8 vor der Postfiliale Gemünd, die sich direkt neben der Vitalis-Apotheke befand. Die Öffnungszeiten standen an der Ladentür, die Frieda stürmisch aufstieß. Ein helles Gebäude mit einem Briefkasten, der nur einmal am Tag geleert wurde, einem Postbankschalter und jeder Menge Postfächer, groß und klein, schmal und breit. Kein Kunde befand sich mehr in der Filiale, was Frieda nur recht war. Eine junge Frau saß am Schalter und telefonierte. Mit einem hastigen »Tschö« beendete sie das Gespräch, woraus Frieda schloss, dass es sich um ein Privatgespräch gehandelt haben musste. Sie zeigte ihren Ausweis.

Die Wangen der jungen Frau flammten rot auf. »Polizei?«, hauchte sie und ihr blonder Pferdeschwanz wippte nervös. Auf der Brusttasche ihrer blauen Bluse stand ihr Name auf einem kleinen Schild, aber Frieda konnte ihn nicht entziffern. »Aber Sie tragen keine Uniform.«

»Ich reite auch nicht auf einem Pferd«, konterte Frieda. »Ich möchte nur gern wissen, wer am 13. Mai die Post in Wolfgarten ausgeliefert hat.«

»Am 13. Mai?«, wiederholte die Frau entgeistert. »Warum denn?«

Frieda pochte auf ihren Ausweis und sagte: »Laufende Ermittlungen.

»Verstehe«, antwortete die Frau verständnislos und hatte Mühe, ihren Blick von Friedas Stirnpflaster zu wenden. »Da müsste ich nachsehen.«

»Dann tun Sie das bitte«, schlug Frieda vor und blickte auf die Uhr. Ab jetzt machte die gute Frau Überstunden.

Sie zog eine Schublade auf und entnahm ihr einen Ringordner, in dem knapp 20 Seiten, in Klarsichthüllen verpackt, ihr Dasein fristeten.

»Wann, sagten Sie noch mal?«, fragte die Angestellte.

»Am 13. Mai«, antwortete Frieda und fügte sicherheitshalber hinzu. »In Wolfgarten.«

»Das haben Sie mir schon gesagt.« Sie schien eine Brille zu benötigen, was sie wohl ihrem hübschen Gesicht nicht zumuten wollte, denn ihre Nasenspitze berührte fast die Seiten, die sie umblätterte. Mithilfe eines Kulis ging sie eine Zeile nach der anderen durch. Ein paar Minuten später klappte sie den Ordner energisch zu und sagte: »Für Wolfgarten ist nur weibliches Personal tätig.«

»Gibt es vielleicht eine private Zustellfirma für Wolfgarten?«, wollte Frieda wissen.

Miss Postfiliale schüttelte den Kopf, dass ihr Pferdeschwanz hin und her flog. »In der ganzen Eifel nicht. Den privaten Zustellerfirmen sind die Wege in der Eifel viel zu weit, das Geschäft lohnt sich hier nicht, es ist quasi unrentabel, verstehen Sie?«

»Quasi«, wiederholte Frieda. Die Erklärung leuchtete ihr ein. »Wer hat denn am 13. Mai die Post in Wolfgarten zugestellt?«

»Christa Schröpf«, kam umgehend die Antwort. »Wie an jedem anderen Wochentag, außer wenn sie krank ist oder Urlaub hat. Aber am 13. Mai hatte sie keinen Urlaub und war auch nicht krankgemeldet.«

»Können Sie mir ihre Anschrift und Telefonnummer geben?«

»Selbstverständlich.« Miss Postfiliale nickte und schrieb sie, ohne irgendwo nachzusehen, auf einen kleinen Zettel und reichte ihn Frieda. »Um welche Straße geht es denn in Wolfgarten?«

Frieda nahm den Zettel an sich, faltete ihn und steckte ihn in die Hosentasche. »Um den Ziegenbendgesweg.«

»Kein Problem. Der ist ja nicht besonders lang. Wie lautet denn die Hausnummer?«

Frieda stutzte. »Keine Ahnung.«

Ein mildes Lächeln. »Sie kennen die Hausnummer nicht?«

»Soweit ich weiß, hat es gar keine.«

»Jedes Haus hat eine Hausnummer, das ist so vorgeschrieben. Wo kämen wir denn da hin …?«

»Weiß ich nicht«, sagte Frieda ungeduldig. »Das Haus liegt nicht im Ort, sondern etwas separat am Waldrand.«

Ein verständnisvolles Lächeln und plötzliche Erleichterung. »Ach so, Sie meinen das Forsthaus am Ende der Stromleitung?«

Frieda nickte irritiert.

»Dort, wo die Polizistin wohnt? Warum sagen Sie das nicht gleich? Da war doch jetzt dieser Mordanschlag, hab ich in der Zeitung gelesen. Deswegen war auch schon ein Kollege von Ihnen hier. Dem habe ich auch gesagt, dass die Frau Hauptkommissarin selbstverständlich ein Postfach bei uns hat. Nr. 110, natürlich.« Sie kicherte.

Frieda war nicht nach Lachen zumute. Sie zögerte einen Moment und sagte dann: „Ich weiß."

»Dann sind Sie also allesamt Kollegen?«, hörte sie Miss Postfiliale fragen und sah sie auf den Polizei-Ausweis schielen.

»Quasi.«

«Darf ich fragen, warum Sie mir all diese Fragen stellen? Ich meine schon wieder. Stimmt was nicht mit der Postzustellung?«

»Das kann man wohl sagen.«

Miss Postfiliale nahm ein Formblatt aus einem Aktenfach und zückte ihren Stift. »Wollen Sie sich beschweren?« Ihre Augen leuchteten. Das wäre nach ihrem Geschmack. Ihr Dienstschluss schien ihr völlig entfallen zu sein.

»Davon können Sie ausgehen.«

»Gut. Das mache ich gerne für Sie.«

»Nicht jetzt.« Frieda steckte ihren Ausweis ein, wandte sich ab und verließ mit einem »Ich melde mich« die Filiale.

Eine Motorradkolonne bog von Schleiden aus in die Aachener Straße ein. Sieben schwarze, schwere Maschinen, auf denen sieben schwere, schwarze Gestalten saßen, die mit ihren Helmen wirkten wie Außerirdische, knatterten mit erstaunlich geringer Geschwindigkeit an Frieda vorbei. Vor der roten Ampel vor der Brücke über die Olef kamen sie zum Stehen, und der Lärmpegel senkte sich.

Der sechste Fahrer hielt genau vor Frieda. Er klappte sein Visier hoch und schrie ihr etwas zu. Ein alter Mann, der sich als Außerirdischer verkleidet hatte, stellte Frieda erstaunt fest. Mitte sechzig, vielleicht siebzig – oder vom Wetter gegerbt. Jedenfalls war er kein jugendlicher Heißsporn mehr, was sie versöhnte. Aber sie verstand kein Wort, schüttelte den Kopf und hielt sich die Ohren zu. Da schaltete er seine Maschine aus und rief: »Salzberg?«

Sie hob fragend die Schultern.

»Sie wollen zum Ferienpark Salzberg?«, rief da eine vertraute Stimme hinter ihr. Miss Postfiliale hatte Feierabend gemacht. Sie trug einen weißen Jersey-Blazer und über der rechten Schulter einen Rucksack mit lustigen Applikationen. Ihre Hosenbeine waren nur dreiviertellang. Es folgten weiße Söckchen und weiße Sandalen. Selbstverständlich wusste sie, wo der Ferienpark Salzberg lag. Sie würdigte Frieda keines Blickes. »Da hinten beim Netto rechts rein, dann im Kreisel auf den Alten Römerweg. Den immer weiter fahren, immer weiter und dann rechts, dann sehen Sie auch schon das Hinweisschild.«

Der Motorradfahrer tippte an seinen Helm, klappte das Visier wieder herunter, schaltete seine Maschine ein und folgte unter Höllenlärm seinen Leuten. Frieda sah noch, wie er sich an die Spitze der Gruppe setzte, dann verlor sie die Kolonne aus den Augen.

Als sie sich umdrehte, war Miss Postfiliale bereits verschwunden. Sie schien beleidigt zu sein.

Frieda setzte sich in ihr Auto, warf den Motor an und starrte eine Weile durch die Windschutzscheibe, ohne etwas zu sehen. Es war ein mieses Gefühl, hinter oder neben den Ermittlungen der Kollegen herzulaufen. Wie das fünfte Rad am Wagen. Sie warf einen Blick in den Innenspiegel, hob ihren Pony hoch, zog mit spitzem Finger das kleine Pflaster von ihrer Stirn und rümpfte die Nase. Sie schaltete den Motor wieder aus. Unmöglich, jetzt Auto zu fahren, sie war viel zu aufgebracht.

Sie stieg aus, schloss ab und ging mit schnellen Schritten durch Gemünd, das sie von ihren Spaziergängen mit Sonja in- und auswendig kannte. Über die Brücke auf der Dreiborner Straße, wenige Meter von der Stelle entfernt, wo die Urft in die Olef mündete, erreichte Frieda die Fußgängerzone. Vor dem Gemünder Brauhaus luden Korbstühle und Sonnenschirme zu einem Feierabendbier ein. Aber Frieda hatte keine Ruhe, kaufte sich lieber ein Eis auf die Hand, machte am Amtsgericht schon wieder kehrt und ging den gleichen Weg zurück. Als sie vor ihrem Auto stand, biss sie in den letzten Rest Eiswaffel. Der Spaziergang hatte keine großen Erkenntnisse gebracht. Nur die Frequenz ihres Pulsschlages ein wenig gesenkt.

Und jetzt? Warum sollte sie zurück nach Wolfgarten fahren, wenn Sonja nicht dort war? In der sicheren Gewissheit, dass der Kater ihr alles verzieh, lenkte sie ihr Auto in die entgegengesetzte Richtung, an einen Ort, der keine Öffnungszeiten kennt.

8. Kapitel

Das Gebäude des Instituts für Rechtsmedizin, das der Universität Köln angeschlossen ist und aus den späten 70er Jahren stammt, lag praktischerweise neben dem Melatenfriedhof, dem berühmtesten Friedhof Kölns. Das Institut bestand aus zwei Gebäuden, die durch offene, überdachte und geschlossene Übergänge miteinander verbunden waren. Im Untergeschoss befanden sich, abgesehen von einem Hörsaal, der Sektionsraum, die Kühlfächer, Labore und der Annahmeraum für Verletzte und Tote.

Dort fuhr gerade ein Leichenwagen des bekannten Kölner Bestattungsunternehmers Kuckelkorn vor, und Frieda Stein nutzte die Gelegenheit, das Institut nicht durch den Haupteingang im Erdgeschoss betreten zu müssen – und bereute es auf der Stelle. In dem großen, grell erleuchteten, weiß gekachelten Raum schlug ihr ein widerlich süßlicher Geruch nach Verwesung entgegen, der sie an die Metzgerei aus ihrer Kindheit erinnerte, die selbst geschlachtet hatte. Dort, wo die Verkäuferin eine Scheibe Fleischwurst über die Theke gereicht hatte, die in ihren roten Fingern hin und her schwabbelte. Und Frieda hatte artig Danke sagen und so tun müssen, als freute sie sich darüber. Dabei hatte sie nur Augen für die blutigen Messer und Beile gehabt.

Eine Mitarbeiterin im weißen Kittel fing Frieda ab, zu jung, um schon Ärztin zu sein, aber energisch, als wäre sie die Leiterin des Instituts. Sie hob beide Hände, als wollte sie Frieda hinausschieben. »Bitte gehen Sie. Das hier ist nicht der Eingang.«

Frieda zeigte ihr ihren Ausweis. »Ich bin dienstlich hier.«

»Trotzdem. Bitte nehmen Sie den Haupteingang.«

Frieda ließ sich so schnell nicht abwimmeln. »Frau … eh …«

»Mensen«

»Frau Mensen, hören Sie mir bitte nur eine Sekunde zu. Es geht um den unbekannten Toten, der vor etwa einer Woche, am 13. Mai, um genau zu sein, hier eingeliefert wurde.« Sie zog aus ihrer Hosentasche den Zettel mit der Fallnummer und überreichte ihn Frau Mensen. »Eigentlich hätte er nach Bonn gebracht werden müssen, der Fundort liegt in der Eifel, aber Bonn steht das Wasser bis zum Hals und da …«

Frieda unterbrach sich. Die beiden Bestatter hatten den Kofferraum geöffnet und zogen einen auf Schienen gleitenden Kunststoffsarg heraus. Sie hoben den oberen Teil des Sarges ab. Die Leiche lag unbedeckt in dem wannenartigen Unterteil. Es handelte sich um ein Kind.

Frieda stockte der Atem. Sie riss Frau Mensen den Zettel mit der Fallnummer aus der Hand und floh rückwärts stolpernd aus dem Annahmeraum. Während sie zum Haupteingang rannte, hörte sie, wie das Rolltor heruntergefahren wurde.

Am Empfang bat man sie, zu warten. Gleich komme ein Rechtsmediziner, hieß es, und werde mit ihr in den Sektionsraum gehen. Frieda stellte sich ans Fenster, bohrte die Hände in die Hosentaschen, sah zu, wie der Leichenwagen wegfuhr und musste daran denken, dass Kuckelkorn nicht nur der bekannteste Bestatter der Stadt Köln war, sondern auch der Leiter des Rosenmontagszuges. Wenn Lachen und Sterben nah beieinanderlagen, war das eine Kombination, die Frieda tröstlich fand, obwohl dort unten auf dem Sektionstisch jetzt ein Kind lag. Sie begann zu summen, die ersten Takte von *Sometimes I feel like a motherless child*, sie kamen ihr wie von selbst über die Lippen, sie hatte sie erst an diesem Morgen im Forsthaus auf dem Cello gespielt.

»Frau Kommissarin?«

Erschrocken fuhr Frieda herum. Ein Mann im weißen Kittel stand vor ihr.

»Frieda Stein?«

Sie nickte und zeigte ihm ihren Ausweis.

Er ignorierte ihn und sagte: »Mein Name ist Homad.«

»Danke, dass Sie sich die Zeit nehmen.«

Er lächelte und breitete die Hände aus. »Kein Problem. Polizei und Staatsanwaltschaft sind unsere Auftraggeber.«

Ein schmaler, großer Mann von unschätzbarem Alter. Frieda fand, dass seine Hautfarbe ungesund aussah, aber das konnte auch Einbildung sein, weil sie sich gleichzeitig vorstellte, was für ein Leben er führte: Tag für Tag im kalten Neonlicht, im Geruch des Todes. Das

Lächeln war ihm dabei nicht vergangen. Es war charmant und blieb in seinem Gesicht.

»Ihr Vorgesetzter hat sie angekündigt. Ich bin über den Fall informiert. Allerdings hatte ich schon früher mit Ihnen gerechnet.«

»Entschuldigung«, sagte Frieda und verkniff es sich, nach dem Namen des Vorgesetzten zu fragen, außerdem konnte sie sich denken, dass es nicht Roggenmeier war, der angerufen hatte. Sie fuhr sich durch die Haare. »Mir ist etwas dazwischengekommen.«

»Kein Problem. Ich habe heute Bereitschaft. Sie sind nicht als Polizistin hier, sondern als Zeugin, nicht wahr?«

Ob Brummer ihn gewarnt hatte, dass sie unter einer posttraumatischen Belastungsstörung litt? Homad war auffallend zuvorkommend, fand Frieda – fast so, als müsste er sie schonend behandeln. »Ich werde es versuchen, obwohl man ja sagt, einmal Polizistin, immer Polizistin.«

»Und einmal Arzt, immer Arzt«, ergänzte er und winkte ihr, ihm zu folgen. »Kommen Sie, wir können durch den Hörsaal gehen. Um diese Zeit ist er leer.«

Sein Schritte waren lang und schnell, als er die Stufen vor ihr hinunterlief. Ein klassischer Hörsaal, wie Frieda ihn aus ihrer Studienzeit kannte. Hell und modern, die Sitzreihen steil. Ganz oben die Übertragungstechnik, mit der man die große, weiße Fläche hinter dem Podium bespielen konnte.

Homad stand schon an einer Nebentür und hielt sie Frieda auf. Ein kurzer Flur führte sie direkt in den Sektionsraum.

»Da sind wir«, sagte Homad.

Und wieder dieser elende Geruch. Mehrere blitzblanke Sektionstische ragten in den Raum, das Untersuchungsbesteck lag geordnet auf einem Tablett über dem Ablaufbecken. Homad und Frieda durchquerten den Raum, Frieda hielt die Luft an. Hinter einer halben Trennwand begann die Kühlabteilung. Metallene Kühlfächer an beiden Seiten vom Boden bis zur Decke. Jedes Fach war mit einem Hinweis auf den Inhalt gekennzeichnet.

Frieda zückte ihren Zettel mit der Fallnummer und las sie vor. Aber Homad winkte ab. Ihr Vorgesetzter habe ihm bereits alle nötigen Daten mitgeteilt. Sie ließ ihre Hand sinken.

Zielstrebig ging Homad auf eine Tür in mittlerer Höhe zu, entriegelte sie und zog sie auf. Hinter ihr gab es drei Schubfächer, auf denen Leichen in grüne Tücher eingewickelt lagen. Homad zog die obere Schublade ganz zu sich heran und kontrollierte das Etikett, das am Zeh der Leiche befestigt war. Er nickte und schob die Schublade wieder zur Hälfte ins Kühlfach.

»Das ist die fragliche Person. Es geht nur um die Identifizierung, wenn ich Ihren Vorgesetzten richtig verstanden habe.«

»Ja«, sagte Frieda mit belegter Stimme.

»Dann decke ich nur das Gesicht auf.« Homad hob das grüne Tuch an und legte das Gesicht des Toten frei.

Frieda stand am Kopfende des Schubfachs, blickte auf den haarlosen, nackten Kopf. Breite Stirn und krumme Nase, der Rest des Gesichtes bis auf das energische Kinn war eingefallen. Im Grunde sah er kaum anders aus als auf dem Foto, das Frieda im Büro gesehen hatte, vielleicht noch ein wenig eingefallener und die Umrisse waren schärfer.

»Darf ich mal?«, bat sie Homad.

Er trat beiseite.

Sie stellte sich an seinen Platz, sodass sie geradewegs in das wächserne Gesicht des Toten blicken konnte. Sie spürte, dass Homad sie musterte.

»Dieser Mann liegt nun seit fünf Tagen in diesem Kühlfach und wartet darauf, identifiziert zu werden. Das hinterlässt natürlich Spuren«, hörte sie ihn erklären. »Kein schöner Anblick.« Er schwieg und wartete ihre Reaktion ab. Als nichts geschah, fuhr er fort: »Der Mann ist gestern obduziert worden. Der Bericht wird wohl morgen bei Ihnen in Euskirchen eintreffen.«

»Können Sie mir trotzdem kurz etwas dazu sagen?«, fragte Frieda.

»Die Schusswunde im Nacken war definitiv die Todesursache. Das Geschoss ist direkt durch den Hirnstamm gegangen und saß noch in der Schädelhöhle. Das ist wohl für Sie das Wichtigste. Ansonsten haben wir hier einen … Sekunde«, Homad trat an ein Schreibpult und griff nach einem Computerausdruck, „einen übersetzten Ernährungszustand, die muskuläre Vergrößerung und Ausweitung des Herzens mit Überschreiten des kritischen Herzgewichtes, erhebliche Verkalkung und Lichtungseinengung der Herzkranzschlagadern, deutliche, allgemeine Arteriosklerose, Hufeisenniere mit mehreren kleinen Nierensteinen, knotige Vorsteherdrüsenvergrößerung mit Ausbildung eines Mittellappens, beginnende Balkenblase.«

Frieda räusperte sich, ohne aufzusehen. »Was ist eine Hufeisenniere?«

»Bei einer Hufeisenniere handelt es sich um eine anatomische Besonderheit, bei der die Nieren an ihren unteren Enden vor der Wirbelsäule zusammengewachsen sind.«

»Aha.«

Dr. Homad lächelte. »Sie wollten es wissen. Armer Kerl! Es ist selten, dass ein Toter nicht vermisst wird. Trauriges Schicksal. Und wir bedauern diesen Umstand natürlich auch. Als Nächstes werden wir wohl den Auftrag bekommen, ihn über sein Gebiss identifizieren zu lassen. Hoher Aufwand, hohe Kosten. Und wir …«

Der Rest seiner Rede erreichte Frieda nicht mehr, sondern tauchte wie in einer Radiosendung zwischen anderen Geräuschen unter, die von irgendwoher zu kommen schienen. Ihr linkes Ohr sendete einen hohen Pfeifton. Sie presste ihre Hand dagegen, als könnte sie ihn damit zum Schweigen bringen. Doch! Sie kannte dieses Gesicht!. Es war plötzlich klar! So klar! Die eingefrorene Mimik, ein hämischer Zug um den Mund, der ihr bekannt vorkam. Dieser Mann war kein anderer als … erschrocken blickte sie auf und schlug die Hand vor den Mund.

»Erkennen Sie den Mann?«

Sie nickte wie in Trance.

»Wunderbar!« Er lächelte ihr aufmunternd zu. »Und? Wie heißt er?«

Sie hob die Schultern und ließ sie wieder fallen.

Homad runzelte die Stirn.

Sie räusperte sich. »Ich glaube, ich weiß, wo er wohnt, aber ich kann mich im Moment nicht an seinen Namen erinnern, das tut mir leid.«

»Macht doch nichts. Sobald Sie vor seiner Haustür stehen, werden Sie seinen Namen lesen können – und schon haben wir die Lösung.«

»Schön wäre es.« Sie konnte nur ausschließen, dass der Tote in dem Haus gewohnt hatte, in dem sie selbst wohnte. Aber was war mit den beiden anderen Miethäusern? Was war mit den drei Einfamilienhäusern, die ihnen gegenüber lagen? »Kann ich bitte noch das Einschussloch sehen?«, fragte Frieda.

»Kein Problem.« Homad trat neben sie, zog das grüne Tuch vom Körper des Toten und entblößte einen großen, unförmigen, stark behaarten Körper mit dem obligatorischen Y-Schnitt auf Brustkorb und Bauch. Homad drehte ihn mit fachmännischem Griff auf die Seite, sodass sein Nacken freilag und das Schussloch deutlich zu sehen war.

Frieda nickte und trat einen Schritt zurück. Homad drehte den Toten wieder auf den Rücken, breitete das grüne Tuch über ihn aus und schob ihn zurück in sein dunkles, kaltes Fach.

Ein flirrender Piepton entstieg Homads Kittel. »Ich werde gerufen«, sagte er und schaltete den Ton aus, ohne das Gerät aus der Tasche zu nehmen. »Keinen Augenblick zu früh. Ich begleite Sie hinaus.«

Als Frieda wieder vor dem Institut der Rechtsmedizin stand und dem Verkehr auf dem Melatengürtel zusah, hatte sie das Gefühl, in einer anderen Welt gewesen zu sein. Wie in einem Traum, in dem ihr das Gesicht des Toten erschienen war. Und an diesem Gesicht musste sie festhalten, so lange, bis ihr auch der Name dazu eingefallen war. Tunnelblick.

Sie schaltete im Auto nicht das Radio ein, ging nicht an ihr Handy, als es klingelte, fuhr wie ein Roboter und erlaubte ihren Gehirnwindungen sich mit nichts anderem zu beschäftigen als mit der Suche, wo und wann und unter welchen Umständen sie diesem Gesicht auf der Reinaldstraße begegnet war.

Und während sie sich in den Verkehr einreihte, gegen den elenden Geruch des Sektionsraumes ankämpfte, der aus ihrer Kleidung zu ihrer Nase aufstieg, drangen kleine Szenen in ihr Bewusstsein, die mal heller und mal dunkler waren, als hätte der Anblick im Sektionsraum die Tür zu ihrem Erinnerungsvermögen aufgestoßen. Aber doch nicht weit genug, als dass sie sich daran erinnern konnte, wo und wann sie dem Mann begegnet war, der nun tot in der Rechtsmedizin Köln lag.

Seit fünf Tagen. War sie vielleicht sogar die Einzige, die den Mann jemals identifizieren konnte, und wenn sie versagte, würde er dort für immer liegen?

Es gab keinen Parkplatz mehr vor ihrem Haus. So war das meist am Abend, wenn alle von ihrer Arbeit zurückgekehrt waren. Sie legte den Rückwärtsgang ein und parkte verbotswidrig am Feldrand mit zwei Rädern im Acker. In ihrem Bad steckte sie alles, was sie am Körper trug, in die Waschmaschine, duschte ausgiebig – und wurde dennoch diesen fiesen Geruch nicht los.

Sie hatte ihn auch noch in der Nase, als sie Sonja in einer Mail berichtete, wie es ihr in der Gemünder Postfiliale und der Kölner Rechtsmedizin ergangen war. Auch wenn sie keine Antwort bekommen würde, hatte sie durch das Schreiben dennoch das Gefühl, getröstet zu sein.

9. Kapitel

Am Pfingstsamstag war Roswitha Blum die Frau zum ersten Mal aufgefallen. Wegen ihres hellgrauen Kopftuchs, das sie so weit über den Kopf gezogen hatte, dass man ihr Gesicht kaum erkennen konnte. Und wegen der Art, wie sie ihr linkes Bein ein wenig nachzog. Und wegen der Unschlüssigkeit, mit der sie in der Buchhandlung gestanden hatte, als hätte sie das Geschäft noch nie betreten. Die Frau fragte nichts und niemanden, lehnte Hilfe ab und suchte einfach so lange, bis sie den Zeitungsständer fand. Es waren keine Frauenzeitschriften, die sie zu interessieren schienen, sie hatte nur Augen für die lokalen Nachrichtenblätter.

Pfingstsonntag und Pfingstmontag war das Geschäft geschlossen gewesen.

Gestern aber, am Dienstag nach Pfingsten, war die Frau wiedergekommen und hatte sich genauso verhalten wie am Samstag zuvor. Auch trug sie wieder das hellgraue Kopftuch. Als Roswitha Blum näher hinsah, fielen ihr das weite, langärmelige Oberteil auf, das an eine Kutte erinnerte, und der unmoderne, wadenlange Rock. Jung war die Frau noch, vielleicht um die dreißig Jahre alt. Sie war blass und nicht geschminkt. Ihr Rücken war gebeugt, sie war nicht besonders groß und nicht besonders dick oder dünn. Ihre Schuhe waren flach und ausgetreten, Schmutz klebte an den Sohlen.

Weder Pfingstsamstag noch gestern hatte die Frau etwas gekauft, auch in keiner Zeitung geblättert, sondern nur die erste Seite, die Schlagzeilen und die Fotos betrachtet. Dafür hatte sie sich allerdings viel Zeit genommen. Danach war sie immer gegangen, ein wenig aufrechter, als sie gekommen war. Es schien, als wäre sie erleichtert gewesen.

Heute aber, da war alles ganz anders. Nicht die Kleidung, aber das Verhalten der Frau.

Die Titelseiten der Tageszeitungen verkündeten:

MORD IN WOLFGARTEN
Anschlag auf das Haus einer Polizistin.
Ein unbekannter Toter.
Eine verletzte Polizistin.
Täter auf der Flucht.

Die Frau schnappte nach dem *Kölner Stadt-Anzeiger* und der *Rundschau*, ließ mit der anderen Hand einen zerknüllten Fünf-Euro-Schein auf die Theke fallen, wandte sich ruckartig ab, rannte hinaus, stieß dabei mit einem Kunden zusammen und prallte zurück gegen die Glastür.

Sie ließ verwunderte Gesichter zurück: Roswitha Blum mit dem Wechselgeld in der Hand, einen Kunden, dem die Tasche aus der Hand gefallen war, und die Passanten im Bahnhofsgebäude, an denen sie vorbeigestürmt war.

Sie stoppte kurz und rollte die beiden Zeitungen zusammen. Sie schien sich zwingen zu müssen, nur zu gehen und nicht zu laufen, trotzdem legte sie ein Tempo vor, als wäre sie auf der Flucht. Und es war kaum noch zu bemerken, dass sie ihr linkes Bein leicht nachzog.

Roswitha, die die erste Seite des *Kölner Stadt-Anzeigers* und den dazugehörigen ausführlichen Bericht schon gelesen hatte, legte das Wechselgeld zurück in ihre Kasse und dachte sich, dass es das Foto des toten Mannes gewesen sein musste, das die arme Frau so mitgenommen hatte. Vielleicht war der Mann ein Verwandter oder ein Bekannter von ihr, ein Nachbar oder vielleicht sogar mehr. Kein Wunder, dass die Frau durcheinander war.

Als es im Laden etwas ruhiger wurde und Roswitha sich einen Kaffee machen konnte, musste sie wieder an diese Frau denken. Vielleicht war auch alles ganz anders. Die Frau war definitiv heute schon zum dritten Mal in der Buchhandlung gewesen. Auch heute hatte sie wieder dieses hellgraue Kopftuch getragen, kein Buch angesehen und sich nur für die Zeitungen interessiert. Aber heute, als der Mord auf der Titelseite stand, da hatte sie zugegriffen, als hätte sie auf diesen Artikel nur gewartet, und hatte danach panikartig das Geschäft verlassen. Das war doch nicht normal. Da stimmte doch etwas nicht.

Roswitha griff zum Telefon und rief Annette Mendel an, ihre Kollegin, die am Samstag vor Pfingsten mit ihr zusammen Dienst gehabt hatte. Sie fragte Annette, ob sie sich an die hinkende Kopftuchfrau erinnern könne. Sie konnte es.

10. Kapitel

Am Montag, den 23. Mai, fuhr Kriminalkommissarin Frieda Stein in ihrem Bett hoch, als hätte der Blitz in ihre Wohnung eingeschlagen.

War *er* das gewesen, der ihr aufgelauert hatte, um sie aufzufordern, ihr Auto vernünftig zu parken? Nur weil sie zwischen dem Bordstein und den Reifen ein paar Zentimeter zu viel freigelassen hatte?

War *er* das gewesen, der moniert hatte, dass sie Müll, der in die Bio-Tonne gehörte, in die graue Tonne geworfen hatte? Und ihr die gerissene Mülltüte vor die Füße warf, sodass sich der Dreck auf die Fußmatte ergoss?

War *er* das gewesen, der beanstandet hatte, dass sie ständig vergaß, die Haustür nach 22 Uhr abzuschließen? Im Keller das Licht brennen ließ? Das Treppenhaus nicht putzte, wenn sie an der Reihe war?

Er hatte an ihre Wohnungstür gehämmert, wenn sie Cello spielte. Er hatte ihr die Hausordnung unter der Tür durchgeschoben, auf der er die relevanten Anordnungen rot markiert hatte. Und immer hatte er diese schreckliche, hellblaue Kappe auf dem Kopf getragen, als wäre sie auf seinem haarlosen Schädel festgewachsen.

Frieda trommelte auf ihre Bettdecke. Wenn er die schreckliche Kappe auf dem Foto und im Sektionsraum getragen hätte, hätte sie sich vielleicht eher an ihn erinnert. Fünf Tage waren seitdem vergangen, ohne dass ihr eine Erleuchtung gekommen wäre. Dabei waren sie hundertmal aneinandergerasselt, seitdem sie in Euskirchen wohnte.

Aber wie hieß er nur?

Frieda schlug die Bettdecke zurück und betrachtete ihre nackten Beine, die Füße, die Zehen, die krumm gewachsen waren, die Zehennägel mit dem schwarzen Nagellack.

Dieser Mann hatte sie von Anfang an auf dem Kieker gehabt, schon am Tag ihres Einzugs hatte er die ganze Zeit über auf dem Bürgersteig gestanden und mit hochrotem Kopf beobachtet, wie sie einen Karton nach dem anderen ins Haus trug. Manchmal hatte er mitten auf der Straße gestanden, bedrohlich wie Henry Fonda in *Spiel mir das Lied vom Tod*. Nur dass der Mann keinen Cowboyhut und keine Pistole trug, sondern eine blaue Kappe, und seine Schlüssel an einem langen, blauen Band kreisen ließ.

Frieda sprang aus dem Bett, zog das erstbeste Schwarze an, das ihr in die Hände fiel, und stürzte aus der Wohnung. Unten lief sie zum Hauseingang des Nachbarhauses, Nummer 75. Keiner der Namen, die auf den Klingelschildern standen, sagte ihr etwas. So war es auch im Hauseingang der Nummer 71.

Sie lief auf die Straße, blickte sich ratlos um, als sie plötzlich seine Stimme zu hören glaubte. Diese viel zu hohe Stimme für einen mächtigen Mann wie ihn. »Ich heiße wie die Straße, wie der Ort, wie die Burg!«

Frieda schlug sich gegen die Stirn.

Kessenich! Natürlich! Kessenich!

Endlich! Fünf Tage lang hatte sie sich das Hirn zermartert. Fünf Tage war es her, dass sie seine Leiche in der Rechtsmedizin gesehen hatte. Es war nicht zu fassen!

Gegenüber trat ein Mann aus einem frei stehenden Einfamilienhaus und musterte Frieda, die sich gerade wieder einmal gegen die Stirn schlug, als könnte sie so ihre Erinnerungen hervorschütteln. Als sie die Blicke des Mannes bemerkte, lief sie auf ihn zu. »Guten Tag. Ich suche Herrn Kessenich. Ich habe die Hausnummer vergessen. Ich ...«

Der Mann blieb kurz stehen und grinste sie an. »Kessenich?«, fragte er ungläubig. »Unsern Blockwart?«

»Ja. Wissen Sie, wo er wohnt?«

»Da drüben«, sagte er und zeigte auf das letzte der drei frei stehenden Einfamilienhäuser, das schräg gegenüber von Friedas Mietshaus lag. »Seine Mutter ist garantiert da. Die sitzt im Rollstuhl. Hört aber schlecht. Da müssen Sie lange klingeln. Ihn habe ihn schon länger nicht mehr gesehen. Zum Glück.«

»Was soll das heißen?«

»Sie können fragen!«

»Ich bin Polizistin«, sagte Frieda in der Hoffnung, der Mann würde reden. Ihren Ausweis hatte sie in ihrer Wohnung liegen gelassen. Aber sie hätte ihn im Nu geholt.

Der Mann zog aber schon weiter. »Wurde auch Zeit, dass sich da mal die Polizei einschaltet.«

Kessenichs Haus lag hinter einem Holzzaun und war von einem gepflegten Rasen umgeben. Keine Bäume, keine Blumen, abgestochene Rasenkanten. Eine Art Bungalow, der eher wie ein abgebrochenes Bauvorhaben aussah, als wäre dem Eigentümer nach dem Erdgeschoss das Geld ausgegangen.

Frieda trat durch die kleine Gartenpforte. Die beiden Fenster zur Straßenseite waren geschlossen, aber die Rollläden waren nicht heruntergelassen. Dahinter Orchideen und Gardinen. In der dunkelbraunen Haustür leuchtete ein Spion in der Sonne. Auf der Fußmatte stand in roten Buchstaben: *Willkommen*. *Paul Kessenich* und *Hedwig Kessenich* stand auf der Klingel.

Frieda atmete erleichtert auf. Sie hatte ihn gefunden.

Der sirenenartige Klingelton war bis auf die Straße zu hören. Frieda starrte auf den Namen. Sie wartete, aber niemand öffnete ihr. Frieda versuchte es ein zweites Mal. Ein drittes Mal.

»Frau Kessenich!«

Erst hämmerte Frieda, dann trat sie gegen die Wohnungstür, so wie Kessenich gegen ihre getreten und gehämmert hatte, wenn er sie drangsalieren wollte.

»Frau Kessenich?!«, rief Frieda, wenn sie nicht klingelte, hämmerte oder trat.

Sie beschattete den Türspion mit ihren Händen. Es schien Licht dahinter zu brennen. Endlich glaubte sie, schlurfende Schritte zu hören, die sich näherten.

»Ich komme schon.« Das Licht hinter dem Spion verdunkelte sich. »Paul?«

Etwas polterte von drinnen gegen die Tür. »Bist du das, Paul?«

Frieda lächelte den Türspion an. »Ich bin Ihre Nachbarin. Stein ist mein Name.«

»Stein? Kenne ich nicht. Aber warten Sie mal.« Der Schlüssel wurde im Schloss herumgedreht, die Türe aufgezogen, nur einen Spaltbreit, denn Tür und Rahmen waren mit einer kurzen Kette verbunden. Der grauhaarige Kopf einer Frau erschien. Ihre Augen waren so blass, dass sie fast weiß aussahen. Frieda hatte das Gefühl, dass sie nicht angesehen wurde. »Was wollen Sie denn?«

«Ich habe eine Nachricht von Ihrem Sohn.« Frieda wollte diese Wohnung betreten, unbedingt, eine kleine Notlüge war nichts gegen diesen dringenden Wunsch.

Ein Lächeln huschte über das Gesicht der alten Frau. Der grauhaarige Kopf verschwand wieder, die Türkette wurde ausgehängt, darauf folgte ein Poltern, Frieda schob die Tür langsam auf und sah, dass Frau Kessenich umständlich mit einem Rollator hantierte, der in dem kleinen Flur kaum zu wenden war.

»Kommen Sie, ich helfe Ihnen.« Frieda stemmte den Rollator hoch, drehte ihn über ihrem Kopf, stieß dabei gegen die Deckenlampe, eine gelbliche Glasschale aus den Sechzigern, und setzte ihn so vor der alten Frau wieder ab, dass diese sich sofort wieder festhalten konnte.

»Danke schön.« Frau Kessenich folgte dem Rollator in ihren Drei-Zimmer-Bungalow mit Küche, Diele, Bad. Fünf Türen – alle weiß gestrichen – führten vom schmalen Flur ab. Zwei links, zwei rechts, eine geradeaus. Nur letztere stand offen und Frau Kessenich rollte schon über die Schwelle.

»Kommen Sie ruhig rein. Aber machen Sie die Haustür zu, schließen Sie ab und legen Sie die Kette vor.«

Hat mein Sohn angeordnet, ergänzte Frieda im Stillen. Sie drückte die Haustür zu, drehte den Schlüssel, hakte die Kette in den Riegel.

Im gleichen Augenblick klingelte es. Frieda fuhr zusammen. Die Sirene ging ihr durch Mark und Bein. Dennoch schien Frau Kessenich sie nicht gehört zu haben. Frieda spähte durch den Türspion und bekam einen Heidenschreck, als darin Brummers vergrößertes Gesicht auftauchte. Der Schatten hinter ihm musste Neugebauer sein.

Wie kamen die Kollegen an diese Adresse? Hatte jemand Kessenich in der Zwischenzeit identifiziert? Gab es neue Spuren? Neue Laborwerte? Frieda trat einen Schritt zurück. Sie konnte unmöglich wildfremde Leute in Frau Kessenichs Bungalow hereinlassen.

»Es ist jemand an der Tür«, rief sie, als sie vor Frau Kessenich stand, die es sich in einem speckigen Ohrensessel neben dem Fenster zum Garten bequem gemacht hatte. Frieda fragte sich, was sie dort wohl den ganzen Tag tat, denn es waren weder Fernseher noch Radio, Zeitschriften oder Bücher zu sehen. Nur ein moosgrünes Telefon mit Wählscheibe stand auf dem kleinen Beistelltisch. Einen Rollstuhl aber, von dem der Nachbar gesprochen hatte, konnte sie nicht entdecken. Vielleicht stand er in einem der anderen Zimmer.

»Schon wieder?«, seufzte sie. »Monatelang klingelt kein Mensch.«

Frieda hob ratlos die Schultern.

»Wer denn?«

»Keine Ahnung. Soll ich aufmachen?«

»Nein. Ich mache das. Ich muss erst kontrollieren, wer das ist.«

Frau Kessenich rappelte sich umständlich aus ihrem Ohrensessel empor, langte nach ihrem Rollator und machte sich auf den Weg. Es würde ein wenig dauern, bis sie an der Haustür angekommen war. »Vielleicht ist es Paul. Und er hat seinen Schlüssel vergessen.«

Es klingelte wieder. Brummer und Neugebauer hatten auch keine Geduld, dachte Frieda, aber wenigstens so viel Anstand, nicht gegen die Tür zu hämmern oder zu treten.

»Ich komme schon.«

Frieda überlegte, was sie sagen sollte, wenn sie den Kollegen gleich gegenüberstand. Entweder die sozialkritische Nummer: Ich bin nur als Nachbarin hier und sehe mal nach der alten Dame, oder … Sie blickte sich um, und war dann so vom Interieur des Kessenicher Wohnzimmers fasziniert, dass sie glatt vergaß, sich eine andere Ausrede einfallen zu lassen.

Da war die Glasglocke der Dielenlampe nur der Vorgeschmack auf ein stilechtes Wohnzimmer aus den Sechzigerjahren, wie man es etwa im Freilichtmuseum Kommern besichtigen konnte. Frieda hätte vieles gegeben, um diese Möbel zu besitzen, die wild gemusterten Tapeten und Gardinen, den Perser-Teppich, den ganzen Nippes. Nierentisch, Tütenlampe, Schrankwand mit Fernseher, Couch und Sessel mit braunem Breitcord bezogen, es war zum Sterben schön. Frieda setzte sich auf die Couch und wünschte, sie könnte hier sitzenbleiben. Von hier aus richtete sie ihr Augenmerk auf eine schnörkellose Schrankwand aus hellem, poliertem

Holz. Schubladen, Holz- und Glastüren wechselten sich in wohldurchdachtem Rhythmus ab. Hinter den Glastüren standen Gläser, wohlgeordnet nach Größe, von der Sektflöte bis zum Schnapsglas. Hier und da fehlte ein Glas. Aber sie waren allesamt aus Bleikristall und standen in Reih und Glied. Ein Traum.

Die Luft im Wohnzimmer schien allerdings ebenfalls aus den Sechzigern zu stammen. Frieda musste sich beherrschen, kein Fenster aufzureißen.

Frau Kessenich war es in der Zwischenzeit gelungen, die beiden Kommissare hereinzulassen. Sie kam ins Wohnzimmer zurückgerollt und verkündete: »Jetzt kommt die Polizei.« Den Kommissaren rief sie zu, sie sollten die Wohnungstür schließen, den Schlüssel herumdrehen und die Kette vorlegen.

»Solche Bürger wünschen wir uns«, hörte Frieda Neugebauer sagen.

Kaum war Frau Kessenich wieder in ihren Ohrensessel gesunken, erschien Brummer und blieb wie angewurzelt auf der Türschwelle stehen.

»Frieda?«

Neugebauer stand hinter ihm, reckte sich und blickte über seine Schulter.

»Frieda?

»Das ist meine Nachbarin, Frau Stein«, erklärte Frau Kessenich und schien die verwunderten Fragen der Kommissare nicht gehört zu haben.

»Guten Tag«, sagte Frieda, lächelte und schlug ihre langen Beine in der schwarzen Jeans übereinander. Sie strich sich über die Oberschenkel.

»Nun kommen Sie doch herein«, drängelte Frau Kessenich.

Brummer und Neugebauer betraten folgsam das Wohnzimmer.

»Möchten Sie einen Kaffee?«

Die Kommissare nickten und standen unbeholfen herum.

»Soll ich das machen?«, bot Frieda an und sprang auf.

Da lächelte Frau Kessenich zum ersten Mal. »Das wäre schön, Frau Stein. Ich bin ehrlich gesagt froh, dass ich endlich sitze.«

»Kein Problem.« Sie quetschte sich an Brummer und Neugebauer vorbei.

»Die zweite Tür rechts!«, hörte sie Frau Kessenich rufen.

Aber da hatte sie schon die erste Türe rechts geöffnet.

Das Badezimmer. Ein langer Schlauch, gelb gekachelt mit Wanne, Waschbecken und Toilette. Kein Fenster.

Frieda öffnete die Tür gegenüber und blickte in Frau Kessenichs Schlafzimmer, das vermutlich angeschafft worden war, als sie Herrn Kessenich Senior in den Vierzigern geheiratet hatte. Von dem wuchtigen Doppelbett hatte sie sich nicht trennen können. Sie benutzte nur die Hälfte, die nah zur Tür lag. Die Decke war aufgeschlagen, im Kissen war noch der Kopfabdruck zu erkennen, das Laken hatte Falten geworfen. Auf der Nachtkommode lagen Medikamentenschachteln. Hinter der Tür stand ein Rollstuhl. Ein faltbares Modell von Meyra. Der große Schrank verdeckte einen Teil des Fensters. Durch die vergilbte Gardine, die bis zum Boden reichte, konnte nur wenig Licht ins Zimmer fallen.

Frieda wollte gerade die nächste Tür öffnen, als sie Brummers Stimme hörte. Sie hielt inne. Er fragte Frau Kessenich, wann sie ihren Sohn Paul zuletzt gesehen habe.

Es dauerte eine Weile, ehe Frau Kessenich fragte: »Wie viel Uhr ist es denn jetzt?«

»10 Uhr 15.«

»Dann ist er auf der Arbeit.«

»Sie haben ihn also heute Morgen schon gesehen?«

»Wir haben zusammen gefrühstückt. Wie jeden Morgen.«

»Auch an Pfingsten?«, fragte Brummer unbeeindruckt weiter.

»Pfingsten?

»Am letzten Wochenende war Pfingsten.

»Ja?«, fragte sie erstaunt.

»Sonntag und am Montag. War Ihr Sohn da auch zu Hause?«

»Natürlich«, antwortete sie.

»Sehen Sie ihn jeden Tag?«

»Sag ich doch«, erwiderte sie, fast schon ein wenig eingeschnappt. »Er wohnt doch bei mir. Und er ist ein guter Junge, er kümmert sich um mich. Ohne ihn müsste ich ins Heim gehen.«

Eine Minute lang war es still im Wohnzimmer, und Frieda nutzte die Zeit, um leise die nächste Tür aufzuschieben. Mit offenem Mund blieb sie auf der Schwelle stehen. Das musste Pauls Zimmer sein. Ein gewöhnliches Jungenzimmer, wenn da nicht die Arbeitsplatte wäre, die eine ganze Wand einnahm, mindestens drei Meter lang und mit reichlich Computer-Zubehör ausgestattet war. Die Schubladenkommoden und Aktenschränken unter der Platte ließen einen schmalen Platz für einen Schreibtischstuhl, einen Hochlehner aus Leder – ein echter Chefsessel. An der Wand hing eine überdimensionale Pinnwand, übersät mit Fotos und Listen und Spickzetteln. Das Ganze sah aus wie die Steuerungszentrale eines Konzerns. Frieda wollte gerade näher treten, um die Listen zu studieren, da hörte sie wieder Brummers Stimme.

»Frau Kessenich, lesen Sie keine Zeitung?«

Keine Antwort. Vermutlich nur Kopfschütteln.

»Sehen Sie auch nicht fern?«

Seufzen. »Ach, wissen Sie, Herr Polizist, meine Augen und meine Ohren machen nicht mehr richtig mit. Das strengt mich alles viel zu sehr an. Da lasse ich es lieber. Was ich wissen muss, erzählt mir Paul. Aber warum wollen Sie das alles bloß wissen?«

»Wir haben das Auto Ihres Sohnes gefunden«, erklärte Brummer. Er schien die schlechte Nachricht für die alte Frau so lange wie möglich hinauszögern zu wollen.

Frau Kessenich sagte nichts dazu.

«Es stand in einem Waldstück in der Nähe von Wolfgarten.«

»Was haben Sie gesagt?«

Er wiederholte seinen Satz und fügte hinzu. »Wissen Sie, was er dort wollte?«

»Das hat er mir nicht gesagt«, antwortete sie und fügte nach einer Pause hinzu: »Oder ich habe es vergessen … Ich vergesse manchmal etwas.«

»Was arbeitet Ihr Sohn denn?«

«Er arbeitet mal dies, mal das. Aber von … wie soll der Ort heißen?«

»Wolfgarten.«

»Von Wolfgarten hat er nicht gesprochen … oder ich habe es vergessen. Wo bleibt nur der Kaffee? Frau Stein, Frau Stein!?«

»Ich komme.« Frieda schloss leise die Tür zu Pauls Zimmer und schlich auf Zehenspitzen zur Küche. Sie öffnete einen der Oberschränke, fand ein Blümchenservice, und klapperte laut und geschäftig mit Tassen und Tellern herum. Kaffeefilter, Kaffee und Filtertüten standen sehr ordentlich beisammen. Frieda setzte Kaffee auf und trug das Geschirr ins Wohnzimmer.

»Kaffee kommt sofort«, rief sie ein wenig atemlos.

Brummer und Neugebauer hatten inzwischen auf dem braunen Cordsofa Platz genommen. Frieda setzte zwei Tassen vor sie ab und stellte die dritte Tasse auf den Beistelltisch, den Frau Kessenich von ihrem Sessel aus erreichen konnte. Eine vierte hatte sie nicht mitgeliefert. Sie hätte eher einen Schnaps gebraucht. Sie servierte Milch und Zucker, und schließlich war auch der Kaffee durchgelaufen.

»Der schmeckt aber gut«, lobte Frau Kessenich den Kaffee.

»Danke«, sagte Frieda lächelnd, blieb unschlüssig mitten im Zimmer stehen und sah auf Brummer und Neugebauer hinab. Sie tranken den Kaffee mit finsteren Gesichtern, und ihre Blicke waren so messerscharf, dass sie damit ein Steak hätte schneiden können. Frieda konnte sie förmlich denken sehen.

Das Schweigen dauerte Neugebauer bald zu lang. Er stieß dem Kollegen in die Seite.

Brummer räusperte sich, griff in seine Jackentasche und faltete das Foto von Paul Kessenich auseinander, das die KTU in der Nacht, als er tot aufgefunden wurde, von ihm geschossen hatte. Er erhob sich kurz, reichte es seiner Mutter hinüber und setzte sich wieder. »Ist das Ihr Sohn Paul?«

Frau Kessenichs Hand zitterte. Sie hielt das Foto fast bis an ihre Nasenspitze, ließ es dann wieder sinken und sagte: »Ja, das ist mein Junge. Aber wieso sind seine Augen zu? Er sieht ganz blass aus.«

»Frau Kessenich, wir haben leider schlechte Nachrichten für Sie«, begann Brummer.

Frau Kessenich legte eine Hand an ihr Ohr: »Wie bitte?«

»Ihrem Sohn ist etwas zugestoßen«, sagte Brummer mit erhobener Stimme.

Pause. Abwarten. Kaffeetrinken.

Dann: »Er ist …«, Brummer holte tief Luft, »er ist ermordet worden.«

Die besorgten Blicke der drei Kommissare fixierten Frau Kessenich in Erwartung eines erstickten Schreis oder eines Zusammenbruchs. Aber sie schloss nur die Augen, lehnte sich zurück und ließ die Hände in ihren Schoß sinken, als hätte sich eine lange Befürchtung endlich erfüllt.

Frieda legte ihr eine Hand auf den Arm und rief. »Frau Kessenich? Können wir etwas für Sie tun? Können wir jemanden anrufen, der sich um Sie kümmert. Vielleicht Ihren Arzt?«

»Hatte Ihr Sohn Feinde?« Neugebauer setzte die Befragung fort, ohne eine Antwort abzuwarten und Kessenich die schlechte Nachricht verdauen zu lassen.

Ja, schrie Friedas innere Stimme, mich! Und wenn er alle Mieter auf der Reinaldstraße genauso behandelt hat wie sie, hatte er hundert Feinde oder mehr.

»Nein«, hauchte Frau Kessenich. »Paul ist ein guter Junge.«

»Natürlich ist er das«, versicherte Frieda.

»Er war erst 42 Jahre alt«, sagte Frau Kessenich unvermittelt.

»War er in einem Schützenverein?«, fragte Frieda.

»Nein, dafür hatte er keine Zeit.«

»Können wir sein Zimmer sehen?«, fragte Neugebauer nach einer Pause.

Sie nickte. »Zweite Tür links. Aber Sie dürfen nichts anfassen.«

»In Ordnung.«

Die beiden Kommissare verließen das Wohnzimmer, hintereinander und langsamen Schrittes, als wären sie auf einer Beerdigung. Frieda wäre ihnen zu gern gefolgt, aber sie wollte Frau Kessenich nicht allein lassen, die in ihrem Ohrensessel zu schrumpfen schien. Sie lauschte ihren Atemzügen. Mit der einen Hand strich sie ihr die grauen Haare aus der Stirn, mit der anderen kontrollierte sie ihren Puls.

»Lassen Sie mich jetzt allein, bitte«, flüsterte Frau Kessenich, fast ohne die Lippen zu bewegen.

»Sind Sie sicher?«

»Bitte.«

»Ich gehe nur nach nebenan. Wenn etwas ist, rufen Sie mich, ja?«

Frau Kessenich nickte mit geschlossenen Augen.

Frieda zog ein kleines Notizbuch unter dem Telefon hervor. Ein Telefonbuch. Sie blätterte durch die Seiten. Nur wenige Namen und Telefonnummern, alphabetisch sortiert. Die meisten hatten einen Doktortitel. Unter *P* fand sie Pauls Mobilnummer. Unter *S* wie Stein war niemand eingetragen. Auch die Telefonnummern der Nachbarn waren nicht notiert. Es handelte sich also nur um das Telefonbuch einer alten Frau. Als sich Frau Kessenich räusperte, schob Frieda das Notizbuch zurück an seinen Platz.

Brummer und Neugebauer standen in Pauls Zimmer vor der Pinnwand. Sie sprachen leise miteinander, der Computer war eingeschaltet, aber über die Passwortangabe waren sie nicht hinausgekommen. Als sie Friedas Schritte hörten, drehten sie sich zu ihr um. Neugebauer hielt eine schmale Digitalkamera in der Hand.

»Was hast du hier zu suchen?«, zischte Brummer.

»Wie kommst du hierher?«, raunte Neugebauer.

Frieda legte den Finger auf den Mund.

»Raus hier!,« zischte Brummer.

»Du bist doch krankgeschrieben«, raunte Neugebauer.

Frieda beschwichtigte sie. »Wir wollen doch Frau Kessenich nicht weiter aufregen. Lasst uns draußen reden, ja?«

»Du musst nicht flüstern, die alte Dame hört sowieso nichts«, sagte Brummer in normaler Lautstärke.

»Doch, was sie hören will, das hört sie«, behauptete Frieda.

»Du wirst uns erklären, was du hier machst. Und das wird eine verdammt gute Erklärung sein müssen!«, sagte Brummer noch, machte dann aber einen Schritt zur Seite und begann mit der Durchsuchung.

Und so gelang es Frieda, gemeinsam mit ihnen Paul Kessenichs Zimmer unter die Lupe zu nehmen. Feindliches Schweigen herrschte zwischen den Kommissaren. Aber was gab es auch zu reden, wenn die Dinge so klar und übersichtlich angeordnet waren wie an dieser Pinnwand? Frieda Stein war beileibe nicht sein einziges Opfer gewesen. Offensichtlich jeder, der in einem der drei Miethäuser wohnte, die gegenüber seinem Bungalow lagen, war in Kessenichs obskuren Listen geführt.

Nichts Dramatisches, es war das ganz normale Leben, das ihm ein Dorn im Auge gewesen war: Besucher, die er für unpassend hielt, Stromverschwendung, offenstehende Fenster in der Heizperiode, Verschmutzung der Treppenhäuser, unsachgemäße Mülltrennung, Sicherheitsmängel bis zu angeblichen Verletzungen der StVO. Lärmbelästigungen waren offenbar sein spezielles Hobby, denn Feiern, Lachen, Nachbarschaftstreffen, Singen, Musizieren, aber auch Hämmern und Bohren waren Beschäftigungen, die er zu unterbinden versuchte.

Und er hatte Beweise. Er hatte fotografiert. Besucher, die ein Haus auf diesem kurzen Abschnitt der Reinaldstraße betraten und wieder verließen, offenstehende Fenster, falsch parkende Autos, spielende Kinder, Müllcontainer, die falsch befüllt waren …

Die Listen waren alphabetisch nach den Namen der Mieter sortiert. Hausnummern, Automarken und -kennzeichen, Uhrzeiten, Missetaten. Seine Interventionen und Mahnungen waren ebenso erwähnt, wie die Tatsache, dass sich niemand darum scherte.

Eine besondere Rubrik galt den *Ausländern*. Wobei er sich weniger um ihre Nationalität scherte. Er beurteilte die Mieter nach ihren Namen, Gesichtern und ihrer Sprache und schien von ihnen zu verlangen, besser zu sein als die Deutschen. Mindestens. Ihre Vergehen zählten doppelt.

Auch und ganz besonders von Frieda Stein gab es Fotos: Wie sie Cello spielte, im Schein der Deckenlampen hin und her ging, am Fenster stand … mehr Fotos als von den anderen Bewohnern. Viel mehr.

Über allen Listen und Fotos hing, vergrößert in DIN-A0, geleimt auf eine Spanplatte, angestrahlt von einem Spot an der Decke: eine Hausordnung, wie die zehn Gebote. Eine Hausordnung, die Paul Kessenich vermutlich selbst erfunden hatte, denn sie war zumindest Frieda nicht mit dem Mietvertrag ausgehändigt worden. Er hatte sie ihr mehrmals in Kopie unter die Wohnungstüre geschoben und die Punkte rot markiert, die sie missachtet hatte.

Paul Kessenich war ein Kontrollfreak. Wenn einer hier in Therapie gehörte, war er es, dachte Frieda, aber das hatte sich ja nun erledigt. Denn alle Aufzeichnungen endeten am 13. Mai.

»Jetzt kann ich mir auch vorstellen, warum er vor dem Forsthaus herumlungerte«, sagte Frieda. »Seine Kontrollwut endete nicht mit der Reinaldstraße.«

Brummer blickte sie mitleidig an. »An Sonja Senger war der nicht die Bohne interessiert.«

Frieda spürte, wie sich ihr Hals zuschnürte. Kein gutes Gefühl, Zielscheibe eines Stalkers gewesen und bespitzelt worden zu sein.

Brummer legte ihr eine Hand auf die Schulter. »Du warst sein Lieblings-Sorgenkind.«

»Dann war der Drohbrief auch von ihm?«, fragte sie schnell.

Er zog seine Hand zurück, als hätte er sich verbrannt. Ein Blick zu Neugebauer. Sie nickten sich zu. Keine Antwort.

»Fragt sich nur, wer mir den Gefallen getan hat, den Mistkerl zu erschießen«, murmelte Frieda. »Mir und all den anderen Mietern.«

Als sie wieder nach Frau Kessenich sahen, war diese eingeschlafen. Frieda bat Brummer um einen Zettel, sie setzte sich auf die braune Couch und schrieb die Telefonnummern zweier Ärzte und Pauls Mobilnummer aus dem kleinen Notizbuch ab. Sie legte es zurück, beugte sich zu Frau Kessenich und flüsterte: »Ich werde dafür sorgen, dass sich jemand um sie kümmert.«

»Nein, das werden *wir* tun«, bestimmte Brummer und ließ sich den Zettel aushändigen.

Frieda verzog das Gesicht. Sich eine Mobilnummer zu merken, war schwierig. Aber möglich. Frieda verfügte über ein fast fotografisches Gedächtnis.

»Sie muss noch ihren Sohn identifizieren«, erinnerte Neugebauer.

»Schon klar, aber nicht jetzt sofort, oder?«, fragte Frieda. »Ich werde sie morgen wieder besuchen und das dann mit ihr zusammen machen, okay?«

»Das wirst du nicht tun. *Wir* machen das, ist das klar? Du hältst dich raus.« Brummer legte seine Karte auf den kleinen Tisch.

»Ist schon gut.« Frieda hob abwehrend die Hände.

»Nichts ist gut. Und ich werde dir auch gleich erklären, warum nicht.«

11. Kapitel

Ein Dienstgespräch, wie es Frieda nun bevorstand, wollte sie nicht vor der Haustüre führen und erst recht nicht in der Polizeibehörde, deshalb lud sie die Kollegen spontan in ihre Wohnung ein.

»Es sind nur ein paar Schritte über die Straße«, sagte sie.

Sie versprach sich einen Heimvorteil. Die Küche müsste halbwegs aufgeräumt sein, hoffte sie, noch besser wäre es, den Besuch auf den Balkon zu bitten. Die Aussicht würde die beiden besänftigen und zu Kompromissen verführen. Es war ein schöner, frischer Maimorgen, dem sich niemand entziehen konnte. Zögernd nahmen die Herren die Einladung an. Vermutlich war auch Neugier im Spiel.

»Glaub nicht, dass du uns damit weichkochen kannst«, brummte Brummer.

»Daran habe ich keinen Augenblick gedacht«, konterte Frieda und ging voraus.

»Wie bist du auf die Idee gekommen, ausgerechnet hier auf der Reinaldstraße zu wohnen?«, fragte Neugebauer, als sie die Straße überquerten und auf Friedas Haus zugingen.

Ein Hauskomplex bestehend aus drei Häusern. Zwei Stockwerke hoch, hellgelb gestrichen, in der Mitte ein Treppenhaus aus Glasbausteinen, rote Mauerabsätze, ein Vorgarten, ein gepflasterter Weg zur Haustür aus geriffeltem Glas. Frieda wohnte im mittlerem Haus. Nummer 73.

»Ich finde, es war eine gute Idee«, antwortete sie, schloss die Haustür auf und musste, während sie die Treppe nahm, an Sandra Feldmann denken, das Mädchen, das noch vor einem Jahr ein Haus weiter gewohnt hatte. Irgendwann hatte Frieda gesehen, wie Paul Kessenich Sandras Wohnung aufgelöst und ihre Habseligkeiten in einem Sprinter davongefahren hatte.

»Schuhe abputzen«, sagte Frieda vor ihrer Wohnungstüre. Automatisch betrachteten die Kollegen ihre Schuhspitzen.

»Sehr witzig«, grummelte Brummer.

Sie folgten Frieda in die Wohnung.

»Schöne Aussicht«, meinte Neugebauer und stolperte über die Türschwelle auf den überdachten Balkon. Einen Augenblick schwankte er wie eine Wasserpflanze, ehe er sich an der Brüstung festhalten konnte. Er spähte hinab auf einen Kinderspielplatz und einige Schrebergärten, die um diese Uhrzeit verlassen waren. Auf sie folgten die unendliche Weite bestellter Ackerfurchen in der Mittagssonne, ein Handymast, einige Windräder, ein Traktor, der lautlos seine Runden zog, eine Staubwolke nach sich zog, Überlandleitungen am

Horizont. Keine Berge, Täler, Wälder, Flüsse – die Eifel lag in der anderen Richtung.

»Setzt euch.« Frieda verabschiedete sich für eine Sekunde auf die Toilette, aber nur, um dort Paul Kessenichs Mobilfunknummer in ihrem Smartphone zu notieren, ehe sie die Zahlenkombination vergaß.

Als sie auf den Balkon zurückkehrte, hockten Neugebauer und Brummer nebeneinander auf der Gartenbank. Neugebauer erhob sich höflich und nahm sich den Klappstuhl mit dem gelbem Polster, der bei jeder Bewegung quietschte und die Neigung hatte umzukippen. Aber das konnte er nicht wissen.

»Tja«, meinte er nach einer Weile bedeutungsschwer.

»Genau«, ergänzte Frieda.

»Armer Kerl, eigentlich, dieser Paul Kessenich«, sagte Neugebauer nach einer Weile. »Er hatte gar kein eigenes Leben.«

»Wir sind nicht vom Sozialamt«, erinnerte Brummer ihn.

»Aber man wird doch mal ein wenig …«

Brummer winkte ab und der Rest des Satzes blieb in Luft hängen.

»Kann ich euch etwas anbieten?«, fragte Frieda.

Brummer überging die Frage und stieß hervor: »Obwohl es dir ausdrücklich untersagt wurde, hast du ermittelt.«

»So kann man das nicht nennen.«

»Wieso haben wir dich in Kessenichs Wohnung angetroffen?«

»Weil ich in der Rechtsmedizin Köln, wohin ihr mich im Übrigen selbst geschickt habt, den Toten wiedererkannt habe.«

»Das war vor fünf Tagen!«, rief Brummer. »Das hättest du uns längst mitteilen müssen! Das ist Unterschlagung von Beweismaterial … Das ist …«

»Paragraf 295 StGB«, vollendete Frieda. »Aber ich konnte mich zunächst nicht an seinen Namen erinnern. Ich wusste plötzlich nur, dass er auf der gleichen Straße wohnt wie ich.«

Die Kollegen blickten sich an. Neugebauer blinzelte nervös. Brummer zog die Augenbrauen zusammen.

»Ihr seht, ich habe meinen Wohnort klug gewählt. Als ich heute Morgen über die Reinaldstraße lief, fiel mir sein Name wieder ein. Er hat immer gesagt, dass er wie die Straße, wie die Burg, wie der Ort heißt.«

»Reinald?«, fragte Neugebauer.

»Nein!«, rief Frieda. »Kessenich, natürlich.«

»Kessenich, natürlich«, wiederholte Brummer vorwurfsvoll.

»Aber wie seid *ihr* auf seinen Namen und seine Adresse gekommen?«, wollte Frieda wissen.

»Das Auto, das wir in der Nähe vom Forsthaus gefunden haben, ist auf seinen Namen zugelassen«, antwortete Neugebauer.

Brummer stieß ihm in die Rippen.

»Lag sein Handy im Auto?«, fragte Frieda schnell. Vielleicht konnte sie noch diese eine Auskunft ergattern.

»Guter Versuch«, grummelte Brummer.

Frieda ließ sich nicht beirren und fasste den Stand der Dinge zusammen. »Wir kennen also bisher nur den Toten.«

»Wir?« Brummer zog die Augenbrauen zusammen. Er erhob sich gereizt. »Wir gehen jetzt. Und du siehst zu, dass du die Krankmeldung einreichst. Und solltest du erneut ermitteln und Beweismaterial unterschlagen, dann …«

»Rufst du uns sofort an!«, unterbrach Neugebauer ihn grinsend.

»Mach ich!«, versprach Frieda. «Und wann ruft ihr mich an?«

»Im unwahrscheinlichen Fall, dass wir dich brauchen sollten«, seufzte Brummer, ging zur Wohnungstür und rüttelte an der Klinke.

»Die Tür ist offen«, sagte Frieda.

Er riss sie auf und stapfte wütend hinaus. Neugebauer folgte ihm, ohne sie eines Blickes zu würdigen. Sie waren wirklich sauer. Frieda hatte hoch gepokert.

Es dauerte einen halben Tag, ehe die Kollegen anriefen und fragten, ob es Kommissarin Frieda Stein möglich sei, gegen 16 Uhr ins Büro zu kommen. Sie folgte der überraschenden Aufforderung mit einer kleinen, aber genüsslich ausgekosteten Verspätung, in der sie überlegte, wie sie dem Feierabendverkehr entgehen und frische Luft schnappen konnte. Ihr Fahrrad benutzte sie viel zu selten. Doch auch heute wurde nichts daraus, weil sie noch nach Wolfgarten musste, um einen einsamen Kater zu füttern.

Im Büro der Mordkommission lief HK Roggenmeier auf Frieda zu und zerquetschte ihre Hand. »Endlich! Da sind Sie ja, Frau Stein. Wie geht es Ihnen?« Ohne Frieda die Chance auf eine Antwort zu geben, fuhr er fort: »Sie sehen gut aus.«

»Danke«, sagte Frieda überrascht.

»Was sagt der Arzt?«

»Donnerstagnachmittag habe ich erst einen Termin.«

»Gott sei Dank!«, rief er erleichtert aus und warf die Hände in die Luft. »Sie müssen den Termin unbedingt absagen. Es ist nämlich so, dass Hauptkommissar Magnus uns verlassen hat.«

»Verlassen?«, fragte Frieda neugierig.

Roggenmeier winkte ab. »Das Wie und Warum tut hier nichts zur Sache.«

»Was ist mit Grassi?«

»Was soll mit ihm sein?«

»Hat er auch das Handtuch geworfen?«

Roggenmeier überhörte ihre Frage. »Was ich Ihnen sagen will, ist, dass es sich herausgestellt hat, dass der Fall dermaßen kompliziert liegt, dass wir auf keinen Mitarbeiter verzichten können. Wir können leider nicht einmal auf Befangenheiten oder Befindlichkeiten psychologischer Art Rücksicht nehmen. Nicht einmal auf die Tatsache, dass Sie aufgrund Ihrer posttraumatischen Störung … ich hoffe, Sie verstehen.«

»Nein.«

Er wies auf ihren Schreibtisch, wo ihre Waffe lag, umgeben von einem Berg Akten. »Bitte schön!«

»Ich soll jetzt doch wieder …?«

»Wir brauchen Sie!«, sagte Roggenmeier eindringlich.

»Aber nur im Innendienst«, hörte sie Brummers Stimme rufen. Auch Neugebauer schien anwesend. Frieda hatte die Kollegen nicht bemerkt. Sie hatten sich im

Hintergrund gehalten, während Roggenmeier seinen Auftritt hatte. Sie hatten sich in der Kaffeeküche versteckt. Es musste ihnen peinlich sein.

»Genau!«, bestätigte Roggenmeier. »Nur im Innendienst. Ihrer angeschlagenen Gesundheit zuliebe.«

»Sie können auf mich zählen«, sagte Frieda trocken.

»Ich habe nichts anderes erwartet«, tönte Roggenmeier, schlug ihr auf die Schulter, sodass sie fast in die Knie ging, und lief hinaus.

Die Tür ließ er hinter sich offen stehen. Neugebauer schloss sie lautlos.

Frieda setzte sich an ihren Schreibtisch, verstaute die Waffe in einer Schublade und betrachtete ihr Büro, als hätte sie es ewig nicht gesehen. Ihr Schreibtisch diente als Ablage, die genügsame Grünlilie auf der Fensterbank schrie nach Wasser, der Teeküche entströmte ein seltsamer Geruch, am Garderobenständer hingen vergessene Jacken.

Füßescharren, Räuspern.

»Was ist denn mit Hauptkommissar Magnus los? Hat er sich mit Roggenmeier angelegt?«, fragte Frieda, um weitere Zeit zu gewinnen.

Achselzucken der Kollegen.

»Müsste dann nicht ein anderer Kommissar aus Bonn einspringen? Ich meine, die Vorschriften …«

Simultane Blicke in die Ferne.

Dann raffte sich Neugebauer zu einer Bemerkung auf. «Dafür haben wir ja nun dich.«

»Und Grassi?«

»Grassi ist auf dem Weg hierher.«

»Schön.«

Frieda legte eine kleine Pause ein. Brummer lehnte sich zurück und kreuzte die Arme vor der Brust. Neugebauer tat es ihm gleich. Ihre Blicke fixierten Frieda, als wäre sie ein Tier in der Falle.

»Nun ja«, begann Frieda endlich und wählte ihre Worte mit Bedacht. »Bitte regt euch nicht auf, aber ich habe in der Zwischenzeit herausgefunden, dass der Drohbrief nicht von einem offiziellen Briefzusteller abgegeben wurde. In Wolfgarten arbeitet auch keine andere Zustellfirma.«

»Das ist nichts Neues für uns«, kommentierte Brummer und klopfte mit seinem Bleistift dreimal auf seinen Schreibtisch. »Wir waren nämlich in der Zwischenzeit ebenfalls nicht untätig. Wir haben mit der Zustellerin gesprochen.«

»Christa Schröpf«, sagte Neugebauer anklagend.

»Oh«, machte Frieda. Die hatte sie glatt vergessen. Sie überlegte, den Kollegen mitzuteilen, dass Sonja Senger ein Postfach in Gemünd hatte. Aber das brachte sicher nur neue Komplikationen.

»Nun?«, fragte Brummer.

»Leider kann ich mich nicht daran erinnern, wie der Mann ausgesehen hat, der den Drohbrief brachte. Mich hat nur der Brief interessiert. Aber ich weiß definitiv, dass es nicht Kessenich war.«

»Das sagtest du bereits«, erinnerte Brummer sie.

»Als du sein Foto gesehen hast«, ergänzte Neugebauer.

Verlegenheitspause. Die Uhr zwischen den beiden Fenstern tickte. Schritte auf dem Flur näherten sich und entfernten sich wieder. Niemand drückte die Türklinke herunter. Keine Unterbrechung in Sicht.

»Was macht dein Kontakt zu Sonja?«, fragte Brummer misstrauisch.

Frieda holte tief Luft. »Ich habe ihr geschrieben, ob sie uns nicht Näheres zu dem Drohbrief sagen kann. Aber sie hat noch nicht geantwortet.« Ein Blick auf ihr Smartphone, und sie schüttelte bedauernd den Kopf. «Immer noch nicht. Aber …«

Brummer fuhr hoch. »… bestimmt schreibt sie morgen zurück oder übermorgen oder über-übermorgen oder nie!« Dann sprang er auf, um hektisch auf und ab zu laufen. »Sonja Senger soll bloß nicht meinen, dass sie uns zappeln lassen kann. Wir schaffen das auch ohne sie.«

»Jawohl!«, rief Neugebauer aus.

Frieda war erleichtert, weil die Kollegen weder in der Postamts-Sache noch beim Thema Sonja Senger weiter nachhakten.

Ein guter Moment, ihre These zu unterbreiten. »Ich persönlich gehe davon aus, dass Kessenich nur zur falschen Zeit am falschen Ort war. Der Schütze hatte es auf Sonja abgesehen.«

»So so«, machte Brummer.

»Aha«, machte Neugebauer.

»Und was ist eure These?«

»Wir werden uns auf die Suche nach Kessenichs Feinden machen«, antwortete Neugebauer.

»Und den Schützengesellschaften im Einzugsbereich Euskirchen einen Besuch abstatten«, ergänzte Brummer wenig begeistert. »Obwohl unser Täter natürlich auch aus Timbuktu kommen könnte. Aber irgendwo müssen wir ja anfangen.«

»Was ist mit Kessenichs Handy?«, fragte Frieda.

»Es ist ein Prepaid-Handy«, erklärte Brummer. »Das wird schwer zu orten sein.« Er überlegte kurz und sagte dann: »Der Drohbrief ist jetzt dein Ding.«

Frieda jubelte innerlich und hatte Mühe, ihre Begeisterung darüber wie eine Enttäuschung aussehen zu lassen. »Wie ihr wollt. Ich gehe also davon aus, dass der Briefeschreiber ein alter Fall von Sonja ist. Sonja war 34 Jahre im Dienst«, erklärte sie möglichst betroffen. Sie konnte sich gut an diese Zahl erinnern, die mal in einem gemütlichen Gespräch am Kachelofen gefallen war. 34 Jahre waren für Frieda, die gerade erst 31 Jahre alt geworden war, eine unfassbar lange Zeit.

»Da kommt ein bisschen was zusammen«, freute sich Brummer – und seine Laune schien sich schlagartig zu bessern. »Geh alle ihre alten Fälle durch. Von 2014 an rückwärts. Wenn du Euskirchen durchhast, kommen Trier und Köln dran. Und stürz dich bloß nicht nur auf die großen Fälle, vergiss nicht die unzähligen, unspektakulären, kleinen Vergehen, die Sonja Senger aufgedeckt hat.«

»Das Leben wird vorwärts gelebt und rückwärts verstanden«, kommentierte Frieda gelassen.

»Hört! Hört!«, rief Neugebauer aus. »Wir haben eine kleine Philosophin unter uns.«

»Dich haben wir also beschäftigt«, resümierte Brummer. »Und wir«, er zeigte auf Neugebauer. »Wir zwei machen für heute erst einmal Feierabend! Trinken wir irgendwo einen Schluck?«

»Gute Idee. Einen After-Work-Drink! Klar! Den haben wir uns jetzt redlich verdient.«

Frieda zog die Mundwinkel nach unten.

»Sei nicht traurig«, tröstete Neugebauer sie. «Büroarbeit ist auch wichtig.«

Brummer stand schon in der Tür, als ihm einfiel zu sagen: »Wenn Grassi kommt, sag ihm, wir sind in der *Alten Posthalterei*.«

»Mach ich«, versprach Frieda ungeduldig. Sie konnte es kaum abwarten, mit der Recherche zu beginnen. Die *Alte Posthalterei* auf der Kölner Straße war so etwas wie das Stammlokal der Mordkommission geworden. Die offensichtliche Schadenfreude der Kollegen traf sie heute nicht.

Die Tür schlug zu.

Frieda rieb sich die Hände. Ziel erreicht! Sie war wieder dabei, und zum Arzt musste sie auch nicht mehr. Allerdings musste sie wohl auch mit dem Cello-Unterricht weiter aussetzen, denn für Etüden und Fingerübungen war nun keine Zeit mehr.

Frieda hätte wetten können, dass Paul Kessenich nur zur falschen Zeit am falschen Ort gewesen war, und dem Täter im Wege gestanden hatte, als dieser Sonja Senger erschießen wollte. Frieda sah die Szene wie einen Video-Clip vor ihrem inneren Auge:

Der Täter gibt den ersten Schuss ab. Kessenich taucht wie aus dem Nichts in der Schusslinie auf, um zu sehen, ob Frieda Stein etwas zugestoßen ist. Da ist das zweite Geschoss schon unterwegs zu ihm, durchbohrt seinen Rücken und befördert ihn ins Jenseits. Aus. Ende.

Die Nächte in der Eifel konnten so schwarz sein, dass man die Hand nicht vor Augen sah, nicht wusste, wo vorne und hinten war, besonders, wenn der Mond nicht schien. Und Frieda Stein konnte sich gut erinnern, dass in der Nacht, in der die Schüsse fielen, Neumond war. Sie wusste noch, sich gefragt zu haben, warum der Mond vorgab, nicht zu existieren, obwohl er doch nach wie vor am Himmel stand.

Warum sollte sie am Ende und nicht am Anfang von Sonjas Karriere beginnen, fragte sich Frieda. Es war doch gut möglich, dass der Täter schon vor 30 oder mehr Jahren in Sonja Sengers Fänge geraten war. Es schien ihr sogar viel wahrscheinlicher, dass er sich für seine Rache Zeit gelassen hatte oder Zeit lassen musste, weil das Urteil ihn womöglich für Jahre ins Gefängnis gebracht hatte.

Rache genoss man kalt am besten, sagte sich Frieda und erstellte eine Excel-Tabelle, in die sie ihre Ergebnisse sortiert nach Jahr, Polizeibehörde, Fall, Urteil etc. eintragen wollte. Ihre Kollegen würden nicht bemerken, wenn sie Sonjas Fälle zweigleisig aufrollte, mit dem ersten Fall in Köln und ihrem letzten Fall in Euskirchen gleichzeitig begann. Das war ein Kompromiss.

Wonach suchte sie? Nach einem Drohbrief mit ähnlichem Wortlaut? Nach einem Täter, der sich in anderer Weise als zukünftiger Rächer verdächtig gemacht hatte? Nach einem Urteil, das der Verurteilte als ungerecht empfunden haben könnte? Nach einer abgelehnten Revision? Nach einem Täter, der kürzlich aus dem Gefängnis entlassen wurde? Aber aus welchem Gefängnis?

Wenn wenigstens klar wäre, dass sie nach einer Frau suchen musste! Statistisch gesehen wurden nur etwa sechs Prozent aller Verbrechen von Frauen begangen. Zu schön wäre es, wenn Frieda sich nur um diese sechs Prozent kümmern müsste, aber es war nicht auszuschließen, dass Frauen sich berufen fühlten, Männer zu rächen. Ihre Ehemänner, ihre Geliebten, ihre Brüder, ihre Väter, ihre Söhne, ihre Freunde. Siebzig Prozent aller Verbrechen waren Beziehungstaten.

Im Grunde blieb Frieda nichts anderes übrig, als jede Akte in die Hand zu nehmen. Es war die Suche nach der berühmten Nadel im Heuhaufen. Das klang nach Sisyphos.

Plötzlich musste sie lächeln. Oberstaatsanwalt Wesseling, Sonja Sengers treuer Begleiter, kam ihr in den Sinn. Vielleicht konnte sie ihm Hinweise entlocken. Vielleicht würde sie nebenbei auch die geheime Geschichte erfahren, die die beiden verband.

Frieda rief ihr Mailprogramm auf und verfasste drei Mails. An die Deutsche Bahn, das Archiv der Polizeibehörde Euskirchen und das Kölner Polizeipräsidium. Bei Wesseling würde sie erst wieder vorsprechen, wenn das Graffito entschlüsselt war.

Danach wählte sie Paul Kessenichs Mobilfunknummer, die sie nach ihrem Besuch bei seiner Mutter in ihrem Smartphone gespeichert hatte. Aber der Teilnehmer war nicht zu erreichen. Was auch kein Wunder war, falls sie keinen Zahlendreher notiert hatte.

Den Abend zu Hause verbrachte sie mit einem Tagesbericht an Sonja Senger. Frieda wusste, dass Sonja stolz auf sie sein würde, wenn sie las, was ihre Nachfolgerin erreicht hatte und bald noch erreichen würde. Und dass sie obendrein ihren Kater West hegte und pflegte wie ihren Augapfel.

12. Kapitel

Am Montag, den 23. Mai, reiste Helene Allensteyn ab. Die Verabschiedung war aufwendig, das ganze Hotel war in Aufruhr. Sonja bekam eine Visitenkarte in die Hand gedrückt und musste versprechen anzurufen, um sich mit ihr zu verabreden.

»Vielleicht können wir noch einmal zusammen in Urlaub fahren«, stellte Helene Allensteyn in Aussicht.

»Bestimmt«, stieß Sonja hervor. Sie war zu allem bereit, wenn Helene Allensteyn nur endlich in den alten Mercedes stieg, an dessen Steuer ihre Tochter saß, eine schweigsame, junge Frau mit traurigen Augen. Sonja schlug die Beifahrertür zu und begann zu winken, da drehte Helene Allensteyn die Scheibe noch einmal herunter und wedelte mit ihren lackierten Fingernägeln.

»Wenn Sie mich nicht anrufen, dann mache ich das. Sie können sich auf mich verlassen.«

Sie hat meine Telefonnummer nicht, dachte Sonja und winkte lächelnd weiter.

»Die Rezeption hat mir Ihre Nummer gegeben!«

Sonja Lächeln gefror. Aber angerufen zu werden und das Gespräch anzunehmen, das waren zweierlei Schuh, tröstete sie sich.

Nach Helene Allensteyns Abreise brachen entspannte Zeiten im Hotel an. Das Versteckspiel hörte auf. Sonja konnte jetzt in Ruhe auf dem Balkon sitzen, ohne von ihrer Nachbarin unerwartet von der Seite angesprochen zu werden. Sie musste aus dem Nebenzimmer keine dramatischen Telefongespräche mehr mit anhören, keine Anweisungen ans Personal, keine Selbstgespräche. Es wurde still im Hotel. Fast ein wenig zu still. Und Sonja konnte sich wieder voll und ganz auf ihr Heimweh konzentrieren und sich auf den Schmerz einlassen. Besonders am Abend, wenn sie in ihrem schmalen Einzelbett ohne Wests behagliches Schnurren einzuschlafen versuchte, wurde ihr Forsthaus zu einem Walhall und der Mordfall in Wolfgarten ihr persönlicher Kreuzzug, all ihre Gedanken kreisten um diesen Ort am Rande des Nationalparks Eifel. Und wenn sie schlafen konnte, war es ein unruhiger Schlaf. Mehrmals in der Nacht stand sie auf und geisterte im Hotelzimmer herum, stellte sich auf den Balkon und blickte in den dunklen Himmel hinauf. Sie wurde melancholisch, wenn sie sich vorstellte, dass über ihrem Forsthaus die gleichen Sterne und der gleiche Mond standen.

Während sie per Mail von Frieda und Brummer über alle Stationen der Ermittlungen informiert wurde und jede Begebenheit durchlebte, wurde ihr bewusst, dass zum ersten Mal ohne sie – ganz ohne sie – ermittelt wurde. Sie hatte Frieda nicht in die Postfiliale von Gemünd, nicht in die Kölner Rechtsmedizin und nicht in den Bungalow von Paul und Hedwig Kessenich begleiten können. Sie hatte nicht am Dienstgespräch in Friedas Wohnung teilnehmen und Brummer und Neugebauer ihre Meinung sagen können.

Sie konnte nichts tun, außer mit wachsendem Entsetzen Mails lesen und sich die Nächte um die Ohren schlagen. Und sich wundern, dass Wesseling schon wieder im Forsthaus aufgetaucht war. Hatte er etwa eine Schwäche für Frieda Stein entdeckt?. Er würde auf Granit beißen. Sonja musste lächeln. Alte Männer überschätzten ihre Wirkung auf junge Frauen gern, dieses Phänomen machte auch vor einem Staatsanwalt, einem Oberstaatsanwalt, nicht Halt.

Auch in der Nacht nach Helene Allensteyns Abreise stand Sonja Senger auf dem Balkon, an die Hauswand gelehnt, und betrachtete den schwarzen Himmel, aus dem eine Regendusche aufs Land fiel. Schnurgerade rannen die Tropfen wie an Bändern aufgereiht herab und glitzerten wie Lametta. Donner grollte im Hintergrund. Der Balkon war überdacht, aber Sonjas nackte Füße bekamen doch ein paar Spritzer ab. Sie wickelte den Morgenmantel fester um sich, zog die Schultern hoch und fragte sich, ob es in Wolfgarten auch gerade regnete. Sie hatte eine Wasserflasche in der Hand, drehte den Schraubverschluss auf und nahm einen Schluck. Teures und edles Hotelwasser aus den Abruzzen oder vom Himalaya in einer grünen Glasflasche, für dessen Preis sie zu Hause einen ganzen Kasten Wasser kaufen konnte.

Sie wandte sich um, und ihr Blick fiel auf ihr Spiegelbild in der Balkontür. Wirres Haar und eine unförmige Gestalt in einem zotteligen Morgenmantel. Dahinter lagen die Umrisse des Hotelzimmers, nur die Nachttischlampe brannte. Nur noch eine Minute, sagte sie sich und drehte sich wieder um.

Da stand er vor ihr.

Eine massige, schwarze Gestalt ohne Gesicht, die aussah wie ein Taucher und nach kaltem Zigarettenrauch stank. Mit schwarzen Händen stieß er sie ins Zimmer. Sonja stolperte über die Schwelle, aber fing sich wieder, weil sie sich mit einer Hand an seiner Jacke festhalten konnte und ihn hinter sich herzog. Er stolperte auch, aber er fing sich nicht, landete auf Knien und Händen und ehe er sich aufrappeln konnte, knallte Sonja ihm beherzt die Sprudelflasche auf den Hinterkopf. Erstaunt betrachtete sie die Flasche, die nicht daran zerbrochen war. Qualität zahlte sich also doch aus.

Er war nach dem Schlag nicht außer Gefecht, sondern baute sich vor Sonja auf, schüttelte den Kopf wie ein Pferd, zog eine Pistole hervor und richtete die Mündung auf Sonjas Brust.

Der Mörder von Wolfgarten, durchfuhr es Sonja. War er doch gekommen? Wie leichtsinnig von ihr, Friedas und Brummers Warnungen nicht ernst genommen zu haben.

»Geld, Schmuck, Handy, Bankkarte«, knurrte der Mann.

Sie atmete erleichtert auf. Mit einem Hoteldieb in Strumpfmaske und Handschuhen, der ganz klassisch über den Balkon eingestiegen war, würde sie wohl noch fertig werden. Sie blickte auf die Mündung der Pistole, die auf ihren Ausschnitt zeigte. Der Morgenmantel hatte sich geöffnet, das Oberteil des Schlafanzugs lag frei. Es passte nicht zur Hose, aber das hatte Sonja bisher nicht gestört. Jetzt war die Situation eine andere. Sie raffte den Morgenmantel über der Brust zusammen. Mit der anderen Hand umklammerte sie noch die Wasserflasche.

»In Ordnung«, sagte sie und trat zum Nachttisch. Sie überreichte ihm ihr Handy.

Entsetzt starrte er auf das mittelalterliche Modell. »Was ist das?« Angewidert ließ er es fallen.

Sonja nutzte den Moment, holte aus, um ihm ein weiteres Mal die Wasserflasche auf den Kopf schlagen. Aber dieses Mal war der Mann schneller und hielt ihren Arm in der Luft fest.

»Meine Handtasche liegt auf dem Sessel«, sagte Sonja schnell.

Er riss ihr die Wasserflasche aus der Hand, ließ sie auf den Boden kullern, und Sonja musste einhändig ihre Handtasche öffnen. Umständlich überreichte sie ihm ihr Portemonnaie.

»Schmuck habe ich keinen«, sagte sie.

Er knurrte und zog ihr das Uhrband über das Handgelenk. Sonja ließ es klaglos geschehen. Im Halbdunkel des Zimmers konnte er nicht erkennen, dass es sich um ein wertloses Werbegeschenk handelte.

Dann dirigierte er Sonja in Richtung Bad. Sie hob folgsam die Hände und ging rückwärts. Da klingelte ihr Handy. Unverkennbar die Miss-Marple-Melodie. Er bückte sich und versuchte es auszuschalten. Aber seine Hände in den Handschuhen waren zu ungeschickt.

»Ausmachen!«, zischte er und reichte es Sonja.

Kaum war der Klingelton verstummt, hob er warnend die Hand.

Schritte näherten sich auf dem Hotelflur, Kichern, Glucksen. Das Türblatt bebte, jemand stemmte sich dagegen. Tuscheln, Schmatzen, Stöhnen. Ein Schlüssel stocherte im Schloss herum. Verliebte irrten sich im Zimmer. Sonja lächelte verkrampft.

Der Hoteldieb hielt erst den Atem an, dann gingen ihm die Nerven durch. Er öffnete die Hände, spreizte die Finger, als hätte er einen Krampf, ließ Sonja los und Uhr und Portemonnaie fallen. Er stürmte auf den Balkon, hob ein Bein und begann über das seitliche Geländer zum Nachbarbalkon hinüberzusteigen. Aber ehe er entwischen konnte, war Sonja bei ihm, hielt ihn mit beiden Händen am Hosenboden fest, stemmte ihre Füße gegen den Betonsockel und schrie.

Was danach geschah, war für eine Kriminalkommissarin Tagesgeschäft.

»Solche Mitbürger wünschen wir uns«, sagte der herbeigerufene Polizist später und klopfte ihr auf die Schulter.

»Das glaube ich Ihnen gern«, sagte Sonja. Sie hatte sich auch immer Mitbürger gewünscht, die für sie die Arbeit machten.

Die Hoteldirektion eilte herbei und bedankte sich bei Sonja, als hätte sie ein Wunder vollbracht. Man bewunderte ihre Souveränität und Unerschrockenheit.

Der Dieb war geständig. Es handelte sich um einen jungen Mann aus der Nachbarschaft, der mit einem Kumpel eine Wette laufen hatte. Den Namen des Kumpels wollte er nicht preisgeben, schwor aber, in Zukunft die Finger von Wetten dieser Art zu lassen. Ohne Strumpfmaske sah er überhaupt nicht beängstigend aus, eher ein wenig naiv.

Der Polizist stellte fest, dass die Balkontür zum Nachbarzimmer offen stand. Es gab Einbruchspuren am Rahmen. Helene Allensteyn konnte froh sein, dass sie abgereist war.

Als Sonja endlich wieder allein in ihrem Hotelzimmer war, blickte sie auf das Display ihres Handys. Ein Anruf in Abwesenheit. Es war Helene Allensteyn gewesen, die durch ihren Anruf den Dieb verunsichert hatte. Sie hatte auf die Mailbox gesprochen. Sie vermisse ihre rotgoldene Halskette mit Medaillon. Es folgte eine ausführliche Beschreibung. Die Hoteldirektion habe ihr nicht weiterhelfen können, klagte sie an, man habe ihr Zimmer ohne Erfolg einer gründlichen Untersuchung unterzogen. Das Medaillon beherberge ein Foto ihres seligen Mannes. Es sei ein besonderes Foto. Und ohne dieses Medaillon sei sie sehr, sehr unglücklich. Vergessen würde sie es nie und nimmer.

»Meine Liebe, können Sie sich vorstellen, wo es sein könnte?«, fragte Helene Allensteyn, als sich die Mailbox abstellte.

Sonja legte das Handy beiseite. In ihrem Zimmer hing noch der Geruch nach kaltem Zigarettenrauch.

13. Kapitel

Als an Fronleichnam die Türklingel schellte, fiel Anna Weiler das Gebetbuch fast aus der Hand. Sie kniete vor der Tür zur Küche. Ihr Hilfe suchender Blick flog zu dem verhangenen Gegenstand über der Tür. Sie bekreuzigte sich.

Klingeln.

Anna rappelte sich auf und legte das Gebetbuch weg. Als sie am Dielenspiegel vorbeihuschte, glaubte sie, einen Geist zu sehen.

Wieder Klingeln.

Das konnte nur Frau Heimann sein, die kranke Nachbarin, die neuerdings ihr Bett verlassen durfte und sich in einem Rollstuhl fortbewegen konnte – und natürlich auch an diesem hohen, kirchlichen Festtag Hilfe brauchte. Vielleicht wollte sie zur Prozession geschoben werden.

»Ich komme!«

Anna riss die Wohnungstür auf. Im gleichen Moment schob sich die Spitze eines Schuhs in die Öffnung, eine breite Hand griff um das Türblatt, ein Mann quetschte sich herein und drückte die Tür hinter sich zu. Er trug ein blau-weiß kariertes Hemd unter einer durchnässten Regenjacke.

Annas Mund öffnete sich. Kein Laut entkam.

»Hallo, Anna!«, sagte der Mann und blickte auf sie herab. Er schlug die Kapuze zurück. Tropfen fielen auf seine Schultern und von dort auf das Linoleum.

Ungläubig kniff Anna die Augen fest zusammen. Das konnte nicht sein. Ihr wurde schwindlig, sie schwankte, riss die Augen wieder auf, starrte ihn an, schlug eine Hand vor den Mund.

«Kennt mich meine kleine Madonna denn nicht mehr?« Er zeigte das Lächeln, das sie so an ihm mochte. Gemocht hatte. »Dann will ich dir sagen, wer ich bin. Hagen, du erinnerst dich, Hagen Ansberg, dein Lieblings-Gefangener.« Er legte ihr eine Hand auf die Schultern, packte zu und schüttelte sie. »Dachtest du, du hättest mich erschossen?«

Sie wusste, dass sie es nicht getan hatte, aber sie nickte trotzdem.

»Da muss ich dich enttäuschen. Ich lebe noch. Da staunst du, was?« Mit der anderen Hand zog er hinter seinem Rücken eine Zeitung hervor und hielt sie ihr vors Gesicht.

MORD IN WOLFGARTEN
Anschlag auf das Haus einer Polizistin.
Ein unbekannter Toter.
Eine verletzte Polizistin.
Täter auf der Flucht.

Annas Magen schien sich zu drehen. Sie kannte die Schlagzeilen auswendig, das Foto des toten Mannes irrte nachts durch ihre Träume. Die Worte liefen in einer Endlosschleife durch ihre Gedanken, hingen wie ein Banner überall, wohin sie blickte.

Sie machte sich los, stolperte ins Bad, wo sie sich ins WC übergab. Alles drehte sich in ihr und um sie herum. Als sie sich wieder aufrichtete, stand er in der Tür – mit der Zeitung in der Hand.

»Anna, Anna«, sagte Ansberg kopfschüttelnd.

Mit Toilettenpapier wischte sie sich den Mund sauber, trat ans Waschbecken und stütze sich ab.

»Sieh dich bloß an!« Er nahm ihren Kopf in beide Hände und zerrte ihn hoch. Er dirigierte ihr Gesicht in Richtung Spiegel.

Sie sah sich und ihn wie dunkle Schatten und versuchte, durch den Spiegel hindurchzusehen.

»Du bist eine Mörderin, Anna Weiler. Jetzt ist es vorbei mit der Madonna von Euskirchen.« Seine Hände pressten ihren Kopf zusammen, sodass ihre Wangen sich aufblähten und ihr Mund sich vorwölbte. »Von der Madonna zur Mörderin«, zischte er und drückte fester zu, als wollte er ihren Kopf zerquetschen. Dann ließ er plötzlich los, ihr Kopf fiel nach vorne, und seine Hände legten sich um ihren Hals. »Was soll ich jetzt nur mit dir anfangen?«

Bring mich um, flehte sie innerlich, als sie fühlte, wie sich seine Fingerkuppen über ihrem Kehlkopf berührten. Wenn er jetzt zudrückte, war es vorbei. Die Angst, die Schuld, die Not. Sie hielt den Atem an, hoffte, er würde es tun, aber er ließ seine Hände fallen und bohrte seine Finger in ihre Schulterblätter.

Plötzlich ließ er von ihr ab, trat einen Schritt zurück und verließ das Bad. Sie hörte, wie er den Schlüssel in der Wohnungstür herumdrehte, ihn abzog und um seine Finger kreisen ließ, ehe er ihn einsteckte.

»Mach mir was zu essen, ich bin hungrig«, sagte er und ging am Bad vorbei ins Wohnzimmer. Er hatte seine Regenjacke ausgezogen.

Anna löste sich vom Waschbecken und schleppte sich in die Küche. Im Flur lagen die Regenjacke und die Zeitung auf dem Boden. Das Gesicht des Mannes, den sie erschossen hatte, blickte sie an.

»Bring mir Bier!«, hörte sie Ansberg rufen.

Sie holte eine Flasche aus dem Kühlschrank, öffnete sie und trug sie ins Wohnzimmer. Er saß auf ihrer Couch, die Beine auseinandergebreitet, den Kopf angelehnt. Sie reichte ihm die Flasche.

Verächtlich sah er sie an. »Bekomme ich kein Glas?«

Sie stellte die Flasche auf den Sofatisch und eilte mit kleinen, schnellen Schritten zurück in die Küche, ohne einen erneuten Blick auf die Zeitung zu werfen.

Als das Glas neben der Flasche stand, befahl er: »Gieß mir gefälligst ein!«

Anna gehorchte, ihre Hände zitterten, der Schaum lief über den Glasrand.

»Zu blöd, ein Bier einzuschenken.«

Sie wischte den Schaum vom Glas.

»Das sieht scheiße aus. Ich will ein neues Glas.«

Wieder in die Küche, wieder mit einem Glas zurückkommen, kein Blick zur Zeitung, wieder einschenken, dieses Mal vorsichtiger. Er streckte einen Arm aus, sie reichte ihm das Glas. Er leerte es in einem Zug und gab ihr mit einem Handzeichen zu verstehen nachzuschenken.

Dann zeigte er auf den Sessel ihm gegenüber und kommandierte: »Setz dich!«

Sie setzte sich auf die Sesselkante und presste die zitternden Beine zusammen.

Grunzend stellte er das Glas auf seinem Bauch ab. »Wo ist die Pistole?«

Anna richtete sich entsetzt auf. Sie hatte das Gefühl durchzudrehen.

»Antworte gefälligst!«, schrie er, richtete sich auf und schlug mit der flachen Hand auf den Tisch. Das Bier im Glas schwappte über.

Sie zuckte zusammen, hatte nicht gehört, was er gefragt hatte.

»Wo ist die Pistole?«

Sie schluckte, überlegte und presste dann hervor: »Die … die … habe ich weggeworfen.«

»Was? Wie blöd kann man sein?«

»Ich wollte doch nur nicht …«

»Ich kann es nicht mehr hören«, schnauzte er sie an, dann äffte er Anna nach: »Ich wollte doch nur nicht …«

»Aber …«, begann sie.

»Ich hab Hunger!«

»Ich mach dir was zu essen.« Anna sprang sofort auf.

Als sie auf der Türschwelle stand, rief er. »Ein ordentliches Stück Fleisch brauche ich, ist das klar?«

Sie hatte kein Fleisch im Haus. »Ich muss erst welches kaufen.«

»Nix da! Du bleibst hier! Meinst du, ich bin blöd? Mach irgendwas anderes!« Er spielte mit den Schlüsseln in seiner Hosentasche.

Es waren noch zwei Frikadellen übrig. Sie briet dazu ein paar Kartoffeln und erhitzte eine Dose Erbsen und Möhren. Sie häufte alles auf einen Teller. Es war eine große Portion. Sie trug den Teller und das Besteck ins Wohnzimmer und sah, dass er eingeschlafen war. Sein Kopf war zur Seite gefallen, sein Mund stand halb offen, seine Hände lagen in seinem Schoß. Er schnarchte.

Anna musste an die Pistole unter ihrem Bett denken. Eine Sekunde lang war sie in Versuchung, sie zu holen und auf ihn zu zielen. Danach konnte sie die Polizei rufen und alles gestehen …

Sie stellte den Teller auf den Sofatisch. Ein leises Klirren, Porzellan auf Glas, und Ansberg war wach. Er räusperte sich und richtete sich auf, betrachtete das Essen. »Setz dich!«

Sie gehorchte, sah ihm zu, wie er aß, wie er ohne zu kauen das Essen verschlang, bis der Teller leer war. Er grunzte und zeigte auf das leere Glas, als das Telefon klingelte.

»Das ist bestimmt Frau Heimann«, erklärte Anna.

»Wer soll das sein?«

»Meine Nachbarin, ich kümmere mich um sie. Kann ich …?«

»Du gehst nicht dran, klar? Wenn du Scheiße baust, zeige ich dich an, klar? Oder ich bringe dich um, das muss ich mir noch überlegen.«

Sie nickte wie in Trance. Für wie lange würde er sie in ihrer Wohnung einsperren? Sie warteten, bis das Klingeln verstummte.

»Hast du Geld?«, fragte er.

»Ein wenig«, flüsterte sie.

Er streckte seine Hand aus.

»Es ist im Schlafzimmer.«

»Hol es! Und wehe, du gibst mir nicht alles.«

Abgesehen von dem Kleingeld in ihrem Portemonnaie hatte sie noch diese 90 Euro in ihrem Nachtkästchen. Sie hätte es nicht über sich bringen können, sie auszugeben. Blut klebte an diesen Scheinen. Sie war fast erleichtert, als sie sie in Ansbergs Hand blättern konnte, weil sie nun nicht mehr in ihrem Nachtkästchen lagen und lange Schatten in ihre Träume werfen konnten.

»Ist das alles?«, fragte er mürrisch.

Sie nickte.

»90 Euro! Was denkst du dir dabei?«

»Mehr habe ich nicht.«

»Dann hättest du die Pistole nicht wegwerfen dürfen. Weißt du, was eine Pistole kostet?« Er steckte die Scheine zu dem Schlüssel in seine Hosentasche.

»Nein«, antwortete sie leise.

»Typisch«, grunzte er und lehnte sich zurück. »Jetzt muss ich schlafen. Aber nicht in deinem muffigen Bettzeug.«

Während sie ihr Bett frisch bezog, stieß sie mit den Füßen an das Paket mit der Pistole, kniete nieder, zog es hervor. Sie müsste es an einem anderen, einem sicheren Ort verstecken. In einem anderen Zimmer. Aber ein Geräusch aus dem Wohnzimmer ließ sie zusammenzucken, schnell schob sie das Paket wieder unter das Bett.

»Bist du bald fertig?«, hörte sie ihn rufen.

»Gleich.«

Sie hörte seine Schritte. Er zog sich die Schuhe und das Hemd aus, ehe er unter die Decke kroch, sich auf die Seite drehte, den Rücken zu ihr.

»Wieso warst du an dem Tag, an dem du entlassen wurdest, nicht dort? Du hast doch gesagt, du würdest sie am gleichen Tag …«, fragte sie.

Seine Stimme klang dumpf unter der Bettdecke. »Ich habe meine Pläne eben geändert, nachdem du mich im Stich gelassen hast.«

»Ich habe dich nicht im Stich gelassen. Ich durfte dich nicht mehr besuchen.«

»Lass mich in Ruh.«

Lautlos zog sie die Tür zu.

»Lass die Tür auf!«

Auf Zehenspitzen schlich sie davon, hoffte ein wenig Zeit zu haben, um nachdenken zu können. Es war dunkel in der Wohnung geworden, draußen braute sich ein Gewitter zusammen. Die Wolken waren schwarz.

Da hörte sie seine Stimme. »Madonna!«

Starr vor Angst blieb sie stehen. Ihr stockte der Atem. Er zog ihre Liebe zur Muttergottes in den Dreck. Hätte sie ihm doch nie davon erzählt!

»Madonna!«, grölte er. »Bist du taub? Komm zurück, hab ich gesagt.«

Sie gehorchte, stand schon in der offenen Tür. Ihr Schatten fiel auf die Bettdecke, unter der sie seinen Körper erkennen konnte.

»Mach Licht!«, kommandierte er.

Sie gehorchte und trat ans Fenster, um die Gardinen zuzuziehen.

»Hab ich gesagt, du sollst die Gardinen zuziehen?«

Sie ließ ihre Hand sinken und drehte sich langsam zu ihm um.

»Zieh dich aus!«

»Was?«, stieß sie hervor. »Was hast du gesagt?«

»Zieh dich aus«, fuhr er sie an.

»Warum, Hagen? Warum denn?«

»Mach schon!«

Sie begann mit den Schuhen, und während sie Stück für Stück ihre Kleidung fallen ließ, versuchte sie mit aller Kraft, an den Moment zu denken, der ihr Leben verändert hatte. Die Nacht nach dem Besuch in der kleinen Wallfahrtskirche von Barweiler. Die Muttergottes der Blühenden Lilien. Das Wunder. Der Traum. Das Licht. Die Erscheinung. Die Botschaft, Nonne zu werden.

»Anna!«, herrschte Hagen sie an.

Sie zuckte zusammen.

»Mach voran!«

In Slip und BH stand sie schließlich am Fußende ihres Bettes, ließ sich von Hagen betrachten und blickte Hilfe suchend zur Tür. Sie war nur froh, dass sie die Marienfigur über der Tür mit einem roten Tuch verhangen hatte. So musste diese nicht mitansehen, was zu ihren Füßen geschah.

Hagen war ihr Blick nicht entgangen. »Was ist denn das da oben unter dem roten Tuch?«, herrschte er sie an.

»Nichts«, flüsterte sie.

»Mach's weg!«

»Bitte nicht!«

»Nimm es ab, habe ich gesagt.«

Anna musste sich einen Stuhl herbeiziehen und in den Türausschnitt stellen. Sie kletterte hoch und zog mit zittrigen Fingern das Tuch herunter.

»Eine Muttergottes!«, rief Hagen lachend aus und schob seine Arme unter die Decke, während Anna abstieg, sich bekreuzigte und das Tuch über die Stuhllehne hängte. »Sie darf zugucken!«

Anna faltete die Hände.

»Zieh dich aus!«, kommandierte er.

Anna löste ihre Hände, öffnete ihren BH, kreuzte die Arme vor der Brust und trat von einem Bein auf das andere.

»Alles«, knurrte er mit belegter Stimme.

Sie schob ihren Slip bis zu den Knien herunter und stieg umständlich aus den Beinausschnitten. Sie hielt den Slip vor das kleine, dunkle Dreieck.

Hagen starrte auf den Slip. Seine Hände unter der Decke bewegten sich.

«Alles«, keuchte er.

Sie ließ den Slip fallen. Die Bettdecke türmte sich. Kleine, heftige Atemstöße, dann wurde es ruhig. Seine Augen waren geschlossen, als sie sich bückte und ihre Kleidung auflas.

»Morgen machen wir genau da weiter«, hörte sie ihn ins Kissen sagen.

Sie raffte alles an sich und presste es vor ihren nackten Körper. Gebückt schlich sie hinaus und ließ die Türe offen stehen, so wie er es wollte.

Im Bad ging sie unter die Dusche. Sie hatte das Gefühl, als hätte er sie angefasst, überall waren seine breiten Hände gewesen und sein heißer Atem.

So wie damals, als sie sich Jonas, dem Pastoralreferenten, anvertraut hatte, der sagte, dass es seine Pflicht sei, zu prüfen, ob sie Nonne werden dürfe. Sie hatte seine Untersuchung über sich ergehen lassen, hatte die Zähne zusammengebissen, als es wehtat. Nur in der Hoffnung, dass sie dem Ruf Marias folgen dürfe. Er hielt sie hin, tagelang, ehe er es sagte; unrein sei sie. Nicht würdig, Nonne zu werden. Nie würde sie sein säuerliches Lächeln vergessen, als sie daraufhin in Tränen ausbrach.

Annas Haut brannte, während das heiße Wasser auf sie herabregnete. Sie öffnete den Mund und schluckte, so viel sie konnte. Nach einer Weile drehte sie den Wasserhahn zu, langte nach dem Duschgel und begann es auf ihrem Körper zu verteilen. Wieder und wieder drückte sie auf die Flasche und schäumte sich ein. Von Kopf bis Fuß. Es machte ihr nichts aus, dass ihr der Schaum in die Augen lief, die wie verrückt brannten. Dass er ihr in den Mund lief und bitter schmeckte. Sie konnte nicht genug davon bekommen und hörte erst auf, als die Flasche leer war. Sie ließ sie in die Duschtasse fallen und drehte das Wasser wieder auf. Sie blickte an sich hinunter, sah zu, wie der Schaum in dicken, weißen Wellen an ihren Beinen entlanglief und die Duschtasse füllte.

Sie stand bis zu den Knöcheln im Schaum, zog den Duschvorhang beiseite und horchte in die Wohnung hinein. Nur die Regentropfen, die unablässig gegen das Fenster schlugen, waren zu hören. Stille, als wäre sie allein.

Warum konnte Hagen Ansberg nicht sein wie die anderen Gefangenen, die sie betreut hatte? Fünf Männer waren es insgesamt gewesen. Alle hatten es mit ihrer Hilfe geschafft, wieder festen Boden unter die Füße zu bekommen. Sogar Martin Jung, der ein Wackelkandidat gewesen war.

14. Kapitel

Martin Jung hatte keineswegs wieder festen Boden unter den Füßen.

Nach einem Abstecher ins Krankenhaus, wo man ihn untersucht und verarztet und für vernehmungsfähig erklärt hatte, saß er in der JVA Rheinbach, in einem grauen Raum, den er gehofft hatte, nie wieder betreten zu müssen, an einem glatten Tisch, zwei Polizeibeamten gegenüber, die ihn ansahen, als wäre er ein Schwerverbrecher.

Ihm wurde vorgeworfen, in der vorherigen Nacht, am 30. Mai gegen 1:30 Uhr auf der B 266 kurz vor der Ausfahrt Wißkirchen mit einem gestohlenen Transporter einen Verkehrsunfall verursacht zu haben. Der Transporter war von der Fahrbahn abgekommen und unter einer Brücke gegen einen Stützpfeiler gerast. Kein weiteres Auto war zu Schaden gekommen, keiner Person war etwas zugestoßen – nur Martin Jung hatte einen Schock, ein Schleudertrauma, Prellungen und Kratzer erlitten. Und der gestohlene Transporter war nur noch halb so lang, Front und Heck waren zerquetscht, er war schrottreif. Darüber hinaus war öffentliches Eigentum in Form eines Brückenpfeilers erheblich beschädigt worden. Die Schadenssumme wurde grob auf hunderttausend Euro geschätzt.

»Ich bin von der Fahrbahn gedrängt worden«, beteuerte Jung zu seiner Entschuldigung. Eigentlich hätte er sagen wollen, er sei reingelegt worden. Aber es war Ehrensache, dass er seinen Kumpel Charly nicht verriet. Ehrensache und Vorsicht. Er hatte keine Lust, von Charlys Männern zusammengeschlagen zu werden.

»Das ist nicht zu übersehen«, sagte der Polizist zur Linken.

Jung gab die Reste des Autokennzeichens an, die er in seine Hand notiert hatte, und beschrieb den Lkw so gut es ging.

Der Polizist zur Rechten notierte alle Angaben. Er sagte kein einziges Wort, und Jung fragte sich, ob er vielleicht stumm sei.

»Das zahlt keine Versicherung«, meinte sein Kollege.

Ich habe auch keine, dachte Jung.

»Sie haben keinen festen Wohnsitz.«

Noch nicht, dachte Jung.

»Sie sind vorbestraft.«

Ich habe meine Strafe abgesessen, dachte Jung.

»Es sieht insgesamt nicht gut für Sie aus.«

Jung presste die Lippen aufeinander und ballte die Hände zu Fäusten. Seine größte Sorge war, dass man ihm den Führerschein nun endgültig abnehmen würde. Beim ersten Mal hatte er während der Haftzeit einen Idiotentest machen dürfen.

»Sie sollten sich einen guten Anwalt besorgen. Wenn Sie den nicht bezahlen können, wird Ihnen einer zugeteilt. Wenn es zu einem Verfahren kommt, kriegen Sie einen Pflichtverteidiger.«

Jungs Körper versteifte sich. Egal, was er sagen würde, niemand würde ihm glauben.

Niemand?

Plötzlich erschien ein Lächeln in seinen Mundwinkeln.

»Sie haben hier echt keinen Grund zu lachen«, bellte der Polizist.

»Ich werde ja reden.«

»Dann schießen Sie mal los!«, sagte er und schaltete das Mikro ein.

»Aber nur mit Anna Weiler.«

»Wer soll das denn sein?«

»Anna Weiler hat mich beim ersten Mal in der Haft betreut.«

»Eine Ehrenamtliche? Vergessen Sie es! So weit sind wir noch lange nicht.« Der Polizist winkte den Vollzugsbeamten, der die ganze Zeit an der Tür gestanden hatte, herbei.

Dieser führte Jung in eine Zelle. »Ich an Ihrer Stelle würde reden«, riet er ihm, bevor er die Tür verriegelte und mit harten Schritten davonmarschierte.

Mit ähnlich harten Schritten maß Jung seine Zelle ab. Drei Schritte mal zehn Schritte. In den Ecken trat er wütend gegen die Wand. Der Geruch, der ihn sofort beim Betreten der Zelle empfangen hatte, war über ihn hergefallen wie ein Schwarm Insekten und erinnerte ihn an all das, was er glaubte, aus seinem Gedächtnis verbannt zu haben.

Eine Zelle war wie die andere. Ein Wohnklo. Das hoch liegende Fenster war vergittert. Darunter standen Tisch und Stuhl. Die Bettstatt folgte an der Längswand, und in einer Ecke waren WC und Waschbecken untergebracht. Jung hatte alles abgeben müssen, womit er seinem Leben ein Ende hätte setzen können. Er kam sich nackt vor, obwohl er es nicht war. Er presste die Stirn an die kalte Wand und dachte an Anna Weiler.

Er konnte sich gut an den Tag erinnern, als er endlich das Paket unter ihrem Bett hervorgeholt hatte, das ihr ein Mithäftling nach seiner Entlassung geschickt hatte. Ein Dankeschön, weil Jung sich einmal für ihn eingesetzt hatte, als ein paar Männer im Gefängnis über ihn hergefallen waren.

Jung stellte sich unter das vergitterte Fenster, das einen Schatten auf den grauen Estrich warf, und hob den Kopf. Der Himmel hinter dem Gitter war blau. Geräusche drangen in seine Zelle. Scheppern, Klappern, Rufe, Lachen, Schlüsselklimpern. Sie kamen von draußen oder aus den Fluren oder aus Nachbarzellen. Er starrte Löcher in die Luft und hing seinen Gedanken nach.

Von Anna Weiler hatte er nichts mehr gehört. Kein Wunder, er hatte sie sitzen lassen. Anna war eine gute Frau, und hübsch dazu. Dass sie ein wenig hinkte und diesen Madonnentick hatte, das hatte ihn nicht gestört.

Sie war entsetzt gewesen, als er das Paket geöffnet hatte. In einem Bett aus Holzwolle, wie in einer Krippe zur Weihnachtszeit, hatten eine Pistole und ein Magazin vor ihr gelegen. Jung hatte ihr gezeigt, wie man die Pistole lud und entsicherte. Es hatte ihm Spaß gemacht, zu sehen, wie aufgeregt sie war, wie sie ihm jedes Wort von den Lippen ablas und bewundernd zu ihm aufblickte.

So wie er Anna kannte, lag die Pistole immer noch dort. Mit allen acht Projektilen.

Aber Jung war eines Tages einfach abgehauen, hatte plötzlich Panik bekommen, weil sie so klammerte und Zukunftspläne machte. Wenn sie wüsste, dass er hier in dieser elenden Zelle hockte, würde sie sofort kommen und auf ihn einreden, so wie sie es beim ersten Mal getan hatte.

Er hatte seit seiner Entlassung nicht wieder ein krummes Ding nach dem anderen gedreht. Sein Aufenthalt im Gefängnis war ihm eine Lehre gewesen, und die sechs Wochen, in denen er anschließend bei Anna Weiler untergekommen war, hatten ihn stabilisiert. Er war clean gewesen. Zwei Jahre lang.

Bis heute.

Mit Kurierfahrten hatte er sich über Wasser gehalten. Er hatte keine großen Ansprüche. Auch bei den Pkw-Diebstählen, die ihn damals ins Gefängnis gebracht hatten, war es ihm nie darum gegangen, ein luxuriöses Leben zu führen. Er wollte nur ein eigenes Zimmer haben und nicht jeden Morgen Angst, wie er den nächsten Winter überleben sollte. Zu essen fand sich immer etwas.

Manchmal hatte er sich dabei ertappt, wie er nach abgestellten Transportern Ausschau hielt, wenn er auf seinen Kurierfahrten war. Die Macht der Gewohnheit. Aber keine einzige Fahrertür hatte er zu knacken versucht. Diese Zeiten waren vorbei. Auch gegen Charlys Pläne war er immun gewesen. Mit ihm, einem Kumpel in der Kurierfirma, trank er ab und an ein Bier, schwärmte von den guten, alten Zeiten und schimpfte über die trüben Berufsaussichten.

»Die erste Million ist die schwerste«, sagte Charly jedes Mal.

»Wem sagst du das?«, antwortete Jung jedes Mal.

»Man müsste ein ordentliches Startkapital haben. Muss ja keine Million sein.«

Jung nickte dann immer und stützte sich auf der Theke ab. Meist war das Thema damit abgehakt und sie sprachen über Fußball.

Aber vor zwei Wochen hatte Charly einfach nicht locker gelassen.

»Angenommen«, sagte er und reckte den Zeigefinger in die Höhe. »Nur mal angenommen. Man hätte echt Geld und könnte sich einen Lkw kaufen, dann könnte man als Fernfahrer die ganze Welt sehen und würde nebenbei jede Menge Geld verdienen.«

Jung nickte. Er hatte auch noch nicht viel von der Welt gesehen. »Wir haben aber kein Geld.«

»Und was, wenn man einen Lkw finden würde?«

»Du meinst klauen.«

»Ha! Ha!«, machte Charly, der schon nicht mehr ganz klar reden konnte. »Klauen ist aber ein böses Wort. Leihen, Kumpel, ausleihen nennt man das.« Er rückte Jung auf die Pelle, lehnte seine Schulter an Jungs Schulter und flüsterte ihm ins Ohr. »Den Park & Ride an der B 265 bei Lechenich an der Autobahnausfahrt Erftstadt, kennst du den?«

Jung wischte sich über sein Ohr. Charly hatte eine feuchte Aussprache. »Klar, kenne ich. Kennt doch jeder.«

»Der ist eine Reise wert, sag ich dir.«

»Ohne mich!« Jung winkte ab, zog seine Börse aus der Hosentasche und zahlte seinen Deckel.

»Schade, schade«, rief Charly ihm nach.

Jung beeilte sich, denn er fühlte das alte Kribbeln im Bauch. Nichts wie weg hier. Nicht mehr dran denken. Das Kribbeln im Bauch aber blieb, der Same war gesät, die Idee setzte sich in seinem Kopf fest – und er wurde sie nicht mehr los.

»Und wie kommt man dahin?«, fragte Jung Charly bei der nächsten Gelegenheit möglichst beiläufig.

»Ich fahr dich hin«, bot Charly an und grinste. »Zurück kommst du immer.«

Und in der vergangenen Nacht war es dann so weit gewesen. Es regnete seit Tagen. Jung überlegte, die Sache zu verschieben. Aber Charly meinte, das Wetter sei ein Segen. Er setzte Jung auf dem Park & Ride bei Lechenich ab, wünschte ihm viel Glück und machte kehrt. Sie hatten ihre Handynummern ausgetauscht. Für den unwahrscheinlichen Fall, dass Jung nicht fündig wurde.

Der Parkplatz lag da wie ausgestorben. Neben den Pkw gab es eine kleine Auswahl an Transportern und ganze zwei Lkw. Jung tat so, als müsste er in die Büsche, kam wieder hervor, ging die beiden Parkreihen entlang. Er war in eine schwarze Regenjacke gehüllt, der Regen lief an seinen Hosenbeinen entlang in seine Schuhe, aber er spürte es nicht, fühlte nur den Puls in den Schläfen pochen.

Die Transporter hatten es ihm angetan. Er versuchte einige Fahrertüren zu öffnen, vergeblich. Er war schon kurz davor aufzugeben und Charly anzurufen, als er entdeckte, dass die Fahrertür eines weißen MAN TGL 8.180 nur angelehnt war. Jung checkte erneut die Lage, ehe er einen Blick in das Auto warf. Niemand saß im Fahrerhaus. Niemand hatte sich auf den Sitzen ausgestreckt. Niemand lag unter dem Wagen. Der Laderaum war abgeschlossen.

Die angelehnte Tür war eine Einladung. Der Schlüssel im Zündschloss war mehr als das. Jung konnte es kaum fassen. So viel Glück auf einmal!

Er stieg ein, zog die Türe leise zu, schnallte sich an, startete den Motor, schaltete die Scheibenwischer ein … und schon rollte der Transporter ohne Licht vom Parkplatz in Richtung B 265. Jetzt flammten die Scheinwerfer auf und versuchten, den Regen zu durchdringen. Jung kam es vor, als träumte er.

Er fuhr auf die A 1. Der Tank war halb voll. Am Kreuz Bliesheim wechselte er auf die A 61. Hinter Weilerswist kehrte er zurück zur A 1. In Euskirchen fuhr er auf die B 266. Später wollte er zurück auf die A 1 und bis Blankenheim fahren, dort, wo die Autobahn endete. Er wollte auf dem Parkplatz Forstwalder Hof schlafen, schlafen, nichts als schlafen. Er konnte kaum noch die Augen aufhalten. Er hatte eine total stressige Woche hinter sich. Überstunden ohne Ende. Zeitdruck, Drohungen, Beschwerden. Er war den Job echt leid. Der Stress war ihm auf den Magen geschlagen. Er hatte Tabletten genommen, die machten ihn müde. Hundemüde.

Schon eine Weile war ihm der silberne Sattelzug aufgefallen, der ihm folgte. Obwohl Jung kreuz und quer durch die Eifel gefahren war, blieb er hinter ihm. Anfangs hatte Jung an einen Zufall geglaubt oder einen Irrtum, war langsam gefahren, um dem Lkw die Möglichkeit zu geben, ihn zu überholen. Dann hatte er den

Transporter schnell und schneller werden lassen, aber der Lkw ließ nicht von ihm ab. Manchmal waren sich ihre Stoßfänger so nah, dass sie sich fast berührten. Einmal konnte Jung das Kennzeichen erkennen. Er malte es mit einem Kuli auf seinen linken Handrücken.

Schließlich fuhr er ohne zu blinken auf einen Parkplatz, schaltete Motor, Scheinwerfer und Scheibenwischer aus und wartete in der Dunkelheit, dass der Lkw an ihm vorbeirauschte. Aber er tauchte hinter ihm auf, kam zum Stehen und löschte ebenfalls alle Lichter. Jung war nun sicher, dass sein Verfolger ihn bei dem Diebstahl des Transporters beobachtet hatte und wollte auf eine nähere Bekanntschaft gern verzichten. Er nahm Reißaus und jagte davon. Aber nach wenigen Kilometern hatte der Lkw ihn wieder eingeholt.

Und dann ging alles ganz schnell. Jung hatte wohl zu lange nicht in den Rückspiegel geguckt. Plötzlich rammte ihn der Lkw, schob ihn vor sich her und drängte ihn von der rechten Spur ab. Als der Transporter an der Fußgängerüberführung auf den Brückenpfeiler zuschoss, da war es zu spät. Aus. Ende. Vorbei.

Als Jung wieder die Augen öffnete, war er froh, dass er noch lebte. Durch die zerborstene Windschutzscheibe sah er Rauch aus dem Motorraum aufsteigen. Die Scheibenwischer standen kreuz und quer. So schnell er konnte, kletterte er aus dem Transporter. Alles tat ihm weh, als hätte er sich geprügelt. Sein Schädel brummte, seine Augen brannten. Nur noch ein Teil des Kennzeichen des Lkw auf seiner Hand war zu erkennen. Blut und Schweiß hatten nur die Buchstaben EU-BL übrig gelassen. Und das war fast das Schlimmste an der ganzen Sache.

Wütend blickte er sich um. Aber der Lkw hatte sich in Luft aufgelöst. Statt seiner hielten kurz darauf ein Polizeiwagen und ein Notarztwagen unter der Brücke. Da fiel Jung um.

Und jetzt war er wieder hier, in der JVA Rheinbach, nach einem Abstecher ins Krankenhaus.

Als gegen Abend seine Zelle wieder aufgeschlossen wurde, trat der Polizist, der ihn verhört hatte, ein. »Wie geht es Ihnen?«, fragte er.

Jung starrte auf den Boden und scharrte mit der Schuhspitze über den Estrich.

»Sie sollten sich rasieren.«

Jung fuhr sich über sein Kinn.

»Und nun zu dieser Anna Weiler.«

»Kann ich mit ihr sprechen?«, fragte Jung hoffnungsvoll.

Der Polizist schüttelte den Kopf. »Sie ist nicht mehr für uns tätig.«

»Aber …« Jung riss ungläubig die Augen auf.

»Wir haben sie trotzdem angerufen.«

Sein Kopf fuhr hoch. Er machte einen Ausfallschritt. Licht schien in die Zelle zu fallen.

»Wollen Sie nicht Danke sagen?«

»Danke«, murmelte Jung, ohne die Lippen zu bewegen.

»Na, na, freuen Sie sich mal nicht zu früh.« Er zog die Augenbrauen zusammen. »Sie will nämlich nicht mit Ihnen sprechen.«

Jung wollte schlucken, aber seine Kehle war wie zugeschnürt. Welches Spiel spielten sie mit ihm? Anna hatte ihm nicht verziehen? Das sah ihr gar nicht ähnlich.

»Komische Frau, wenn Sie mich fragen. Die sagt nur Ja und Nein. Eigentlich nur Nein. Wenn Sie unbedingt wieder eine ehrenamtliche Betreuerin haben wollen, können wir Ihnen vielleicht eine besorgen. Später, wenn Sie ausgesagt haben und alles geregelt ist. Überlegen Sie sich das noch einmal«, sagte der Polizist und klopfte gegen die Tür, um wieder hinausgelassen zu werden.

Jung lief rastlos in seiner Zelle auf und ab. Drei Schritte mal zehn Schritte. Er stieß gegen die Möbelbeine, ohne es zu merken.

Anna predigte mit großen Worten die Vergebung. Und nun, wenn es drauf ankam, war sie selbst nicht imstande, ihm zu verzeihen? Klasse! Da konnte sie sich ihre ganze Beterei sonst wo hinstecken.

15. Kapitel

Nach den Pfingstferien ging Felix Brandt auffällig gern zur Schule. Jeden Morgen, wenn seine Mutter kam, um ihn zu wecken, saß er schon angezogen an seinem Schreibtisch. Das Frühstück, ein frisch zubereitetes Müsli und eine Tasse Rooibos-Tee, das er sonst verschlang, ließ er stehen. Das ging jetzt schon seit zwei Wochen so. Seine Mutter begann, sich Sorgen zu machen. War der kleine Felix etwa verliebt? Er hatte eine neue Frisur, eine Tolle, die ihm lässig in die Stirn fiel. Wie lange er dafür wohl vor dem Spiegel brauchte? Und jeden Tag trug er etwas anderes. Er hatte sich von seinem Taschengeld eine neue Jeans gekauft, eine mit Löchern, und knallrote Schuhe von Nike.

»Es soll heute wieder regnen, Felix«, sagte sie, als er die Treppe herunterkam und ihre Blicke von seinem dunkelblauen T-Shirt zu seinem frisch gewaschenen Haar wanderten. »Es hat die ganze Nacht geregnet. Die halbe Nacht gingen die Sirenen. Bestimmt sind einige Keller vollgelaufen. Bei uns nicht. Ich habe schon nachgesehen. Fahr vorsichtig.«

»Hm«, machte er und warf den Rucksack über die Schulter. »Ich muss los.«

»Jetzt schon?« Es war erst Viertel nach sieben. Für seinen Schulweg brauchte er höchstens zehn Minuten. »Und dein Frühstück?«

»Keinen Hunger.«

»Hast du deine Regenjacke dabei?«

Felix seufzte auf.

»Felix!«, rief sie vorwurfsvoll.

Schlurfende Schritte näherten sich. Felix' Vater war aufgewacht und schleppte sich vom Sofa hoch ins Bad. Also war er gestern Abend wieder auf einem Hausbesuch gewesen.

Felix riss die Haustür auf.

»Felix! Bekomme ich heute keinen Kuss?«, rief seine Mutter.

Er verzog den Mund, kam zurück und hauchte ihr einen Luftkuss auf die Wange, holte sein Rad aus der Doppelgarage, warf seinen Rucksack auf den Gepäckträger und schwang sich auf den Sattel.

»Mach's gut, Felix!«, rief seine Mutter. Sie stand wie jeden Morgen in der Haustür – heute in ihrem hellgrauen Hausanzug – und winkte ihm nach.

Felix hob kurz die Hand. Er wagte es nicht, seiner Mutter zu sagen, wie sehr ihn diese Rituale am Morgen nervten. Sie taten es auch erst seit den Pfingstferien.

Er war nicht der erste Schüler, der so früh auf den Fahrradabstellplatz des Gymnasiums geradelt kam. Im Schulgebäude selbst herrschte striktes Handyverbot, deswegen trieben sich die Schüler vor dem Unterricht so lange wie möglich auf dem Außengelände herum, einer kleinen Parkanlage. Alle Kinder, die ein Smartphone hatten. Seit den Pfingstferien gehörte Felix dazu.

Früher war er sofort in den Flur gelaufen und hatte sich in sein Buch vertieft, bis der Lehrer eintraf. Er hatte immer ein Buch dabei gehabt. Zurzeit las er *Im Schatten der Wächter* von Graham Gardner. Ein Buch über einen Schüler, der sich an seiner neuen Schule nicht mehr in die Opferrolle drängen lassen will und sich neu erfindet. Dieser neue Elliot entwickelt Zauberkräfte und wird so kaltblütig und abgebrüht, dass ihn niemand verletzen kann.

Aber seit Pfingstsamstag hatte Felix nicht mehr in seinem Buch gelesen. Sein Leben hatte sich völlig verändert, denn seit diesem Tag besaß er ein Smartphone.

Ein Smartphone, um das er seit vier Jahren gebettelt hatte. Seine Eltern waren im Grunde okay, aber sie waren auch irgendwie anders als andere Eltern. Weltfremd, total retro. Es gab keinen Fernseher im Haus, sondern einen Flügel. Den Computer hatten sie ihm nur zugestanden, weil er ihn für den Unterricht brauchte. Ein Smartphone würden sie ihm frühestens zur Konfirmation schenken. Wenn überhaupt. Obwohl sie selbst jeder eines hatten, fanden sie, dass es nicht gut für ihn sei, dass er sich seine Augen verderbe, es ihn zu sehr ablenke, er dann nichts anderes mehr tue als wischen, surfen und telefonieren. Seine Eltern hatten echt keine Ahnung.

Aber nun war er an ein Smartphone gekommen wie Elliot an seine Zauberkräfte.

Am Pfingstsamstag hatte er sich in den Erftauen herumgetrieben, war irgendwann vom Rad gestiegen, hatte es zu einer Bank geschoben und ließ sich darauf fallen. Die Erftauen schienen verlassen. Nur eine Frau mit Kinderwagen und ein Mann in einem Rollstuhl waren zu sehen. Felix lehnte sich zurück und starrte Löcher in die Luft. Sein Leben kam ihm manchmal echt ätzend vor. Manchmal hatte er Lust, einfach abzuhauen. Weg von zu Hause, weg von der Schule. Weg aus Euskirchen. Weg aus der Eifel. Einfach in einen Zug steigen, von dem er nicht wusste, wohin er fuhr, und so lange fahren, fahren, fahren, bis er ein Erwachsener war. Aussteigen an einem Ort, wo ihm keiner mehr sagen konnte, was er zu tun und zu lassen hatte. Wo es egal war, ob er groß oder klein war. Wo alle freundlich auf ihn zugingen und ihn aufnahmen, als wäre er einer von ihnen und dann …

Eine Fanfare.

Felix fuhr hoch. Der Klingelton eines Handys? Er drehte sich um. Niemand war in seiner Nähe. Wieder die Fanfare. Die Melodie kam ganz eindeutig aus dem Papierkorb neben ihm. Der war randvoll. Eine zerbeulte Coladose, eine verfaulte Bananenschale, zerknülltes Papier, eine Zigarettenschachtel.

Die Fanfare.

Felix durchwühlte den Abfall, versenkte seine Hand tief hinein, bis er einen harten, flachen Gegenstand zu fassen bekam. Er zog ihn hervor und blickte entgeistert auf das erleuchtete Display eines Smartphones.

Die Fanfare.

Erschrocken entglitt ihm das Handy. Er nahm es aber sofort wieder auf und wischte es an seinem T-Shirt sauber. Vor dem Hintergrundbild – einem Alpenpanorama

– blinkten ein Telefonhörer und eine Telefonnummer auf. Felix wagte es nicht, das Gespräch anzunehmen oder wegzudrücken. Er starrte nur auf das Display und wartete, bis der Telefonhörer und die Telefonnummer verschwanden und die Fanfare verstummte.

Bring das sofort zur Polizei, würde seine Mutter jetzt sagen. »Später«, murmelte er und unterzog das Smartphone erst einer genauen Überprüfung.

Er war kein Idiot, ein bisschen kannte er sich schon aus. Er hatte auf den ersten Blick erkannt, dass er ein iPhone 7 in den Händen hielt, wie auch seine Eltern eines hatten, ihm aber aus pädagogischen Gründen vorenthielten. Ein silbernes Gehäuse, flach und leicht und glatt. Aber gesperrt, durch den Fingerabdruck, den der rechtmäßige Besitzer auf dem *Home*-Button hinterlassen haben musste, und eine PIN, die er in das Zahlenfeld eingeben musste.

Enttäuscht wischte Felix über das Display. Über die Widges auf dem Lock Screen konnte er den Mail-Eingang überprüfen. Es schien sich nur um Werbemails zu handeln. Er konnte einen Notruf absetzen, Fotos machen, Datum, Uhrzeit und das Wetter abfragen. Das war alles.

Er schoss ein Selfie, er grinste, feixte, zog Grimassen und streckte sich die Zunge heraus, als die Fanfare wieder ertönte. Die gleiche Nummer. Laut Anzeige ging der Akku fast zur Neige. Felix könnte versuchen, ob die Ladegeräte seiner Eltern passten. Ein Blick auf die Uhr und er wusste, dass er sich beeilen musste, wenn er vor seinen Eltern zu Hause sein wollte. Heute war Samstag und seine Eltern blieben nur bis 17 Uhr in der Praxis, um Privatpatienten zu behandeln und Papierkram zu erledigen.

Seine Eltern hatten ein gemeinsames Arbeitszimmer unterm Dach ihres Hauses. Felix stürmte die Treppen hoch, stöpselte das Ladegerät seines Vaters aus der Steckdose und lief hinunter in den ersten Stock, wo sich neben dem Bad und dem Elternschlafzimmer auch sein Zimmer befand. Er schloss sich ein, knallte seinen Rucksack in eine Ecke und nahm das Handy aus seiner Hosentasche. Der Stecker passte einwandfrei, und mit einem unterdrückten Freudenschrei schloss Felix das iPhone an. Das Akku-Ladesymbol auf dem Display flackerte auf.

Das Kabel reichte bis zu seinem Schreibtisch. Er setzte sich davor und konnte seinen Blick nicht von dem Super-Mega-Gerät abwenden, das ihm den Zugang zu seinen Inhalten verwehrte, als läge ein Fluch auf ihm.

Der rechtmäßige Besitzer hatte das Gerät mit Sicherheit nicht absichtlich weggeworfen, dachte Felix. Ein iPhone 7 warf man doch nicht weg!

Zum Schlafen legte er es neben sein Kopfkissen. Ein Piepton kündigte mitten in der Nacht an, dass der Akku vollständig geladen war. Felix lief auf Zehenspitzen ins Dachgeschoss, um das Ladegerät zurückzubringen. Mit einem Sprung war er wieder im Bett.

Ein weiterer Nachteil an seiner neuen Errungenschaft war, dass er sie vorläufig für sich behalten musste. Die Pfingstferien dauerten fünf lange Tage lang. Früher war er froh um jeden freien Schultag, heute konnte er es kaum abwarten, das Smartphone vorzuführen. Soweit er wusste, hatte keiner in seiner Klasse ein echtes iPhone 7. Nicht einmal Timo.

Der erste Schultag nach den Pfingstferien war ein Mittwoch. Felix hatte sich wie alle anderen Schüler auch auf eine der freien Bänke in der kleinen Parkanlage gesetzt, seinen Rucksack zwischen die Füße geschoben und sein Smartphone hervorgezogen.

Er wischte wie ein Profi über den Lock Screen, rief die Widges auf und wartete darauf, dass es irgendjemandem auffiel, dass Felix Brandt nun auch ein Smartphone hatte. Und er hoffte, dass dieser eine Teilnehmer wieder anrief, der nun schon seit Tagen versuchte, ihn zu erreichen.

»Hallo Felix!«

Timo stand vor ihm. Timo, der Anführer in seiner Klasse. Timo, der Felix nie ansprach, für den er wie Luft war.

»Sieh an!«, sagte Timo. »Unser kleiner Felix hat jetzt auch ein Smartphone.«

»Ein iPhone«, sagte Felix schnell und presste das Display gegen seine Brust. Er spürte, wie seine Wangen brannten. »Das Siebener.«

»Mega. Hat deine Mami dir das zu Pfingsten geschenkt?«

»Nö«, meinte Felix und fühlte sich stark. »Hab ich mir gekauft:«

Timo wippte auf den Fußsohlen und blickte finster auf ihn herab. »Zeig doch mal.«

»Gleich. Wenn ich das Spiel zu Ende hab.«

»Was spielst du denn?«

»Kennst du nicht.«

»Blödmann.«

»Hey!« Diese Stimme gehörte Lara. Felix blickte erschrocken auf, sie kam auf ihn zu, stellte sich aber neben Timo, nahm seinen Arm und schmiegte sich an ihn.

Insgeheim schwärmte Felix für sie. Sie trug immer die hippesten Klamotten und war immer von Freundinnen umgeben, nie sah man sie allein. Er hatte nicht die geringste Chance bei ihr. Bei den anderen Mädchen auch nicht. Wenn keine seiner Mitschülerinnen ihn eines Blickes würdigte, hatte er noch Glück gehabt. Viel häufiger kam es vor, dass sie taten, als flirteten sie mit ihm, nur um ihn dann verdutzt stehen zu lassen und auszulachen. Lara war nicht gut in Mathe, und oft stellte Felix sich vor, sie käme zu ihm und würde ihn fragen, ob er ihr helfen könne.

»Was is'n los?«, hörte er Lara fragen.

Timo wies mit dem Kinn zu Felix. »Er hat ein iPhone.«

»Echt jetzt?«, rief sie aus. »Das ist ja mega. Zeig mal.«

Felix schluckte. »Später.«

Da riss Timo es ihm aus der Hand. »Ich mach Fotos von euch beiden.« »Wieso das denn?«, fragte Lara entsetzt.

Aber Felix nickte. Er musste inzwischen rot wie seine neuen Turnschuhe geworden sein.

»Los!«, kommandierte Timo und rückte die beiden nah aneinander, Schulter an Schulter. »Lächeln bitte.«

Als er ein paar Fotos gemacht hatte und sie sich dann ansehen wollte, stutzte er. »Das ist ja gesperrt.«

»Logo«, sagte Felix und kreuzte die Arme über der Brust.

»Und wie ist deine PIN?«

»Du brauchst nicht nur meine PIN. Du brauchst auch meinen Fingerabdruck auf dem Home Button.«

Timo streckte das Smartphone Felix entgegen. »Nun mach schon.«

»Ich denke nicht dran.«

»Hey!«, rief Lara. »Stell dich nicht an. Wir wollen doch nur die Fotos sehen.«

»Nö.«

»Wie du willst.« Timo steckte das Smartphone ein. »Du kriegst es wieder, wenn du es freischaltest.« Mit Lara im Schlepptau machte er sich auf den Weg zum Schulhof. Es war fast 8 Uhr.

Felix ahnte, dass er das Handy so schnell nicht wiedersehen würde. Wütend kickte er einen Stein weg. Zehn Minuten lang hatte er sich groß gefühlt. Vorbei.

Timo ließ in den nächsten beiden Tagen nicht locker und nichts unversucht, Felix dazu zu bewegen, sein Smartphone freizuschalten. Es begann mit einer Rangelei, bei der Timo versuchte, Felix' Daumenabdruck auf den Home Button zu bekommen, und endete mit einem Überfall im Kellergeschoss, um Felix' Schweigen zu brechen.

Am dritten Tag baute sich Timo vor Felix in der Jungentoilette auf und behauptete: »Weißt du was, ich glaube, du kennst die PIN selbst nicht.«

Felix lächelte schief. Waren sie allein? Er wusste nicht, ob in einer Kabine ein Junge hockte und mithörte.

»Du hast das Teil geklaut, gib's zu.«

Er schüttelte heftig den Kopf.

»Etwa gefunden?«

Er nickte leicht.

»Du hättest es zur Polizei bringen müssen. Weißt du, was so ein Teil kostet.«

Felix nickte.

»Ich denke, ich werde das dem Direx sagen müssen.« Timo ließ Felix stehen, dessen Herz bis zum Hals klopfte, der die ganze Nacht nicht schlafen konnte, der am liebsten nie wieder in die Schule gekommen wäre.

Das Wochenende war für Felix der reine Horror.

Am Montag danach näherte sich Timo wieder und packte Felix am Arm.

»Mein Bruder kennt jemanden, der kennt einen, und der kann es knacken.«

»Ein iPhone?«, fragte Felix ungläubig. »Ein iPhone kann man nicht knacken.«

»Lass das mal meine Sorge sein.«

»Okay.«

»Aber es ist teuer.«

»Egal.«

»Es kostet 200.« Timo streckte die Hand aus.

»So viel habe ich nicht dabei.«

»Morgen.«

»Morgen«, versprach Felix. Er zählte in Gedanken sein Taschengeld durch. Es würde nicht reichen. Aber es gab in der Küche die Haushaltskasse, aus der sich die Putzfrau jede Woche einen Fünfziger herausnahm.

Am Dienstag fand auf der Jungentoilette die Geldübergabe statt. Felix war fast sicher, dass er weder Smartphone noch Geld jemals wiedersehen würde. Aber Hauptsache, der Schulleiter erfuhr nichts. Er fragte sich, wer der große Unbekannte sein mochte, der in der Lage war, ein iPhone zu knacken. Wenn es ihn geben sollte. Es musste sich ja schon um einen Apple-Mitarbeiter handeln, dachte er. Einen Maulwurf. Und –

falls es funktionierte – warum sollte Timo ihm das Handy überhaupt zurückgeben? Er versuchte sich zu trösten. Vielleicht klappte es ja doch mit einem Smartphone zur Konfirmation. Und an sich war die Lage auch ein bisschen okay.

Denn Timo und Lara sprachen mit ihm. Felix war aufgestiegen. Und das war fast mehr wert als ein Smartphone. Einmal waren sie sogar zu dritt nach der Schule ein Eis essen gegangen. Lara hatte ihn zu ihrem Geburtstag eingeladen. Alles undenkbar noch vor den Pfingstferien. Und sie hatte ihn tatsächlich gebeten, ihr in Mathe zu helfen. Timo war das nicht recht. Das sah man ihm an. Und das gefiel Felix besonders gut.

Eine Woche nach der Geldübergabe kommandierte Timo Felix wieder auf die Jungentoilette. Er zog das Smartphone hervor und hielt das Display Felix entgegen. Fotos von Lara und Felix, am ersten Tag nach den Pfingstferien geschossen, eines verunglückter als das andere. Felix mit seinem schiefen Lächeln, knallrot angelaufen, rot wie seine Schuhe, einen Kopf kleiner als Lara. Lara mit beleidigter, hochnäsiger, gelangweilter Miene. »Danke«, sagte Felix verlegen und wollte nach dem Smartphone greifen.

»Moment. Moment. Es ist ein Prepaid«, sagte Timo und hielt das Handy hoch. Unerreichbar hoch für Felix. »Wer bezahlt das Aufladen?«

»Ich«, stieß Felix hervor und stellte sich auf die Zehenspitzen. »Nun gib schon.«

»Wir teilen es uns, okay? Heute bin ich dran«, sagte Timo und steckte das Handy ein. »Ich schicke dir die Fotos auf deinen PC.«

»Und morgen?«, fragte Felix.

»Morgen bist du dran.«

Aber dazu kam es nicht.

In der dritten Stunde hatten sie Bio bei Frau Schmandt. Kurz bevor der Gong ertönte, wurde die Tür aufgerissen. Der Schulleiter betrat den Raum. Er war nicht allein, sondern in Begleitung einer Frau. Sie hatte kurz geschnittene, schwarze Haare, war groß und schlank und sah nicht aus wie eine neue Lehrerin oder eine der Mütter. Sie hielt ein Handy in der ausgestreckten Hand und tippte mir der anderen eine Nummer ein.

»Das ist Frau Stein«, erklärte der Schulleiter. »Sie ist Kriminalkommissarin.«

Die Frau nickte und ließ einen misstrauischen Scannerblick durch den Raum wandern.

»Das hier ist jetzt der siebte Klassenraum«, begann der Schulleiter, da, da, ausgerechnet da, ertönt die Fanfare.

Felix erstarrte.

»Wer hat hier sein Handy nicht ausgeschaltet?«, fragte die Kommissarin mit dunkler, forscher Stimme und ging dem Klingelton nach.

Sie blieb vor Timo stehen. »Wie heißt du?«

»Timo Weber.«

Das iPhone wechselte von seiner Hand in die Hand der Kommissarin, die das Gespräch wegdrückte.

»Woher hast du das Handy?«, fragte sie Timo streng.

Ein Blick zu Felix, und er zeigte mit dem Finger auf ihn. »Er hat es mir geliehen.«

Alle Köpfe fuhren zu Felix herum.

»Felix Brandt!«, rief Frau Schmandt. Der Schulleiter kreuzte die Arme vor der Brust. Felix sprang auf.

»Woher hast du das Handy?«, fragte die Kommissarin.

»Ich … ich …«, stieß Felix hervor. »Ich habe es gefunden.«

Gekicher der Mitschüler.

Der Schulleiter hob die Hände wie ein Dirigent. »Ruhe!«

»Wann?«, fragte die Kommissarin weiter.

«Am Samstag.«

»Am letzten Wochenende?«

»Nein. Pfingsten schon.« Felix musste an Elliot in seinem Buch denken. Aber er war nicht wie Elliot. Er hatte Angst. »Ich wollte es zur Polizei bringen, ehrlich, aber …«

»Wo hast du es gefunden?«

»Unten an der Erft. In einem Papierkorb.«

Aber die Kommissarin schien die Antwort nicht gehört zu haben. Ihr Blick war auf das Display gerichtet.

16. Kapitel

Schäumend vor Wut hockte Frieda in ihrem Büro. Vor ihr lag Paul Kessenichs Smartphone, das sie einem Halbwüchsigen namens Timo Weber abgenommen hatte, der sich sicher am Anblick einer halbnackten Kommissarin erfreut hatte. Nur in einem knappen, schwarzen BH und noch knapperem, schwarzen Slip, offensichtlich tanzend, schwingend, die Haare werfend, in ihrem Wohnzimmer, bei Kerzenlicht, eine Flasche Bier in der Hand.

Er hatte wohl nicht geahnt, dass es eine Software gab, mit der man auch ein Smartphone orten konnte, das keinen Vertrag hatte, sondern von einer Prepaid-Karte gespeist wurde. Anfänger. Ob der kleine, rothaarige Junge auch die Fotos gesehen hatte? Und wenn ja, wer noch?

Frieda hatte nicht übel Lust, das vermaledeite Smartphone aus dem Fenster zu werfen, darauf herumzutrampeln oder wenigstens alle Bilder zu löschen. Die Vorstellung, dass die Fotos in der Soko Forsthaus die Runde machen müssten, war zu peinlich.

Brummer und Neugebauer waren unterwegs, um unter Eifeler Schützenbrüdern die Feinde von Paul Kessenich aufzuspüren. Ab heute hatte Paul Kessenich einen neuen Feind. Einen Todfeind. Frieda Stein.

»Schade, dass er schon tot ist«, murmelte sie und trat gegen ein Bein ihres Schreibtisches. Sie betrachtete Kessenichs Handy. Sie ekelte sich davor, es anzufassen, aber es zog sie auch magisch an. Sie überprüfte die Telefonnummern, die zuletzt eingegangen und unbeantwortet geblieben waren. Zufrieden lächelnd stellte sie fest, dass Brummer sich ebenfalls die Finger wundgewählt hatte.

Es war ein Prepaid-Handy. Kein Wunder, dass es so schwierig gewesen war, es zu orten. Prepaid-Handys konnten nur geortet werden, wenn sie eingeschaltet waren. Und GPS funktionierte nur unter freiem Himmel.

Erst heute Morgen hatten sie über GPS Paul Kessenichs Handy aufspüren können. Auf dem Schulhof war der Kontakt zwischen Sender und Empfänger zustande gekommen.

Vorher hatte sie hundert Mal, genauso wie Brummer, die Mobilnummer gewählt, die sie bei ihrem Besuch bei Frau Kessenich aus dem kleinen Notizbuch abgeschrieben hatte.

Noch einmal rief Frieda die Fotos auf und blätterte sie durch. Sie überlegte, wenigstens die zu löschen, auf denen sie nicht mehr vollständig bekleidet war und tanzend durch die Wohnung lief. Kessenich war tot, man konnte ihn nicht mehr zur Rechenschaft ziehen. Sie würde sich besser fühlen danach – aber es wäre auch Unterschlagung von Beweismaterial.

Sie schaffte es nicht, ihrem Bürodienst weiter ordnungsgemäß nachzukommen. Sonja Sengers Fälle aus ihrer Dienstzeit in Köln und Euskirchen waren Frieda als Dateien zugegangen. Gut, dass inzwischen alle Akten digitalisiert waren. Die Zeiten der staubigen Aktenberge waren zum Glück vorbei. Es ging um die Jahre 1980 bis 1999 und 2008 bis 2014. Gestern hatte Frieda einiges weggeschafft. Ohne einen Hinweis auf einen Drohbrief oder Ähnliches zu finden. Sie hatte systematisch jeweils zwei Jahre aus beiden Behörden abgearbeitet, war in Köln im Jahre 1982 gelandet und in Euskirchen im Jahre 2012. Die meisten Fälle sagten Frieda nichts, sie waren völlig unspektakulär. Von den Studenten, die bei Weyer einen tödlichen Psycho-Selbstversuch in Karnevalskostümen gewagt hatten, Sonja Sengers letztem großen Fall vor ihrer Pensionierung, hatte sie natürlich gehört. Von Sonja selbst und von den Kollegen.

In Gedanken starrte Frieda auf das beschlagnahmte Smartphone, als ihr Diensttelefon klingelte. Irritiert nahm sie den Hörer ab.

Es war ein Sprecher der Deutschen Bahn, der ihr langatmig und in sonorem, rheinischem Singsang mitteilte, man habe das Foto vom Graffito geprüft, entschlüsselt und dann noch sicherheitshalber an die KASA weitergeleitet, die Kölner-Anti-Spray-Aktion. Dort habe ein Mitarbeiter die Analyse bestätigen können.

»Sprayer haben immer eine Botschaft, müssen Sie wissen.«

»Und wie ist die Botschaft?«

Er räusperte sich. »Ave Maria.«

»Wie bitte?«

»Ave Maria. In Großbuchstaben.«

»Sind Sie sicher?«

»Ich bitte Sie. Ich verstehe, dass Sie irritiert sind. Aus der Schrift allein können wir keine Rückschlüsse auf den Verfasser ziehen. Die KASA konnte das ebenso wenig. Sie könnten vielleicht mit Fingerspuren …«

»Ich danke Ihnen sehr, aber ich muss Schluss machen.« Frieda hätte sich gern noch länger mit dem Mann über die Kunst des Sprayens unterhalten, aber ein weiteres Gespräch kündigte sich auf dem Display ihres Telefons an.

Ein weiteres externes Gespräch.

»Meine Name ist Roswitha Blum«, erklärte eine aufgeregte Frauenstimme.

»Was kann ich für Sie tun?«, fragte Frieda erstaunt.

»Ich bin Buchhändlerin in der Bahnhofsbuchhandlung hier in Euskirchen.«

Pause.

»Was kann ich für Sie tun?«, fragte Frieda und spielte mit der freien Hand am verhassten Smartphone.

»Ich habe etwas zu dem Mordfall in Wolfgarten zu sagen.«

»Da sind Sie bei mir richtig. Ich bearbeite den Fall.«

»Mir ist eine Frau aufgefallen. Sie war irgendwie komisch«, erklärte Frau Blum.

»Was meinen Sie damit?«

»Sie war insgesamt drei Mal bei uns. Pfingstsamstag, Dienstag und Mittwoch nach Pfingsten.«

Frieda blickte auf den Kalender, der vor ihr auf dem Schreibtisch lag. »Am 14., am 17. und am 18. Mai?«

»Ja, genau. Pfingsten hatten wir ja zu. Pfingstsamstag hat Annette Mendel, meine Kollegin, sie auch gesehen.«

»Keine Stammkundin?«

»Nein. Nein«, widersprach Frau Blum heftig. »Das ist es ja. Sie war vorher noch nie bei uns, am Mittwoch hat sie nur zwei Zeitungen gekauft, und seitdem ist sie nicht wieder bei uns aufgetaucht. Sie hat kein Wort gesagt, einfach nur Geld auf die Theke gelegt, sie wollte das Wechselgeld nicht haben und ist weggelaufen«, fuhr Frau Blum fort.

»Aha, welche Zeitungen hat sie denn gekauft?«, fragte Frieda mit mäßigem Interesse.

»Genau die Zeitungen, die auf der ersten Seite den Mord brachten.«

»Wie bitte?« Frieda war plötzlich hellwach und rutschte auf die Stuhlkante.

»Wie ich schon sagte«. Frau Blum wirkte etwas verschnupft.

»Wie lange sind Sie heute im Geschäft?«

»Bis 19 Uhr.«

Frieda Stein schrieb eine Mail an Oberstaatsanwalt Wesseling, als sie Schritte auf dem Flur hörte. Harte, entschlossene Männerschritte, die sich unheilverkündend näherten. Die Tür zum Büro wurde aufgestoßen. Brummer und Neugebauer erschienen im Türrahmen. Frieda legte schnell einen Aktendeckel über Kessenichs Handy. Sie wollte nicht, dass sich die Herren sofort darauf stürzten. Der Anruf von Frau Blum ging vor. Alles Mögliche ging vor.

»Was gibt's Neues?!« Brummer warf gut gelaunt seine Lederjacke über einen Garderobenhaken und machte sich in der Teeküche zu schaffen.

»Warst du sehr einsam?«, fragte Neugebauer und zwängte sich hinter seinen Schreibtisch.

»Wer will Kaffee?«, rief Brummer.

»Ich«, antworteten Frieda und Neugebauer unisono.

Brummer ging mit einem Glas Wasser an den Kollegen vorbei. »Ihr wisst, wo er steht.«

»Sehr witzig«, meinte Neugebauer.

Frieda verdrehte die Augen.

Brummer wandte sich ihr zu. »Machst du Fortschritte?«

»Ihr auch?«

»Du zuerst.«

Frieda berichtete von den beiden Telefonanrufen. Der Graffiti-Botschaft schenkten die Kollegen nicht viel Bedeutung, für Fingerspuren sei es nach dem Regen viel zu spät. Aber der Anruf von Roswitha Blum machte sie neugierig.

»Warum ruft sie erst jetzt an?«, frage Brummer.

Frieda hob die Schultern. Das hatte sie vergessen zu fragen. Das Foto war schon vor über zwei Wochen in der Presse gewesen.

Brummer blickte auf die Uhr. »Ich fahre da gleich mal hin und höre mir das an.« Dann wies er mit dem Kinn auf Friedas Bildschirm. »Was entdeckt?«

Sie schüttelte den Kopf. »Und ihr?«

»Wir haben so gut wie jeden auf der Reinaldstraße befragt, diesseits und jenseits der Theodor-Nießen-Straße«, ließ sich Neugebauer vernehmen. »Kessenich war natürlich bei niemandem beliebt. Klar. Aber er ist nie handgreiflich geworden. Er hat sich schon mal Falschanzeigen wegen Fahrerflucht geleistet.«

»Und die Schützen?«

Sie schüttelten die Köpfe.

»Er war ein Denunziant«, ereiferte sich Frieda und ballte die Fäuste. »Er war ein Stalker. Er war ein …«

»Aber er ist tot«, brummte Brummer.

»Sein Glück.«

»Und unser Pech. Nur er allein kennt seinen Mörder.«

Die Kommissare nickten sich betreten zu.

Jetzt wäre Kessenichs Handy dran, aber Frieda fiel noch etwas anderes ein. »Habt ihr dran gedacht, Frau Kessenichs Ärzte anzurufen?«

»Na klar«, antwortete Neugebauer. »Es ist alles organisiert. Sogar ein mobiler Pflegedienst. Sie muss nicht ins Heim.«

»Da wird sie froh sein.«

Jetzt wäre Kessenichs Handy aber wirklich dran, doch da klingelte das Telefon auf Brummers Schreibtisch.

»Magnus!«, rief Brummer. »Wie geht's, wie steht's? Ja … Nein … Ja … Nein … »

Ein kryptischer, einseitiger Wortwechsel fand statt. Trotzdem hörten Neugebauer und Frieda zu. Hauptkommissar Magnus von der Mordkommission Bonn schien nicht wissen zu wollen, wie der Stand der Dinge in der Soko Forsthaus war, er schien ein höchsteigenes Problem zu haben.

»Aber das ist nicht unser Job«, beschwerte sich Brummer. »Deiner übrigens auch nicht. Wenn ich dich erinnern darf, wir gehören zur Mordkommission und haben keine Zeit … Ja … Nein … Ja … Nein … gut, aber nur ausnahmsweise. Wir fahren da vorbei und gucken uns die Frau an. Aber mehr nicht. Wie heißt sie? Und die Adresse?« Brummer notierte, was Magnus diktierte. »Okay. Ich melde mich!« Brummer ließ den Hörer fallen. »Der spinnt aber jetzt total. Wir sollen mal bei einer gewissen …«, er blickte auf seinen Notizzettel, »Anna Weiler vorbeifahren. Die sei irgendwie seltsam am Telefon gewesen. Na, toll. Wenn wir zu jedem fahren würden, der irgendwie seltsam am Telefon ist, wären wir den ganzen Tag auf Achse.«

»Was hat Magnus denn mit der Frau zu schaffen?«, wollte Neugebauer wissen.

»Er hat einen Anruf von der JVA Rheinbach bekommen«, erklärte Brummer. »Die Frau war früher als ehrenamtliche Betreuerin in der Straffälligenhilfe zugelassen. Aber sie hat wohl gegen einige Regeln verstoßen, und man hat sich von ihr getrennt. Nun gibt es einen rückfälligen Häftling, der ohne sie nicht reden will. Aber die Frau will keinen Kontakt haben. Man hat wohl ewig gebraucht, um sie überhaupt ans Telefon zu bekommen, und dann habe sie kaum gesprochen. Und weil sie in Euskirchen wohnt, hat Magnus sich gedacht, wir könnten das mal eben machen.«

»Mal eben! Der macht sich das ja leicht«, grummelte Neugebauer.

»So kennen wir ihn.« Brummer griff zum Telefon und wählte eine Nummer. »Aber nicht mit uns.« In Richtung der fragend blickenden Kollegen formte er mit seinen Lippen das Wort: Grassi.

»Gute Idee«, meinte Neugebauer.

Friedas Daumen zeigten nach oben.

Brummers Miene versteinerte sich, während er auf eine Verbindung wartete. »Mailbox«, stieß er hervor, knallte den Hörer auf und langte nach seiner Lederjacke. »Grassi macht sich rar.«

»Der hat Eheprobleme«, erklärte Frieda.

»Ist das so?«, fragte Brummer ungläubig und winkte Neugebauer, ihm zu folgen.

»Wartet mal!«, rief Frieda. »Da wäre noch etwas.« Sie zog Kessenichs Smartphone unter dem Aktenvermerk hervor. »Das gehört Kessenich.«

»Was?«, fragten die Kollegen unisono. Brummers Augenbrauen zogen sich finster zusammen, und Neugebauer konnte sein nervöses Blinzeln nicht in den Griff bekommen.

Frieda drehte und wendete das Handy in ihrer Hand. »Ich habe geschafft es zu orten, war nicht ganz einfach. Es ist ein Prepaid.«

»Das erklärt einiges«, sagte Neugebauer.

»Etwa über die IMEI Nummer?«, fragte Brummer, eine Möglichkeit der Ortung, die nur für die Polizei legal war. »Bei mir hat das nicht geklappt.«

»Nein, ganz einfach über GPS. Ein Schüler hat das Handy einen Tag nach dem Mord in einem Papierkorb hier in Euskirchen in den Erftauen gefunden und behalten. Angeblich wollte er es zur Polizei bringen.«

»Du warst bei ihm zu Hause?«, fragte Brummer ungläubig.

»Ich war in seiner Schule.«

»Hatten wir nicht vereinbart, dass du Bürodienst hast und … zeig mal.«

»Es sind Fotos drauf«, sagte Frieda leise.

»Ein iPhone 7«, staunte er.

»Auch von mir«, fügte sie leise hinzu.

Und dann steckten die Kollegen die Köpfe zusammen und beugten sich über das Smartphone. Frieda trat ans Fenster und blickte angestrengt hinaus.

»Scheiße«, brummte Brummer nach einer Weile hinter ihr.

»Scheiße«, sagte Neugebauer.

»Das kann man wohl sagen«, sagte Frieda und wünschte wieder, sie hätte die Fotos gelöscht. Sie hörte, wie sie sich berieten. Wenn sie sich jetzt lustig über sie machten, würde sie auf der Stelle aus dem Fenster springen. Sie öffnete vorsorglich einen Fensterflügel. Der Lärm der Kölner Straße drang herauf. Es regnete immer noch, als wollte es nie wieder aufhören. Frieda zog sich hoch, setzte sich rittlings auf die Fensterbank und ließ die langen Beine in der schwarzen Jeans baumeln. Die Absätze der schwarzen Stiefeletten waren nicht atemberaubend hoch, ließen ihre Beine aber noch länger erscheinen. Sie beugte sich über die Brüstung. Regentropfen fielen ihr ins Haar.

»Frieda?«, hörte sie Brummers Stimme. »Komm da runter, hörst du?«

Sie konnte nicht antworten.

»Wir haben die Fotos gelöscht. Niemand wird sie sehen. Und wir vergessen, dass wir sie gesehen haben. Okay?«

Keine Reaktion.

»Wir müssen uns aber um die anderen Fotos und die Telefonnummern kümmern. Die, die er angerufen hat, und die, von denen er aus angerufen wurde. Wir müssen das tun, verstehst du das?

Sie nickte ein wenig.

»Jetzt komm da um Gottes willen runter. Verdammt noch mal!«

Wieder keine Reaktion.

Dann fragte Brummer resigniert: »Also Frieda, willst du mitfahren?«

»Ja«, sagte sie, »ich will.«

17. Kapitel

Zuerst steuerten sie die Bahnhofsbuchhandlung in Euskirchen an. Die drei Kommissare fuhren durch den Regen. Frieda saß mittig auf der Rückbank und lächelte vor sich hin. Sie war froh über den Außeneinsatz und betrachtete die Hinterköpfe der Kollegen mit warmen, freundschaftlichen Blicken. Feine Kerle waren das im Grunde. Aber Brummer sollte mal wieder zum Friseur gehen. Seine grau-schwarzen Haare hingen franselig über den Kragen. Und Neugebauer sollte nicht so krumm auf dem Beifahrersitz hocken, als wäre er eingeschlafen.

Als Frieda Brummers prüfenden Blick unter seinen buschigen Augenbrauen im Rückspiegel wahrnahm, stellte sie sofort das Lächeln ein. Er bog in die Oststraße und parkte vor dem Bahnhof auf einem Taxi-Stellplatz. Er gab sich dem wartenden Taxifahrer als Polizist im Ermittlungsauftrag zu erkennen.

Das Bahnhofsgebäude war kein Schmuckstück mehr. Als der Bahnhof Mitte des 19. Jahrhunderts weit außerhalb des damaligen Stadtzentrums errichtet wurde, hatte er als Visitenkarte der Stadt gegolten. Heute war er vor allem praktisch und beherbergte unter anderem eine Postfiliale, das DB-Reisezentrum und eine Buchhandlung, in der Roswitha Blum bereits auf die Polizei wartete.

Sie führte die Kommissare in ein Hinterzimmer. Es war nicht genug Platz zum Sitzen da. Die Herren ließen den Damen den Vortritt. Frieda Stein zückte ein Notizbuch und hielt die Personalien der beiden Verkäuferinnen, Roswitha Blum und ihrer Kollegin, Annette Mendel, die samstags aushalf, fest.

Sie schilderte detailliert. Frieda hörte ihre Ausführungen nun ein weiteres Mal. Es gab keine Abweichungen.

Frau Blum beschrieb die Frau, die drei Mal die Buchhandlung aufgesucht hatte und nur beim letzten Besuch zwei Zeitungen mit dem Aufmacher *Mord in Wolfgarten* gekauft hatte.

»Ich nehme an, dass sie so um die 30 Jahre alt war. Sie hinkte ein wenig, glaube ich, und sie hatte ziemlich abgetragene Sachen an, einen Rock bis auf die Waden, eine weite Jacke darüber. Alles in Grau.«

»Können Sie sich an ihre Haarfarbe erinnern?«, fragte Brummer.

Frau Blum schüttelte den Kopf. »Wie denn? Sie trug ein Kopftuch, das war auch grau.«

»Ein Kopftuch?«

Sie wickelte sich ein imaginäres Kopftuch um den Kopf. »Ein bisschen so wie die arabischen Frauen, wissen Sie.«

»Ein Hidschab?«, mischte sich Frieda ein.

Brummer und Neugebauer blickten sie verwundert an.

Frau Blum räusperte sich. »Also, ich weiß nicht, wie man das nennt. Aber so laufen oft … eh … diese … ausländischen Frauen herum.«

»Frauen mit Migrationsbiografie«, korrigierte Neugebauer.

Frau Blum errötete. »Aber das war sie bestimmt nicht. Ich meine, sie hatte helle Haut und helle Augenbrauen.«

»Und helle Augen?«, fragte Frieda, ohne von ihren Notizen hochzusehen.

»Tut mir leid, aber sie hat nicht hochgesehen.«

»Heute ist der 31. Mai, Frau Blum. Warum haben Sie uns erst heute angerufen?«, fragte Brummer.

»Annette und ich haben überlegt, ob …«

»14 Tage lang haben Sie überlegt? Was gab es da zu überlegen?«

»Wir wollen keine Ärger. Wir dachten, das wird sich schon klären. Aber in der Zeitung steht, dass der Mörder immer noch gesucht wird. Und da wollten wir nun doch unseren Teil dazu beitragen.«

Brummer verzog das Gesicht und wies Roswitha Blum geschäftsmäßig darauf hin, dass es später noch zu einer Gegenüberstellung oder zu der Anfertigung eines Phantombildes kommen könne. Auch Annette Mendel werde noch entsprechend befragt.

»Vielleicht ist sie ja seine Frau!«, sagte Roswitha Blum.

»Wie kommen Sie darauf?«

»Sie trug einen Ring an der rechten Hand. Einen Ehering aus Rotgold.«

»Aha.« Brummer drückte ihr seine Karte in die Hand. »Rufen Sie uns an, wenn Ihnen noch etwas einfällt. Aber bitte sofort. Nicht in 14 Tagen.«

Anstatt Feierabend zu machen, stand für die Soko Forsthaus jetzt eigentlich noch ein Hausbesuch bei Anna Weiler an, einer ehrenamtlichen Betreuerin in der Straffälligenhilfe. Die Begeisterung über die Zusatzaufgabe, die mit den Ermittlungen im Mordfall von Wolfgarten nichts, aber auch rein gar nichts zu tun hatte, hielt sich in Grenzen. Brummer und Neugebauer ließen sich während der Fahrt über Hauptkommissar Magnus aus, dem sie die Überstunden zu verdanken hatten. Sie unterstellten ihm Faulheit, Desinteresse und Bauernschläue. Auch Grassi, den sie nicht hatten erreichen können, bekam sein Fett weg.

Frieda, wieder hinten auf der Rückbank, beugte sich vor und versuchte den Worten der Kollegen zu folgen. Sie hatte HK Magnus noch nicht kennengelernt und daher keine Meinung zu ihm. Zu Grassi schon eher.

Anschließend sprachen die Kollegen über das Unwetter in der vorherigen Nacht. Hagelkörner und Eisklumpen auf der Wallenthaler Höhe, vollgelaufene Keller in Kall, ein entgleister Regionalzug bei Hatzenport, tornadoartige Sturmböen in der gesamten Nordeifel und über hundert Einsätze von Polizei, Feuerwehr und THW. Obwohl die beiden Kollegen gewissermaßen im Auge des Unwetters wohnten – in Zülpich und Mechernich – waren ihre Häuser verschont geblieben. Es sah ein wenig so aus, als würde das Unwetter einen Bogen um die Residenzen der Polizei machen. Auch Friedas Kellerverschlag war trocken geblieben.

Frieda war am Vorabend noch in Wolfgarten gewesen. Eine abenteuerliche Fahrt. Um das Forsthaus herum standen die Pfützen wie Seen, ein Sturm trieb Regenschauer umher, aber innen war alles trocken geblieben. Das Forsthaus hatte ein dichtes Dach und keinen Keller, der volllaufen konnte, nur einen Kater, der mutlos neben dem grünen Kachelofen hockte. Er hasste Regen, weil der ihm nichts anderes übrig ließ, als das Katzenklo zu benutzen.

Das Motorgeräusch innen, der prasselnde Regen draußen, Worte, die nicht in Friedas Richtung gesprochen wurden, Lippen, von denen sie nichts ablesen konnte, eine dieser vertrackten Situationen, in denen ihr bewusst wurde, dass ihr linkes Ohr tatsächlich seinen Dienst eingestellt hatte.

Sie ließ sich gegen die Rücklehne fallen und klinkte sich aus. Vielleicht sollte sie an ein Hörgerät denken. Angeblich gab es welche, die aussahen wie ein Piercing. Sie strich sich das Haar über dem linken Ohr zurück. Ein Piercing würde ihr gefallen, eher als ein Tattoo. Ihre Mutter würde die Hände über dem Kopf zusammenschlagen, ihre Vater würde sie zum hundertsten Mal enterben. Grund genug, es zu tun.

Wann konnte sie endlich aufhören, gegen ihre Eltern zu rebellieren? Eine Freundin hatte ihr gestanden, dass sie das erst konnte, nachdem sie ihre Eltern begraben hatte.

Erst als Brummer den Wagen stoppte, fiel Frieda auf, dass sie wieder auf dem Parkplatz der Polizeibehörde Euskirchen waren.

»Und Anna Weiler?«, fragte sie erstaunt.

»Morgen«, entschied Brummer einsilbig. »Wenn der Regen aufgehört hat.«

»Da wären wir«, sagte Brummer und hielt am nächsten Morgen – unweit des Finanzamtes – vor einem Mehrfamilienhaus, das von einem gepflegten Grünstreifen umgeben war.

Brummer war ein Hellseher in Sachen Wetter. Heute war der 1. Juni, und so wie es schien, würde es vorerst trocken bleiben. Zum ersten Mal nach einer Woche Dauerregen. Am Himmel türmten sich nur ein paar harmlose, weiße Wolken. Frieda und Neugebauer kletterten aus dem Auto.

Die Fassade glänzte in einem offensichtlich frisch gestrichenen Sonnengelb. Ein schwacher Geruch nach Farbe hing in der Luft. Vor der Haustür standen Fahrräder und ein Kinderwagen. Auf dem Gehweg spielten drei Mädchen, hatten mit Kreide Kästchen gemalt und hüpften von einem zum anderen.

Vier Stockwerke waren zu beiden Seiten des Treppenhauses bewohnt, das obere musste schräge Wände haben. Neugebauer stand zuerst vor der Briefkastenanlage, an der sich auch die Klingeln befanden. Zwölft statt acht.

»Weiler«, sagte er, drückte auf die Klingel und zog aus dem offenstehenden Briefkastenschlitz eine Handvoll Werbeprospekte heraus. »War wohl lange nicht mehr am Briefkasten.«

Er musste zweimal klingeln, ehe der Türsummer ertönte.

Im Treppenhaus gingen auf jeder Etage drei Türen ab, was Neugebauer verwundert zur Kenntnis nahm. »Zwölf Wohnungen«, zählte er kopfschüttelnd, während er die Stufen nahm.

Anna Weiler wohnte im dritten Stock hinter der mittleren Tür. »Dann kann sie kein Fenster zur Straße haben«, sagte er.

»Na und?«, sagte Brummer war genervt. »Hast du damit ein Problem?«

»Pssst«, machte Frieda.

Wieder klingeln. Wieder warten. Dann wurde ein Schlüssel im Schloss zweimal herumgedreht und die Tür im Zeitlupentempo aufgezogen. Neugebauer setzte sofort einen Fuß auf die Schwelle.

»Sind Sie Anna Weiler?«, fragte er.

Die Frau nickte andeutungsweise.

Er zückte seinen Ausweis und stellte sich und die Kollegen vor.

»Polizei?«, hauchte sie, und ihr Blick flog von einem Kommissar zum anderen. Anna Weiler war weder groß noch klein, weder dick noch dünn. Sie sah recht gut aus, fast hübsch, wirkte aber bedrückt. Ihr Haar war mittelblond und kinnlang. Ihre Augen hell und von undefinierbarer Farbe. Ihre Kleidung war unscheinbar, eine farblose Jogginghose und ein Kapuzen-Shirt. Ihr Alter war schwer einzuschätzen, so um die dreißig Jahre mochte sie sein.

»Können wir reinkommen?«, fragte Neugebauer.

»Warum?«

»Das würden wir gern mit Ihnen drinnen besprechen.« Er wartete ihr Einverständnis nicht ab, schob die Tür weit auf und drängte an Anna Weiler vorbei in die Wohnung. Brummer und Frieda folgten ihm. Ihre Schritte quietschten auf dem Linoleum. Zuletzt, nachdem sie die Tür geschlossen hatte, schlurfte Anna Weiler hinter ihnen her.

Der kurze Flur, eher ein Windfang, mündete in ein Wohnzimmer. Die Gardine war zugezogen. Licht spendete nur ein dreiflammiger Strahler. Ein Geruch nach abgestandenem Essen hing in der Luft. Linker Hand stand eine Tür offen und zeigte eine kleine Küchenzeile, die im Dunklen lag. Die rechte Tür war geschlossen.

Frieda vermutete dahinter ein Schlafzimmer. Ihre Blicke schweiften umher, versuchten Auffälliges zu erfassen. Aber es schien alles so zu sein, wie es üblich war. Eine karge Einrichtung. Das Nötige war da, aber auch nicht mehr als das.

Die drei Kommissare blieben unschlüssig stehen. Sie wollten sich nicht lange aufhalten und den in ihren Augen überflüssigen Besuch schnell hinter sich bringen. Ihre Köpfe rauchten noch von der neuen Spur, die sich am Vorabend in der Buchhandlung vor ihnen aufgetan hatte.

Brummer erklärte Anna Weiler, warum sie gekommen waren. Er fragte sie, ob es einen besonderen Grund gebe, warum sie nicht mit dem fraglichen Straffälligen reden wolle, obwohl sie ihn doch bereits kenne.

»Ich habe mein Ehrenamt aufgegeben.«

»Das wissen wir«, sagte Brummer. »Es geht hier auch nur um ein einziges Gespräch.

»Ich möchte aber nicht«, sagte Anna Weiler mit erstickter Stimme und kreuzte die Arme über der Brust.

»Warum nicht?«

»Ich möchte nicht«, wiederholte sie eisern. Es klang trotzig.

»Hat das etwas mit dem Häftling zu tun?«, fragte Brummer. »Martin Jung, heißt er, wenn ich nicht irre.«

Sie wurde zusehends blasser.

»Geht es Ihnen gut?«, mischte sich Frieda ein und legte eine Hand auf Anna Weilers nackten Unterarm. Er war eiskalt. »Sind Sie beruflich stark eingespannt?«

Endlich nickte Anna Weiler einmal.

»Was arbeiten Sie denn?«, fragte Brummer.

»Ich … ich … ich bin Altenpflegerin.«

»Das erklärt einiges. Das ist ein harter Beruf, ich weiß. Und mal unter uns, da tun Sie schon eine Menge Gutes. Irgendwann muss auch mal Schluss sein, oder?« Brummer zwinkerte ihr zu.

Frau Weiler brachte ein schiefes Lächeln zustande.

Frieda rieb sich ihr gutes Ohr. Hatte sie nicht ein Geräusch gehört? Aber Neugebauer verzog keine Miene, und Brummer fragte unbeirrt weiter. Sie musste sich verhört haben.

»Wer ist denn Ihr Arbeitgeber?«

Frau Weiler schien zu erschrecken. »Ich … ich … die Caritas.«

»Der Caritasverband hier in Euskirchen?«

Sie nickte.

»Gut, dann hätten wir alles geklärt«, sagte Brummer erleichtert, drückte ihr seine Karte in die Hand. »Rufen Sie mich an, wenn Ihnen noch etwas einfällt.«

Die Kollegen waren schon im Flur, da hatte Frieda noch ihre Hand auf Anna Weilers Arm. Frau Weiler schob sie zaghaft beiseite, als Friedas Blick die Küchentür streifte, über der mit einem karierten Küchentuch irgendetwas zugehängt worden war. Über der Tür zur Diele war ebenfalls ein Objekt umwickelt worden, dieses Mal mit einem bestickten Tuch. Frieda stutzte. Sie fragte sie, was sich dahinter verbarg, als sie wieder das

Geräusch hörte. Undefinierbar zwischen Ächzen und Knirschen.

Im gleichen Augenblick bekam Anna einen Hustenanfall, der kein Ende nehmen wollte. Sie waren nicht einmal mehr imstande, sich voneinander zu verabschieden.

»Da war jemand im Schlafzimmer!«, zischte Frieda, als sie draußen im Treppenhaus die Kollegen einholte.

»Anna Weiler hat Husten«, sagte Brummer kopfschüttelnd.

»Einen schlimmen Husten«, ergänzte Neugebauer.

»Das klang aber nicht nach Husten.«

»Wenn du unbedingt willst, kannst du das an Magnus weitergeben, und der kann sich dann kümmern. Die JVA hat schließlich ihn angerufen und nicht uns.«

Die Kollegen stiegen die Treppe hinunter. Neugebauer schien die Stufen zu zählen. Brummer pfiff eine Melodie.

18. Kapitel

Hagen Ansberg riss die Schlafzimmertür auf, so wuchtig, dass der Türrahmen zu reißen schien und das Türblatt gegen das Sofa knallte. »Du blöde Kuh, wo steckst du?!«

Anna Weiler stand noch im Flur und presste ihre Stirn gegen die Wohnungstür. Die Polizisten hatten das Haus verlassen. Anna hatte ihre Schritte auf der Treppe gehört und das Zufallen der Haustür. Die Stille danach schien ihr endgültig zu sein.

Den Schlüssel, den Ansberg ihr nach langem Zögern und unter Mordandrohungen gegeben hatte, um aufzuschließen, weil das Geklingel nicht aufhören wollte, zog sie einfach ab und ließ ihn in die Tasche ihrer Jogginghose gleiten. Sie tat es mechanisch, ohne sich etwas dabei zu denken.

Ansberg fiel es nicht auf. Er tobte. Seine Hände rüttelten an Anna und rissen sie zu sich herum. Er bohrte seinen Zeigefinger in ihre Stirn. »Wann hast du sie gerufen?«, zischte er. »Wann, he?«

»Wen?«

»Die Polizei! Verarsch mich nicht.«

»Ehrlich, Hagen, ich habe sie nicht gerufen. Das würde ich doch niemals tun. Bitte glaube mir.«

Er packte ihre Oberarme und schüttelte sie. Sie flatterten wie die einer Gliederpuppe. »Warum sind sie dann gekommen, he?«

Er presste ihren Kopf gegen das Türblatt und legte eine Hand an ihre Kehle.

»Sie sind von selbst gekommen.«

Ansberg drückte zu.

»Du weißt doch, dass die JVA …«, stieß sie hervor.

»Und die JVA hat die Polizei gerufen, was?« Er stieß sein Knie gegen ihren Oberschenkel. »Für wie blöd hältst du mich!«

Er hatte neben ihr gestanden, als die JVA Rheinbach angerufen und nachgefragt hatte, ob Anna Weiler sich an Martin Jung erinnere. Er sei wieder in Haft und wolle nur mit ihr reden. Nur mit ihr allein. Nur zu ihr allein habe er Vertrauen. Wie gern hätte Anna zugestimmt, nicht nur um der Hölle in ihrer Wohnung zu entgehen, sondern weil ihre Erinnerungen an Jung sich mit der Zeit mehr und verklärten. Er schien ihr fast der Engel zu sein, um den sie Maria angefleht hatte. Der Engel, der sie herausführte aus der Finsternis. Aber Ansberg hatte neben ihr gestanden. Schulter an Schulter. Ohr an Ohr. Wange an Wange, damit ihm nur kein Wort des Telefonates entging. Seine Faust drückte gegen ihren Unterleib. »Ein falsches Wort und ich bring dich um!«, hatte er gedroht, als er ihr befahl, ans Telefon zu gehen, damit die Bimmelei endlich aufhörte, sie mache ihn wahnsinnig.

Er zerrte sie von der Wohnungstür weg, stieß sie vor sich her ins Wohnzimmer und knallte die Tür hinter sich zu.

So bekam niemand im Haus mit, was nun geschehen würde, dachte Anna in fiebriger Angst und fiel vor dem Sofa auf die Knie. Sie schaffte es nicht aufzustehen. Ihr Kopf sank auf den Boden. Mit langen Schritten lief Ansberg auf und ab. Tobend schlug er gegen die Wände. Anna schloss die Augen, und ihre Lippen murmelten ein lautloses Gebet. Er ließ sich aufs Sofa fallen, direkt neben sie. An ihren Haaren zog er ihren Kopf hoch, sodass er in ihr Gesicht blicken konnte.

»Und warum erzählst du denen so einen Scheiß mit der Caritas? Die werden doch da nachfragen. Und sie werden wiederkommen und wissen wollen, warum du sie belogen hast. Miststück!« Mit der anderen Hand umfasste er ihr Kinn und ihre Wangen und quetschte sie zusammen.

»Daran habe ich nicht gedacht«, presste sie hervor.

Er ließ sie abrupt los, sodass ihr Kopf nach vorne fiel. Anna wurde schwindlig. Sie verlor den Halt.

»Weißt du was?«, Ansberg sprang auf und trat ans Telefon. »Ich bin es leid. Jetzt rufe *ich* die Polizei. Ich zeig dich an. Sie werden sich freuen, wenn ich ihnen die Mörderin liefere und sich bei mir bedanken.« Und dann wählte er eine Telefonnummer, wartete einen Moment und schrie: »Die Mörderin, die Sie suchen, sitzt hier bei mir auf dem Teppichboden. Wie sie heißt? Anna Weiler heißt sie. Kommen Sie! Schnell! Ehe sie mich auch umbringt. Sie fuchtelt mit einer Pistole herum.« Dann gab er den Straßennamen und die

Hausnummer durch, ließ den Telefonhörer fallen und rief. »So! Jetzt bist du dran.«

Zufrieden rannte er ins Schlafzimmer und warf sich aufs Bett. Wohlig grunzend wälzte er sich hin und her.

Anna blieb apathisch vor dem Sofa liegen, die Beine hochgezogen, die Knie bis ans Kinn, und wusste nicht, was sie mehr herbeisehnte. Das Eintreffen der Polizei und damit das Ende des Martyriums mit Hagen Ansberg. Oder die Chance, für das, was sie getan hatte, vor einem höheren Gericht zu büßen.

Es vergingen die Minuten. Die Zeit schlich dahin. Es wurde dunkel in der Wohnung. Regelmäßige Schnarchlaute kamen aus dem Schlafzimmer. Wie konnte er nur schlafen, wenn jeden Augenblick die Polizei kommen würde.

Anna betete so inbrünstig sie konnte: *Gegrüßet seist du Maria, voll der Gnade* … und das Rauschen in ihren Ohren wurde mit jede Strophe lauter, sodass das Türklingeln fast darin untergegangen wäre. Als sie aufsprang, stand er schon neben ihr. Es klingelte Sturm, unten an der Haustür.

»Da sind sie schon!«, rief Ansberg, rieb sich die Hände und lachte boshaft.

Anna riss Mund und Augen auf, erst wie gelähmt, dann bebend.

»Und was machst du jetzt?«, wollte er wissen.

19. Kapitel

Frau Weiler?«, rief Kommissarin Frieda Stein und klopfte gegen die offenstehende Wohnungstür. Ein Nachbar hatte sie unten hereingelassen, sie war die Treppen heraufgehastet und stand nun auf der Türschwelle. »Frau Weiler? Sind Sie da?«

Keine Antwort.

Frieda war zwar nach dem Besuch bei Anna Weiler mit Brummer und Neugebauer zurück in die Polizeibehörde Euskirchen gefahren, hatte dann aber ihr eigenes Fahrzeug genommen und war zu Anne Weilers Wohnung zurückgekehrt. Die Kollegen hatten nicht mitbekommen, dass Frieda unterwegs war, sie hatten sich auf dem Weg ins Büro zu einem Umtrunk einladen lassen. Ein Kollege aus der Vermisstenabteilung feierte Geburtstag. Wenn die Kollegen ihren Sekt getrunken, die Rede des Chefs erduldet und ihren Smalltalk beendet hatten, wäre Frieda längst zurück. Dachte sie.

»Frau Weiler?«

Keine Antwort.

Friedas Schuhsohlen quietschten auf dem Linoleum. Es roch immer noch nach abgestandenem Essen. Sie warf einen Blick in jedes Zimmer. Zuletzt in das Schlafzimmer. Alle Räume waren leer. Der Vogel war ausgeflogen. Sie kam zu spät.

Es lag ein Unglück in der Luft. Frieda spürte seine Gegenwart. Niemand verließ die Wohnung und ließ die Tür offenstehen, es sei denn … da schlug die Wohnungstür mit einem Knall zu.

Frieda legte eine Hand auf die Pistole in ihrem Holster. Langsame Schritte quietschten auf dem Linoleum. Sie zog die Pistole, entsicherte sie, klick, und ging den Schritten entgegen. Eine weiße Gestalt erschien im Türrahmen. Und Frieda fiel das Kinn herunter.

Braun gebrannt und entspannt, mit sonnengebleichtem, krausem Haar, in einem Hosenanzug aus weißem Leinen, mit einem feinen Lächeln auf den Lippen und fröhlich-glänzenden Augen stand sie im Wohnzimmer, als wäre es das Selbstverständlichste auf der Welt. Ihre Sonnenbrille schaukelte in der rechten Hand, über der linken Schulter hing ein Rucksack.

»Sonja?« Ungläubig starrte Frieda sie an. »Wie kommst du denn hierher?«

Sonja Senger blickte auf die Pistole, Frieda sicherte sie, klick, steckte sie zurück.

Sonja schob ihre Sonnenbrille ins Haar. »Du hast mir die Adresse genannt.«

Frieda schlug sich gegen die Stirn. »Ich fasse es nicht. Wo warst du? Warum hast du mir kein einziges Mal geantwortet. Ich …«

Sonja winkte ab. Mit fachmännischem Blick inspizierte sie die Wohnung und verschaffte sich einen Überblick. Frieda folgte ihr.

In der Diele hing keine weitere Kleidung an der Garderobe. Im Bad gab es keine zweite Zahnbürste und kein zweites Handtuch. In der Küche standen mehrere benutzte Gläser, Teller und Tassen, leere Bier- und Weinflaschen.

Im Schlafzimmer war die Bettdecke zurückgeschlagen, Kleidung lag auf einem Stuhl, einfache, abgetragene Frauenkleidung. Frieda zog das Nachtkästchen auf und blickte auf einen Ring, einen rot-goldenen Ehering auf schwarzem Samt. Daneben lag Religiöses, ein Gebetbuch mit einer Sammlung von Heiligenbildchen zwischen den Seiten, eine Bibel, ein Rosenkranz und ein Spitzentaschentuch. Sonja Senger nickte bei dem Anblick, als hätte sie nichts anderes erwartet.

Zurück im Wohnzimmer trat sie an die Fernsehkommode, wo aus einer Schublade ein Papierfetzen ragte. Sie bückte sich und zog die Schublade auf. Die Zeitungsausschnitte vom Mordfall in Wolfgarten lagen obenauf. Zwei Fotos lagen zwischen den Zeitungsseiten.

Zwei Porträts. Zwei Männer. Im Hintergrund eine Mauer. Einer groß, hager und dunkelhaarig, der andere groß und dicklich vor der gleichen Mauer, mit hellblonden, kurz geschnittenen Haaren, so kurz, dass es aussah, als hätte er eine Glatze.

Den Blonden fixierte Sonja und sagte schließlich: »Das ist er.«

Frieda riss ihr das Foto aus der Hand.

»Das ist der Mann, der den Drohbrief geschrieben hat.«

Friedas Blicke flogen zwischen Sonja und dem Foto hin und her.

»Ich weiß, wo du wohnst – das waren seine letzten Worte an mich, bevor er abgeführt wurde. Es war ein Banküberfall mit Geiselnahme in Trier.«

»In Trier?«, stieß Frieda hervor. »Wie heißt er?«

»Pah!« Sonja schüttelte den Kopf. »Das ist lange her.«

»Wie lange?

Sonja wusste, dass Frieda sich mit ihren alten Fällen befasste. Sie wusste auch, wie Frieda arbeitete, zweigleisig, Euskirchen und parallel dazu Köln. Fatal war es, dass es sich hier um einen Fall handelte, der sich in Trier ereignet hatte.

»Durchaus möglich, dass der Mann wieder eine Geisel genommen hat und …« Sonja unterbrach sich, ihr Blick war auf den verhangenen Gegenstand über der Küchentür gefallen. Sie legte den Kopf in den Nacken. »Was ist das da oben?«

Frieda war groß genug, um auf Zehenspitzen stehend einen Zipfel des weißen Tuches zu fassen zu bekommen. Vorsichtig zog sie das Tuch herunter. Zum Vorschein kam eine Marienfigur in weißem Gewand und hellblauem Kleid darunter.

»Warte!« Frieda enthüllte eine weitere Marienfigur über der Tür zur Diele in einem hellblauen Gewand über einem weißen Kleid. »Im Schlafzimmer ist auch eine.« Aber die Marienfigur über der Schlafzimmertür war nicht mehr verhangen. Eine weiße, fast durchsichtige, zarte, jungfräuliche Gestalt blickte auf ihre gefalteten Hände. Sie trug eine goldene Krone, und ein rotes Tuch lag auf dem Boden unter ihr.

»Ich rufe jetzt die Spurensicherung«, entschied Frieda.

Als Brummer das Gespräch annahm, sagte sie: »Ich bin in Anna Weilers Wohnung.« Ehe er sie deswegen rügen konnte, fuhr sie fort. »Sie ist nicht da. Ich brauche die KTU, dringend.«

Er beendete das Gespräch, ohne ein Wort gesagt zu haben. Brummer war sauer, klar, aber wenn er gleich Sonja sehen würde, würde er stinksauer sein. Die beiden Frauen setzten sich nebeneinander aufs Sofa. Die Fotos der beiden Männer lagen auf dem Wohnzimmertisch.

Sonja war schweigsamer als früher, dachte Frieda. Sie hatte sich verändert. Sie schien ruhiger und gelassener zu sein. Früher hätte sie in einer Situation wie dieser nicht auf dem Sofa sitzen und warten können.

»Warst du schon im Forsthaus?«, fragte Frieda.

Sonja schüttelte den Kopf.

»Ich würde ja einen Kaffee machen«, sagte Frieda. »Aber wir dürfen nichts anfassen, nehme ich mal an.«

Die KTU schien ewig zu brauchen.

Harsch klopfte es an der Wohnungstür, die beiden Frauen zuckten zusammen. Frieda sprang auf und lief in die Diele. Brummer stand auf der Fußmatte, blickte auf ihre Schuhe und hielt ihr Überzieher entgegen. Er hatte auch an Handschuhe gedacht und ging voraus, zielstrebig, blieb aber wie angewurzelt auf der Schwelle zum Wohnzimmer stehen.

Sie funkelten sich an. Aber er sagte nichts, und Sonja Senger sagte nichts. Nicht einmal Hallo.

Frieda verzog hinter ihm das Gesicht. Ein Donnerwetter wäre ihr lieber gewesen, das ging vorbei und klärte auf. Aber dieses Schweigen, mit dem er nun durch die Wohnung ging, als gäbe es keine Kommissarin Frieda Stein und keine Hauptkommissarin a. D. Sonja Senger, das war niederträchtig und gemein.

Frieda hielt Brummer die Fotos hin. »Der Blonde da, das ist der Mann, der den Drohbrief geschrieben hat.«

»Wer sagt das?«, herrschte er sie an.

Frieda blickte zu Sonja.

»Weiß sie«, er wies mit dem Kinn zu Sonja. »Weiß sie auch, wie der Mann heißt?«

Frieda schüttelte den Kopf.

»Im Alter lässt das Gedächtnis eben nach.«

Sonja tat, als hätte sie nichts gehört.

»Nach dem Mann auf dem anderen Foto sollte auch gefahndet werden. Die Pressestelle müsste …«, sagte Frieda.

»Ich weiß selbst, was ich zu tun habe«, brummte er und riss ihr die Fotos aus der Hand.

Er vermied es, die beiden Frauen anzusehen. Es kostete ihn Mühe, und sein Gesicht war hellrot, als er die Fahndung nach Anna Weiler in sein Telefon posaunte und verlangte, dass die Staatsanwaltschaft die nötigen Infos unverzüglich an die Pressestelle weiterzugeben habe.

Danach übte er sich wieder in Schweigen. Sonja Senger auch. Getrennte Gedankenkreise. Frieda hielt es nicht aus und verzog sich vor dem aufsteigenden Frost ins Schlafzimmer. Von der weißen Marienfigur über der Tür wanderte ihr Blick zu einem schmalen Kleiderschrank am Fußende des Bettes. Eine angelehnte Tür weckte ihre Neugier.

»Wir fassen nichts an«, hörte sie Brummer sagen. Er musste das Knarren der Schranktür gehört haben.

Das Erste, was Frieda auffiel, war ein hellgraues Tuch, sorgsam auf einem Bügel drapiert, damit es nicht knitterte. Daneben hingen ein hellgrauer, langer, gerade geschnittener Rock und ein langärmeliges, hellgraues, weit geschnittenes Oberteil. Sie holte die drei Bügel heraus und legte sie so aufs Bett, nicht die einzelnen Teile nebeneinander, sondern so, wie sie getragen wurden. Sie ergaben eine Ordenskleidung, einen Habit. Und es war, als läge eine Nonne auf dem ungemachten Bett. Es fehlte nur das Gesicht, der unschuldige Blick, der aus der Kopfbedeckung hervorschauen konnte.

Frieda schlug eine Hand vor den Mund. »Seht euch das an!«

Im gleichen Augenblick stieß Frieda mit dem Fuß an einen Gegenstand, der unter dem Bett lag. Sie bückte sich und zog ein Paket hervor, öffnete es und blickte auf eine Pistole.

»Was …!« Brummer tauchte im Türrahmen auf, die Hände in den Hosentaschen. Sonja quetschte sich an ihm vorbei. Sie erfassten die ausgebreitete Kleidung und die Pistole mit einem Blick.

»Ave Maria«, sagte Frieda.

Es dauerte eine Weile, bis bei Brummer der Groschen fiel. Das Graffito im Forsthaus hatte nun eine Bedeutung bekommen. Sonja schien die beiden Worte nicht gehört zu haben.

Wenig später stand die Spurensicherung in der Tür, und die Kommissare überließen den Kollegen das Feld.

»Ich werde mich in meinem Forsthaus als Lockvogel zur Verfügung stellen«, verkündete Sonja im Treppenhaus.

»Das wirst du nicht«, schimpfte Brummer. Die Akustik im Treppenhaus war hervorragend. »Auf keinen Fall.«

»Willst du mich daran hindern, in meinem Haus zu wohnen?« Lächelnd sah Sonja zu ihm auf.

»Ja!«

»Wie denn? Das würde mich interessieren.«

Er war einen halben Treppenabsatz hinter ihr. »Du wirst schon sehen.«

Aber auch im Erdgeschoss war ihm noch nichts eingefallen, was er Sonja entgegensetzen könnte.

»Du bekommst Personenschutz«, räumte er ein, als sie die Haustür für ihn offenhielt. »Neugebauer und Grassi werden das machen.«

»Grassi?«

»Hauptkommissar Matteo Grassi aus Schleiden.«

»Dagegen habe ich nichts einzuwenden«, sagte Sonja Senger »Dann können wir Skat spielen.«

Brummer blickte sie verwundert an, als stellte er infrage, dass Sonja Senger Skat spielen konnte. »Er ist für seine Unbestechlichkeit bekannt.«

Sonja stieg in ihr Auto, in dem sich das Gepäck türmte, winkte durch die Windschutzscheibe und fuhr davon.

»Möchte echt gern wissen, wo sie war.« Brummer kratzte sich am Kopf, während er Sonja nachblickte.

»Dann frag sie doch.«

20. Kapitel

Leo Matuschek, selbstständiger Malermeister aus Mechernich, fuhr am Ende seines Arbeitstages mit seinem Pritschenwagen auf sein Grundstück und bremste wenige Zentimeter vor seiner Garage. Er blieb hinter dem Steuer sitzen und starrte geradeaus gegen das geschlossene Garagentor. Dann blickte er an sich herab. Seine Hände, die weiße Jacke und die weiße Hose, seine Schuhe und wahrscheinlich auch seine Haare, die unter der weißen Mütze hervorsahen, waren voller gelber Farbkleckse. Er war verschwitzt und abgekämpft. Er hatte heute endlich das Gerüst abbauen können.

Bevor der große Regen kam, hatte Matuschek die Fassade eines Hauses renoviert, das Bestandteil einer kleinen Siedlung in Euskirchen war, die sich um einen grünen, autofreien Innenhof scharte. Ein Tordurchgang – ein kurzer, dunkler Tunnel unterhalb einer Wohnung im ersten Stock, nur für Fußgänger, Radfahrer, die Feuerwehr oder Handwerker bestimmt – führte in den Innenhof, der auch als Spielplatz diente.

Erst hatte Matuschek die Schäden im Putz ausgebessert und dann eine Grundierung aufgetragen. Unzählige Male war er das Gerüst hinauf- und heruntergeklettert. Zehn Arbeitstage lang. Er arbeitete allein und sehr genau. Zur Straßenseite stand auf dem Gerüst sein Name:

Matuschek malt meisterhaft

Manches Mal waren in dieser Woche Passanten stehen geblieben, hatten ihm eine Weile zugesehen. Potentielle Kunden, sagte sich Matuschek, und hatte sie freundlich von oben herab gegrüßt. Auf der Hofseite freuten sich die Familien, die das Haus bewohnten, auf die neue Farbe, ein helles, freundliches Sonnengelb. Eine Frau hatte ihn mit Kaffee und Wasser versorgt, Kinder nervten ihn mit Fragen, zwei Männer hatten ihn am Feierabend auf ein Bier und eine Zigarette eingeladen. Ein richtig guter Auftrag war das gewesen. Er musste nur noch das Gerüst abbauen.

Aber dann kam der Regen. Zum Glück war die Fassadenfarbe da schon trocken. Fast eine Woche Zwangspause, weil es regnete und regnete.

Erst heute hatte Matuschek die Stangen und Trittbretter auf die Ladefläche seines Pritschenwagens werfen können, der im Hof zwei Häuser weiter parkte, damit er ihm nicht im Wege stand. Er klappte die Seitenwände hoch, damit nichts herunterfallen konnte. Zuletzt reinigte Matuschek die Gehwegplatten mit einem Straßenbesen und warf ihn mit großem Schwung auf das Durcheinander.

Danach rief er seinen Auftraggeber, Georg Fellner, zur Abnahme an. Er saß auf dem Fahrersitz seines Wagens im Hof, wartete auf ihn und betrachtete zufrieden sein Werk. Wenn Fellner nicht begeistert wäre, würde Matuschek sich sehr wundern. Die Rechnung dafür lag auf dem Armaturenbrett. Keine offizielle Rechnung, nur eine Aufstellung per Hand geschrieben. Ohne Mehrwertsteuer. Zahlbar sofort und zwar in bar. Matuschek hatte das Geld fest eingeplant.

»Sind Sie wahnsinnig?«

Matuscheks Kopf fuhr ruckartig herum.

Fellner stand breitbeinig im Tordurchgang. Das Tunnelecho gab seine Worte vielfältig wieder. Wild ruderte er mit seinen Armen. In der einen Hand ein Handy, in der anderen eine Aktenmappe. Ohne Jackett, aber mit Schlips, der ihm ins Gesicht wehte. Unter den Achseln hatten sich auf seinem hellblauen Hemd große, dunkle Schweißflecken gebildet.

Matuschek rutschte von seinem Sitz und schlug die Fahrertür hinter sich zu. Er hatte keine Ahnung, was in Fellner gefahren war. Er schob seine Hände in die Taschen seiner gelb gesprenkelten Arbeitshose und ging langsam auf ihn zu.

»Das ist doch kein Sonnengelb, Mann!«, schrie Fellner außer sich. »Das ist Zitronengelb. Können Sie Sonnengelb nicht von Zitronengelb unterscheiden?«

Matuschek hatte Fellner Farbkarten vorgelegt. Etwa zwanzig verschiedene Gelbtöne. Aber Fellner hatte gesagt, dass er sich unter diesen winzigen Kärtchen nichts vorstellen könne und außerdem keine Zeit für solche Spielchen habe. Er vertraue da ganz auf Matuscheks Erfahrung.

»Sind Sie blind?«, brüllte Fellner.

Matuschek war wie gelähmt. Er hatte das Gefühl, ganz allein im Hof mit Fellner zu sein. Die Familien verschanzten sich in ihren Wohnungen. Sie hatten die Gardinen vorgezogen, versteckten sich wegen der großen Hitze oder weil sie ihren Vermieter kannten.

»Das bezahle ich nicht, das können Sie vergessen!«, tobte Fellner, machte auf dem Absatz kehrt, trabte wieder durch den Tordurchgang und winkte Matuschek, ihm zu folgen.

Auf der Straßenseite stellte sich Fellner mitten auf den Bürgersteig und zeigte auf die Fassade. Matuschek trat neben ihn.

»Sehen Sie sich das doch mal an! Das sieht doch total scheiße aus! Das kann man doch so nicht lassen.«

Matuschek öffnete den Mund, um sich zu verteidigen.

»Das müssen Sie überstreichen, sofort, sonst schicke ich Ihnen meinen Anwalt.«

Bei dem Wort Anwalt geriet Matuschek in Panik. Er rannte zurück, prallte im Tordurchgang mit einem Mann zusammen, der es eilig zu haben schien wie er. Mit einem Fluch wurde er von ihm beiseitegeschoben, stolperte, konnte sich aber im letzten Moment an der Hauswand festhalten.

»Arschloch!«, grölte der Mann, und das Tunnelecho ließ es ihn zweimal sagen. Er trug ein Wäschebündel unter dem Arm, das sich nach dem Zusammenstoß aufzulösen begann. Er raffte alles an sich. »Bist du bescheuert?!«

»Selber!«, rief Matuschek nur. Er war auf der Flucht, sonst hätte er dem Typen seine Hemden und Unterhosen um die Ohren gehauen. Aber so sprang er nur in seinen

Wagen und fuhr mit quietschenden Reifen los. Am drohenden und fuchtelnden Fellner vorbei. Stangen, Leiter, Besen, Schüppe, Eimer polterten auf der Ladefläche hin und her. Staub stieg auf. Er konnte erst wieder durchatmen, als er zu Hause vor seiner Garage zum Stehen kam.

Langsam schob Matuschek die Fahrertür auf. Er hatte keine Lust und vor allem keine Kraft auszusteigen, ins Haus zu gehen und seiner Frau Isa zu erklären, dass er zwei Wochen umsonst gearbeitet hatte. Er wusste, was sie sagen würde. »Wer schweigt, gibt recht.«

Wenn er den Mund aufbekommen hätte, hätte er Fellner Kontra geben, ihn überzeugen und sich verteidigen können. Dann hätten sie sich einigen können, irgendwie, denn Fellner hatte Schwarzarbeit in Auftrag gegeben. Er saß genauso in der Falle wie Matuschek. Er hatte kein Recht, so das Maul aufzureißen. Von wegen Anwalt!

Aber Matuschek hatte nichts gesagt. Er war nun mal kein Mann der großen Worte. Er langte nach seiner Arbeitstasche, rutschte vom Sitz und schlug die Tür hinter sich zu. Seine Schritte waren schwer und langsam und knirschten auf dem Schotterweg, als er aufs Haus zuging. Isa hatte die Haustür schon geöffnet, damit er nicht nach dem Schlüssel suchen musste. Sie erwartete ihn. Er überlegte, ob er ihr erst morgen sagen sollte, dass er heute kein Geld bekommen hatte. Um den Abend zu retten.

In dem Augenblick, als er die Hand auf die Türklinke legte, hörte er hinter sich ein Rumpeln. Verwundert blickte er sich um. Matuscheks Haus lag am Ortsrand von Mechernich, abseits und ohne Nachbarn. Dafür gab es manchmal streunende Tiere, Katzen, Füchse, sogar

Greifvögel auf der Suche nach Mäusen, kranken oder jungen Vögeln.

Da war es wieder. Das Geräusch. Es kam aus der Richtung, wo sein Auto stand. Auf der Ladefläche schienen sich Teile des Gerüstes zu bewegen. Unfassbar. Es schepperte. Der Besen machte sich selbstständig.

»Hey! Hey! Hey!« Matuschek ließ seine Arbeitstasche fallen, wild entschlossen, das Tier, das sich dort einzunisten versuchte, zu vertreiben. Mit dieser aufgestauten Wut im Hals wäre er auch zu mehr in der Lage, auch wenn er damit ein Wesen traf, das mit Fellner nichts zu tun hatte. Aber alles schien das übliche Durcheinander zu sein. Das Tier kuschte, stellte sich tot. »Nicht mit mir!«, drohte Matuschek. Er klappte die linke Kantenseite der Ladefläche herunter und hielt bestürzt inne.

Eine kleine, weiße Hand, mit der Handfläche nach oben, schaute zwischen einer Gerüststange und einer Holzbohle heraus. Vorsichtig, nur mit den Fingerspitzen berührte er sie und zuckte zurück.

»Hallo?«, rief Matuschek in sein Durcheinander hinein. »Hören Sie mich?«

Ein Stöhnen war die Antwort.

»Bleiben Sie ganz ruhig. Ich befreie Sie.«

Während Matuschek sein Werkzeug Stück für Stück von der Ladefläche hob, kam ein weiblicher Körper zum Vorschein. Eine Frau in verstaubter Jogginghose und verschmiertem Shirt. Ihr Gesicht war weiß wie eine Wand. Ansprechbar war die Frau nicht. Ihre Augen waren halb geöffnet und starrten ins Leere. Der Mund war voller Blut. Eine Blutspur rann auch aus ihren verklebten Haaren über die Schrammen auf dem Gesicht.

Ihr ganzer Körper schien seltsam verdreht. Der Hals überstreckt, ein Bein stand seitwärts ab und das Knie war zur falschen Seite geknickt. Als ob die Frau zu gleichen Teilen gestreckt und zusammengepresst worden wäre. Ihr Atem ging in kurzen Stößen, ihr Körper zuckte in unregelmäßigen Abständen.

Matuschek wusste bei ihrem Anblick nicht, was er tun sollte. So etwas hatte er noch nicht gesehen. Er verdrehte seine Mütze in seiner Hand, als wollte er sie erwürgen. Und er fragte sich gerade, ob er die Frau aufheben und ins Haus tragen sollte, als er Isas Stimme hinter sich hörte. »O Gott!«

Er hatte sie nicht kommen hören.

Sie hatte die Hände vor den Mund geschlagen. »Wer ist das denn?«

»Ich weiß es nicht«, sagte er und hob die Leiter vom Wagen, unter der ein Fuß der Frau sich in einer Sprosse verfangen hatte.

»Und wie kommt sie auf dein Auto?«

»Das weiß ich auch nicht.«

Die Frau auf der Ladefläche stöhnte.

»Du musst einen Krankenwagen rufen.« Isa riss an seinem Ärmel.

»Ich weiß.« Matuschek zog vorsichtig zwei Stangen von der Ladefläche.

»Wie lange willst du warten?«, fragte Isa. »Bis sie tot ist?«

Als Matuschek keine Anstalten machte, zu seinem Handy zu greifen und endlich den Krankenwagen zu rufen, lief Isa ins Haus.

21. Kapitel

Die Tür zum Forsthaus am Ende der Stromleitung stand offen. Ebenso wie alle Fenster, bis auf das eine, das hinter einer Spanplatte verborgen war. West saß auf der Türschwelle und nahm ein Sonnenbad. Die Augen geschlossen, gab er sich ganz der wohligen Wärme hin. Als eine Fliege seinen Kopf umschwirrte, schlug er nach ihr. Aus dem Inneren des Hauses drangen Geklapper, Schritte und leise Musik an seine Ohren, vertraute Geräusche, die ihn nicht aus der Ruhe bringen konnten. Ein Rascheln weckte kurz seine Aufmerksamkeit. Aber er war zu träge, um nachzusehen, woher es kam.

Ein angenehmer Wind umwehte das Forsthaus an diesem Freitag. Wochenendstimmung. Auf der Blumenwiese blühten Löwenzahn und Gänseblümchen, Disteln, Schaumkraut und Schöllkraut und lockten Insekten herbei. Feldlerchen und Schwalben hatten zu tun. Im Hühnerwagen brach ein Streit aus. Der Hahn krähte empört. Im Dorf antwortete ein Hund, und der Traktor, der über einen Feldweg rollte, wirbelte eine hellbraune Staubwolke auf.

Getrübt wurde die Idylle einzig durch ein Auto, das sich nur unzulänglich in dem kleinen Wäldchen aus vier Fichten versteckte, und in dem abwechselnd zwei Polizisten bei geöffneten Fenstern saßen. Sie hatten offensichtlich keinen Blick für die Natur hier am Rande des Nationalparks, sondern verbrachten ihre Zeit damit, auf ihre Handys zu blicken und mit ihren Fingern über den Touchscreen zu wischen.

Sonja Senger nahm ihr Forsthaus wieder in Besitz, Schritt für Schritt, Zimmer für Zimmer. Sie war seit drei Tagen zurück. Drei Wochen lang war sie weg gewesen. So lange wie noch nie. Im Grund war sie seit Ewigkeiten nicht in Urlaub gewesen. Sie hatte auch kein Bedürfnis dazu gehabt. Und würde es auch nicht wieder haben, soviel stand fest.

Es war ein gutes Gefühl zurückzukehren und alles an seinem vertrauten Platz vorzufinden, trotz des Mordfalles. Sie wollte sich nicht vorstellen, wie es nach den Schüssen in ihrer Wohnküche ausgesehen haben musste. Aber Frieda Stein und die Kollegen der KTU hatten veranlasst, dass alle Spuren beseitigt wurden.

Verglichen mit dem schmalen Einzelzimmer, in dem sie im Hotel gewohnt hatte, kam ihr das Forsthaus riesig und opulent vor, eher wie ein kleines Schloss. Die Ausstattung schien Sonja erlesen zu sein. Liebevoll strich sie über den ovalen Esstisch aus Walnussholz, den grünen Kachelofen und den abgewetzten Ohrensessel. Jeden der sechs Stühle probierte sie aus, als hätte sie sie gerade erst erworben, und ließ den Ausblick aus den Fenstern auf sich wirken. Selbst die zusammengeschusterte Küchenzeile mit der Kochplatte, dem bunten

Vorhang unter der Arbeitsplatte und der angeschlagenen Porzellanspüle kamen ihr vor wie aus einem Heft für *Schöner Wohnen*. Auch die unebenen Holzdielen, Stolperfallen über die sie früher schimpfte, hatten nun einen besonderen, heimeligen Reiz.

Ein wehrhaftes Haus. Allein das mit einer Spanplatte geflickte, zerschossene Fenster zeugte noch von der Katastrophe, die über es hinweggefegt war. Sonja fragte sich nicht, was die ebenso schwungvolle wie rätselhafte schwarz-rot-weiße Graffiti-Botschaft bedeuten könnte. Dem Sprayer war es gelungen, über die Fensterrahmen hinaus an jeder Seite ein Stück Hauswand miteinzubeziehen. Ein Gesamtkunstwerk war entstanden, das Sonja gefiel.

So wie ihr alles gefiel seit ihrer Rückkehr. Sie warf einen beglückten Blick in den Abstellraum. Das alles, was dort stand und lag, gehörte ihr. Die schmale Stiege führte nicht nur in ein einfaches Dachgeschoss, sondern in ein Atelier mit einem Cello auf einem Kingsize-Bett und einem atemberaubenden Blick ins Land.

O wie schön ist Panama, dachte Sonja, als sie sich aus dem Fenster beugte und die frische Luft einsog. Es war auch dieser spezielle Duft in der Luft, der ihr gefehlt hatte, den es nirgendwo sonst gab. Eine Mischung aus Erde und Holz. Drüben im Wäldchen spiegelte sich das Autodach ihrer Bodyguards in der Sonne.

Neugebauer und Grassi teilten sich den Dienst und wurden dabei von zwei Schutzpolizisten unterstützt. Heute waren Neugebauer und Micha Dellbrück dran. Sie überlegte, ob sie ihm und seinem Kollegen etwas zu essen und zu trinken bringen und bei der Gelegenheit ein Schwätzchen mit ihnen halten sollte. Aber sie verschob die Ausführung des Gedankens auf später, als West neben sie auf die Fensterbank sprang und auf der schmalen Brüstung balancierte.

Er wies keinerlei psychische oder physische Schäden auf. Dass er Sonja mit Zurückhaltung begrüßt hatte, war ihm nicht zu verdenken. Katzen konnten schnell beleidigt sein, Kater erst recht. Dabei hatte Sonja ihm erklärt, mehrfach, warum sie ihn für eine gewisse Zeit verlassen musste. Es schien ihn nicht zu interessieren. Katzen konnten selbstsüchtig sein, Kater erst recht.

Immer wieder wünschte Sonja sich, sie hätte ihren Urlaub nicht abgebrochen und wäre nicht in Anna Weilers Wohnung gefahren. Sie hätte die Informationen, die per Mail von Frieda Stein eintrafen, einfach nur zur Kenntnis genommen. Oder – noch besser – ungelesen gelöscht.

Die Ortung von Kessenichs Handy, auf dem pikante Fotos von Frieda gespeichert waren, der Hinweis einer Buchhändlerin auf eine Kundin, die sich auffallend für den Toten zu interessieren schien, der Anruf der JVA Rheinbach, die eine ehemalige ehrenamtliche Betreuerin in der Straffälligenhilfe nicht erreichen konnte und die Polizei Euskirchen um Mithilfe bat – das ging sie alles nichts an. Eigentlich.

Aber als es ihr in den Sinn kam, dass es sich bei der unbekannten Zeitungskäuferin und der ehrenamtlichen Helferin um ein und dieselbe Person handeln könnte, und als diese Idee sie nicht mehr losließ, warf sie alle Vorsätze über Bord – immerhin mit dem festen Vorsatz, Frieda Stein nicht zu beeinflussen. Auf keinen Fall. Sie wollte nur in der Nähe sein.

»Ich weiß, wo du wohnst«, hatte sie während der Rückfahrt auf der eintönigen Autobahn vor sich hingemurmelt. Sie schaltete das Radio aus. *Ich weiß, wo du wohnst,* sie nahm das Tempo zurück und reihte sich hinter einem Lkw ein. *Ich weiß, wo du wohnst,* sie starrte gegen die weiße Rückwand des Lkw. Kramann, eine Spedition aus Trier. Das Autokennzeichen begann mit TR.

Trier?

Ein Ruck ging durch Sonja, ein Ruck ging durch das Auto. Ein kleiner Schlenker war die Quittung. Sonja brachte ihr Auto zurück in die Spur. Sie sah einen Mann vor sich, wie er sich ein letztes Mal zu ihr umdrehte. Sah seine hasserfüllten Augen, hörte seine Worte, die er hervorstieß, ohne die Lippen zu bewegen: *Ich weiß, wo du wohnst.* Banküberfall mit Geiselnahme in Trier, dafür hatte er mindestens zehn Jahre Haft bekommen. Sie sah sein Gesicht. Aber wann war das gewesen? Und wie hieß er? Ihr Gedächtnis gab es nicht preis. Noch nicht. Sonja überholte das Speditionsfahrzeug aus Trier und winkte dem verdutzten Fahrer zu.

Als sie in Anna Weilers Wohnung das Foto gefunden hatte, hatte sie den Mann sofort wiedererkannt, aber sein Name war ihr trotzdem nicht eingefallen. Bis heute war das nicht geschehen. Ihre Erinnerung spielte ihr einen Streich, war blockiert, als hätten sich tausend andere Namen und Verbrechen über dieses eine gelegt.

Ein Motorengeräusch riss Sonja aus ihren Gedanken. Auf dem Ziegenbendgesweg näherte sich ein Auto. Sie erkannte es an der Form der Scheinwerfer. Es war Friedas alter Golf. Sie hob West vom Fenstersims auf den

Boden, schloss das Fenster und ließ sich aufs Bett sinken. Kurz darauf hörte sie Stimmen, die durch die offene Haustür drangen. Frieda schien sich quer über die Wiese mit Neugebauer zu verständigen, und dann hallten ihre Schritte auf den Holzdielen.

»Hallo? Sonja? Bist du da?«

West stürzte sich die Treppe hinunter und begrüßte sie, indem er um ihre Beine strich. Frieda beugte sich zu ihm hinunter.

Als Sonja die letzte Stufe genommen hatte, richtete Frieda sich auf und blickte auf sie hinab. Es trennten sie fünfzehn Zentimeter Körpergröße. Aber heute kam es Sonja vor, als wäre Frieda gewachsen.

»Ich weiß jetzt, wer der Mann auf dem Foto ist, der dir den Drohbrief geschrieben hat«, sagte Frieda übergangslos. »Du hattest recht, du hast ihn in Trier gestellt. Sein Urteil stammt aus dem Jahre 1999. Am 13. Mai ist er entlassen worden.«

»Jetzt erst? Nach 17 Jahren?«, fragte Sonja erstaunt.

»Er musste nachsitzen, weil er nach 10 Jahren einen Ausbruch versucht hat.«

»Wie dumm von ihm.«

»Willst du nicht wissen, wie er heißt?

Und als öffnete sich mit dieser Frage plötzlich ein Ventil in ihrem Gedächtnis, wusste Sonja seinen Namen. Er lag ihr auf der Zunge. Und kam über ihre Lippen.

»Hagen Ansberg!«, riefen beide unisono und mussten lachen. Ein wenig nur, unsicher, ob ein Lachen angebracht war. Und doch war es richtig. Früher wären sie sich bei einer Entdeckung wie dieser um den Hals gefallen. Heute behielten sie Abstand zueinander.

»Hagen Ansberg«, murmelte Sonja.

»Hagen Ansberg«, wiederholte Frieda und nickte. »Die Fahndung nach ihm ist raus. Anna Weiler hatte sich als ehrenamtliche Helferin um ihn gekümmert, als er in Haft saß.«

»War er es, der auf dich geschossen hat?«, fragte Sonja.

»Nein. Seine Fingerspuren waren nicht auf der Pistole. Der Mann auf dem anderen Foto ist ein gewisser Martin Jung. Anna Weiler hat auch ihn betreut.«

»Martin Jung?«, fragte Sonja. »Den Namen hast du mir geschrieben. Ist das nicht der Mann, der jetzt in der JVA Rheinbach sitzt und ohne sie keine Aussage machen will?«

»Genau.«

Die beiden Frauen standen sich immer noch einander gegenüber im dunklen Flur. Zu weit weg, um sich nah zu sein, zu nah, um nichts zu fühlen. Ein Schatten lag auf Friedas Gesicht. Es sah grimmig aus.

»Was wisst ihr von Anna Weiler?«, fragte Sonja, um das Schweigen zu brechen.

Frieda dachte kurz nach, ehe sie antwortete. »Sie ist 34 Jahre alt, ledig, arbeitslos, wohnhaft in Euskirchen, nicht vorbestraft.«

»Und wenn sie es gewesen wäre, die geschossen hat?« Sonja biss sich auf die Lippen. Die alte Macht der Gewohnheit – und ein Fehler, das wusste sie, nachdem die Worte gesprochen waren. Wieder war es ihr passiert. Sie hatte sich in die Ermittlung eingemischt. Aber es ging einfach nicht anders. Sie konnte sich nicht dumm, taub, stumm, blind stellen, sie würde es nie lernen.

Frieda schien die Einmischung nicht zu stören. »Wir suchen einen Meisterschützen, keine Marienanbeterin.«

»Und jemanden, der nicht einmal weiß, wie man eine Leiche ordentlich versteckt.«

Sie lächelten. Sie warfen sich die Bälle zu. Wie früher.

»Angenommen, der Superschuss war pures Anfängerglück«, fragte Frieda, »warum sollte Anna Weiler versuchen, dich zu erschießen?«

»Als Liebesdienst für Hagen Ansberg?«

Las man nicht immer wieder über das besondere Verhältnis, das sich zwischen Straffälligen und ihren Betreuerinnen entwickeln konnte?

»Eine einsame Frau. Ein einsamer Mann. Er braucht sie, sie braucht ihn?«, fuhr Frieda fort. »Wenn ich davon ausgehe, dass Ansberg in ihrem Schlafzimmer saß, als wir sie zum ersten Mal besuchten, war sie da vielleicht schon seine Geisel?«

»Möglich«, gab Frieda zu. »Und die Madonnen in ihrer Wohnung, der graue Habit und das Graffito auf deiner Spanplatte da draußen?«

Sonja blickte sie fragend an.

»›Ave Maria‹ steht da übrigens«, erklärte Frieda.

Sonja schien nicht besonders überrascht.

»Das passt doch alles nicht zusammen!«

Sonja kannte das Gefühl gut. »Das geht fast allen Ermittlern so, kurz vor dem Durchbruch.«

Friedas Augen funkelten sie an. »Danke.«

»Bitte.«

»Es hätte alles ganz anders laufen können. Warum hast du dich kein einziges Mal bei mir gemeldet?«, fuhr Frieda sie plötzlich an und stampfte mit dem Fuß auf.

Es waren Gespräche wie diese, die ihr gefehlt hatten. Die sie weitergebracht hätten. Ein einfacher Gedankenaustausch. »Keine Mail, kein Anrufe, nichts.«

Sonja lächelte sie an. Auf eine unergründliche Art und Weise. »Das hatten wir doch verabredet.«

»Mag sein, aber hier war die Hölle los.«

»Magst du hereinkommen, auf einen Tee?«

»Keine Zeit.«

»Bis bald dann?«, rief Sonja hinter ihr her und bekam keine Antwort.

22. Kapitel

Seit drei Tagen lag im Marien-Hospital in Euskirchen eine unbekannte Frau auf der Intensivstation. Man hatte keinerlei Ausweispapiere bei ihr gefunden. Sie war noch bewusstlos, sie wurde beatmet und von Geräten überwacht, die Blutdruck, Herzfrequenz und Sauerstoffsättigung kontrollierten. Die Untersuchungen im CT und per Ultraschall hatten ergeben, dass sie eine schwere Gehirnerschütterung erlitten hatte. Die diversen Knochenbrüche sollten erst später – wenn sich ihr Zustand stabilisiert hatte – operiert werden, sie waren nicht lebensgefährlich. Unübersehbar waren die Prellungen und Schürfwunden in ihrem Gesicht und auf den Armen und Händen. Sie trug einen Kopfverband.

Isa Matuschek aus Mechernich hatte am 1. Juni gegen Abend den Rettungsdienst alarmiert, weil sie und ihr Mann Leo auf der Ladefläche ihres Pritschenwagens zwischen allerlei Malerwerkzeug eine verletzte Frau gefunden hatten. Leo Matuschek hatte keine Ahnung, wie die Frau dorthin gekommen war. Der Pritschenwagen hatte den ganzen Tag über auf einer Baustelle in Euskirchen gestanden.

Zwei Tage später informierte der Oberarzt die Polizeibehörde Euskirchen, weil niemand die Frau zu vermissen schien. Dem Zustand der Unbekannten nach gehe man nicht davon aus, dass sie imstande gewesen sei, in einem unbeobachteten Moment selbstständig auf die Ladefläche zu klettern, sondern nach einer Misshandlung darauf geworfen wurde. Sie sei bereits rechtsmedizinisch untersucht worden.

Die Pressestelle der Polizeibehörde Euskirchen schickte die Nachricht über die unbekannte, schwer verletzte Frau über einen internen Verteiler an alle Abteilungen. Und so gelangte die Information nicht nur in die Vermisstenabteilung, sondern auch in die Mordkommission und in die Hände der Soko Forsthaus.

Die Drehstühle der Kollegen Neugebauer und Grassi waren leer. Sie waren in Wolfgarten zum Personenschutz für Sonja Senger abgestellt und teilten sich die Wache mit zwei Schutzpolizisten. Wer keinen Dienst hatte, hatte frei.

Frieda Stein beneidete die Kollegen um den Job, denn es war ein sonnig-warmer Tag, den sie an ihrem Schreibtisch verbringen musste. Noch dazu mit einem Brummer, der schlecht gelaunt war. Sie waren alle zum Warten verdammt, die Fahndungen nach Anna Weiler und Hagen Ansberg liefen. Frieda wollte sich gern einbilden, dass dies die Ruhe vor dem Sturm sei. Die Uhr zwischen den beiden Fenstern schien langsamer zu ticken als sonst. Die Zeit wollte nicht vergehen.

Brummer schien im Internet unterwegs zu sein und nicht zu finden, was er suchte. Frieda hatte sich die Akten von Hagen Ansberg und Martin Jung kommen lassen und hoffte, darin irgendetwas zu finden, was ihr weiterhalf. Sie hatte vor, nach Feierabend ins Forsthaus zu fahren. Es ließ ihr keine Ruhe, nicht zu wissen, warum Sonja sich so lange in Schweigen gehüllt hatte. Sie konnte sich einfach keinen Reim darauf machen.

»Marien-Hospital!«, schrie Brummer plötzlich und sprang auf. Sein Drehsessel rollte zurück und knallte gegen die Wand.

Frieda fuhr hoch. »Was ist?«

»Anna Weiler!«, schrie er und schlug sich gegen die Stirn.

»He?«

»Wir haben sie!« Er langte nach seiner Lederjacke. Seine schlechte Laune war Geschichte. »Willst du nicht mitkommen?«

»Doch. Natürlich!«

Auf dem Weg ins Marien-Hospital berichtete Brummer aufgeräumt von der Mail, die die Pressestelle geschickt hatte, in der von einer schwer verletzten Frau berichtet wurde, die auf einem Pritschenwagen gefunden worden sei, der den ganzen Tag auf einer Baustelle in der Augenfelder Straße gestanden habe.

»Dann hat Ansberg sie gar nicht als Geisel genommen?«

»Offensichtlich nicht.«

»Und wo steckt er jetzt?«

»Eines nach dem anderen, Mädel.« Brummer bog auf den Parkplatz des Krankenhauses ein.

Auf der Intensivstation konnten Brummer und Frieda die unbekannte Frau eindeutig als Anna Weiler identifizieren, trotz Kopfverband, blauer Flecken und Schürfwunden. Der Oberarzt war zufrieden.

»Kann ich kurz ihre Füße sehen?«, fragte Frieda.

Der Oberarzt hob die Decke am Fußende hoch. Beide Füße waren geschient, gegipst und verbunden. Die Größe war nicht einzuschätzen.

Gemeinsam verließen sie das Zimmer, um sich im Flur weiter zu unterhalten. Der Oberarzt interessierte sich für Anna Weilers Geschichte und unterrichtete die Kommissare über seine Maßnahmen.

»Netter Mann«, flüsterte Frieda, nachdem er sich verabschiedet hatte.

»Den findest du nett?«, fragte Brummer. »Er hat uns erst nach zwei Tagen informiert!«

»Mag sein. Aber er interessiert sich für seine Patienten.«

»Quatsch, der interessiert sich nur für seine Budgets.«

»Meinst du?«

Brummer legte Frieda eine Hand auf die Schulter. »Behalte ruhig deine kindliche Naivität noch ein wenig.«

Frieda schlug seine Hand weg. Er musste jeden guten Moment schlecht machen.

»Sollten wir Anna Weiler nicht lieber bewachen lassen?«, fragte Frieda, als sie den Eingang des Krankenhauses hinter sich ließen.

»Solange sie auf der Intensivstation liegt, müssen wir keine Befürchtungen haben«, meinte Brummer, »da immer ein Pfleger oder Arzt in der Nähe ist.«

»Und danach?«

»Es wird kein Danach geben«, behauptete Brummer. Er hatte sein Auto auf dem Parkplatz entdeckt und steuerte darauf zu. »Ansberg wird bis dahin längst im

Forsthaus aufgetaucht sein, um seine sorgsam gehegte Rache zu vollenden, und dann …« Er zog mit der Handkante über seine Kehle und betätigte mit der anderen Hand den Funkschlüssel, die Blinker leuchteten kurz auf, ein Klick ging durch sein Auto. »Wir können jetzt einfach nur warten. Warten, bis Anna Weiler aufwacht und aussagt und Ansberg im Forsthaus auftaucht, warten bis zum Sanktnimmerleinstag.«

»Ich liebe Warten«, sagte Frieda und stieg ein.

»Hauptsache wir haben den Fall gelöst, ehe die EM anfängt.«

»Das Deutschlandspiel ist doch erst am 12. Juni.«

Brummer blickte sie überrascht an. »Du kennst dich aus?«

»Habe selber früher in einer Jugendmannschaft gespielt.«

»Nein! Damenfußball, was?«, grinste Brummer.

»Frauenfußball«, korrigierte Frieda ihn mit frostiger Stimme, und ehe er sich über diese Fußballvariante despektierlich äußern konnte, fragte sie: »Was wird aus Jung?«

»Keine Ahnung«, sagte Brummer und rollte vom Krankenhaus-Parkplatz. »Ist nicht unsere Baustelle.«

»Und die Matuscheks? Sollten wir sie nicht befragen? Vielleicht hat der Mann doch etwas bemerkt? Außerdem gibt es doch diese Fälle, in denen der Täter sich selbst anzeigt.«

Eine Befragung war zumindest eine Aktivität und allemal besser als zu warten.

Brummer hielt am Straßenrand und zog die Augenbrauen zu einem Strich zusammen. Er dachte nach.

Am Ende sagte er: »Na ja, wo du recht hast, hast du recht.«

»Oh«, machte Frieda erstaunt. Er gab ihr recht? Wo gab es denn so was!

Er wendete und suchte die Zufahrt zur B 266.

»Eigentlich könnte Neugebauer das machen, der wohnt schließlich in Mechernich.«

»Zurzeit wohnt er in einem Auto in Wolfgarten.«

»Richtig.«

»Wie ich Sonja kenne, wird sie Grassi und Neugebauer nachts im Forsthaus schlafen lassen«, sagte Brummer.

Vorzustellen wäre das, dachte Frieda. Sie sah die Szene vor sich. Neugebauer oder Grassi im Ohrensessel. Die Beine hoch. Leichtes Schnarchen, das Schnurren des Katers. Ruhe im Forsthaus.

»Hat sie dir gesagt, wo sie war?«

»Nein.«

Die Befragung von Isa und Leo Matuschek stellte sich nicht als reine Beschäftigungstherapie oder sinnloses Pflichtprogramm heraus, denn Leo Matuschek war eingefallen, dass er in der Augenfelder Straße mit einem Mann zusammengestoßen war, der ihm im Tordurchgang mit einem Wäschebündel unter dem Arm entgegengekommen sei. Wie der Mann ausgesehen habe, konnte er nicht beschreiben, da es im Tordurchgang kaum Tageslicht gebe und er es sehr eilig gehabt habe. Der Mann sei aggressiv gewesen.

»Er hat mich ›Arschloch‹ genannt«, sagte Matuschek vorwurfsvoll.

»War er allein?«, fragte Frieda weiter.

»Ja«, bestätigte Matuschek.

»Keine Frau war bei ihm?«

»Nein, allein war er, sag ich doch.«

»Warum hatten Sie es so eilig?«, wollte Frieda wissen.

Matuschek zuckte zusammen, als wäre er auf diese Frage nicht vorbereitet. Hilfe suchend blickte er zu seiner Frau.

»Er war spät dran«, erklärte sie. »Ich habe lange mit dem Abendessen auf ihn gewartet.«

»Genau«, bestätigte Matuschek.

»Gut«, meinte Brummer abschließend, drückte ihm seine Karte in die Hand und leierte seinen Standardsatz herunter. »Rufen Sie mich an, wenn Ihnen noch etwas einfällt.«

Isa und Leo Matuschek blickten den Kommissaren nach, als warteten sie nur darauf, wieder allein zu sein.

Der »Sanktnimmerleinstag« trat schon zwei Tage später ein. Hagen Ansberg blieb zwar dem Forsthaus weiterhin fern, aber Anna Weiler wachte auf. Sie konnte oder wollte sich an nichts erinnern. Der Oberarzt sprach von einer posttraumatischen Belastungsstörung.

Die neue Modekrankheit, dachte Frieda.

Anna Weilers Blick war nach innen gekehrt, ihre Lippen bewegten sich lautlos und sie versuchte, ihre Hände zusammenzuführen und zu falten. Sie wurde in ein Einzelzimmer auf eine Station verlegt. Zweiter Stock, Zimmer 212. Ein Schutzpolizist wurde angefordert, der neben der Tür sitzen und Wache halten sollte. Niemand durfte Anna besuchen. Die baldige Operation der Knochenbrüche wurde beschlossen.

Mit stockender Stimme verlangte Anna Weiler nach einem Seelsorger. Brummer und Frieda mussten sich damit einverstanden erklären, obwohl sie gern selbst ihr die Beichte abgenommen hätten. Als der Pastor wenig später eintraf, verzogen sich die Kommissare auf den Krankenhausflur, setzten sich auf harte Holzstühle, warteten und starrten Löcher in die Luft. Nach einer Weile kam der Pastor wieder heraus. Eine würdevolle, aber unnahbare Person von undefinierbarem Alter. Seine Haare waren weiß, aber sein Gesicht war jung. Seine Augen himmelblau und seine Zähne schief und gelb. Er gab den Kommissaren die Hand. Sie war weich und kalt.

»Sie hat die Beichte abgelegt«, sagte er mit sonorer Stimme und begleitet von Mundgeruch. Und ehe er gefragt werden konnte, was der Inhalt dieser Beichte war, sagte er: »Ich halte mich an das Beichtgeheimnis.«

»Es geht um die Aufklärung eines Mordfalles«, erinnerte Brummer ihn.

»Das ist mir bewusst.«

»Aber …«

Mit gnädigem Lächeln sagte er: »Sie werden sich gedulden müssen. Ich denke, dass sie bald eine Aussage machen wird.«

»Bald?«, fragte Brummer entsetzt.

»Es würde ihr helfen, wenn Sie ihr ihren Rosenkranz bringen lassen könnten.«

In der Augenfelder Straße öffnete Frieda Stein wenig später das Polizeisiegel und schloss die Wohnungstür auf. Der Schlüssel dazu war in Anna Weilers Jogginghose gefunden geworden, als sie ins Krankenhaus eingeliefert worden war. Frieda schaffte nicht nur den Rosenkranz, sondern auch die Bibel mit einigen Heiligenbildchen herbei, die sie zusammen mit Sonja Senger in der Schublade in Anna Weilers Wohnzimmer entdeckt hatte. Der Ehering im Nachtkästchen war nicht mehr da. Die KTU musste ihn an sich genommen haben. Einer plötzlichen Eingebung folgend kletterte Frieda auf einen Stuhl und nahm eine der Marienfiguren von der Wand. Frieda schlug sie vorsichtig in das bestickte Tuch ein, mit dem sie verhangen war.

Auf dem Bett lag noch das graue Ordenskleid.

Ein leises Klopfen kam vom Fenster her. Frieda schob die Gardine beiseite, eine Krähe flog davon. Friedas Finger blieben in einem Riss im gelblichen Stoff hängen. Sie presste die Stirn an die Glasscheibe, spähte hinaus. Eine friedliche Hinterhofszene. Rasen- und Sandflächen wechselten sich ab, einige verkümmerte Bäume und Sträucher, ein Spielplatz mit Sandkasten und Rutsche und Schaukel, überquellende Müllcontainer, Fahrräder. Niemand hielt sich im Hof auf.

Bevor sie die Wohnung verließ, sah sie noch unter die abgetretenen Schuhe, die in der Diele standen. 41 war in die Gummisohlen geprägt. Im linken Schuh steckte eine orthopädische Einlage.

Brummer und ein Schutzpolizist saßen im zweiten Stock vor Zimmer 212, die Beine lang ausgestreckt, die Köpfe einträchtig nebeneinander an die Wand gelehnt, die Augenlider geschlossen. Sie machten ein Nickerchen. Frieda schlich leise an ihnen vorbei. Wobei ihr ein ungeheuerlicher Gedanke kam: Wenn es ihr gelang, würde es auch einem anderen gelingen.

Die Vorhänge waren zugezogen, Anna Weiler schlief. Frieda wickelte die Marienfigur aus und stellte sie auf einen Tisch am Fußende, sodass Anna Weiler sie sehen musste, wenn sie die Augen aufschlug. Die Bibel legte sie griffbereit auf den Nachttisch, den Rosenkranz legte sie um die Finger der Schlafenden, die die zarte Berührung nicht bemerkte.

Danach zog sie einen Stuhl heran, setzte sich ans Krankenbett und betrachtete die Frau. Die blauen Flecken hatten die Farbe gewechselt und waren nun eher grüngelb, die Schwellungen im Gesicht waren zurückgegangen. Es kam Frieda vor, als ob ihre Augenlider zitterten. Ihr Atem ging unregelmäßig, die Lippen bewegten sich, die Beine unter der Decke zuckten. Träumte sie oder wachte sie jeden Augenblick auf?

Frieda lehnte sich zurück und griff nach der Bibel, schlug sie wahllos an einer Stelle auf. Sie wünschte, sie könnte Anna etwas daraus vorlesen, aber die Schrift war winzig und kaum lesbar. Es war zu dunkel im Zimmer, um die Buchstaben entziffern zu können. Ein Heiligenbild fiel heraus. Die Marienfigur aus Lourdes in weißem Gewand. Frieda ließ die Bibel offen in ihren Schoß sinken.

Nach einer Weile öffnete sich die Tür. Brummer steckte seinen Kopf herein. Frieda legte den Finger auf den Mund.

»Ich bin mal weg. Ich mache Mittag«, flüsterte er.

Er zog sich zurück, und Anna Weilers Augenlider öffneten sich, ihr Blick richtete sich zur Zimmerdecke.

Der Rosenkranz glitt durch ihre Hände, ganz selbstverständlich drehten die Fingerkuppen an jeder Perle. Von den Vorhängen wanderte ihr Augenmerk zum Tisch, und sie fuhr ruckartig hoch, als sie die Marienfigur entdeckte. Sie stöhnte auf, ließ sich wieder fallen und verzog ihr Gesicht vor Schmerzen. Ihr Kopf fiel zurück ins Kissen, rollte zur Seite, sodass Frieda ihr ins Gesicht blicken konnte. Aber Anna schien nur die Bibel auf dem Nachttisch zu sehen.

»Haben Sie Schmerzen?«, fragte Frieda.

»Nein«, hauchte sie.

Frieda beugte sich vor, ihr Ohr nah an Anna Weilers Mund. »Wissen Sie, wo Hagen Ansberg ist?« Sie wusste, dass sie diese Frage nicht stellen sollte, noch nicht. »Es ist dringend.«

Anna öffnete den Mund, ihre Augen bekamen einen panischen Glanz.

»Die Polizistin!«, stieß sie hervor und schloss wieder die Augen. Ihre Finger umklammerten den Rosenkranz, als wollte sie sich daran festhalten. »Ich habe …« Ihre Worte gingen in ein unverständliches Murmeln über.

Gegen 14 Uhr vertrieb eine Krankenschwester Frieda aus dem Zimmer. Der Schutzpolizist lächelte Frieda verträumt zu.

»Sie sind für die Patientin verantwortlich.« Frieda drohte ihm mit dem Finger.

»Sie können sich auf mich verlassen.« Er setzte sich aufrecht und gerade hin, presste die Lippen aufeinander und machte ein verantwortungsvolles Gesicht.

»Und wenn ich Sie hier noch einmal schlafend antreffe, können Sie sich einen Termin im OP geben lassen.«

Er klimperte erschrocken mit den Augenlidern.

Sie wandte ihm den Rücken zu und marschierte davon, damit er nicht sah, wie sie grinste. Im Aufzug lachte sie in den Spiegel.

23. Kapitel

Erstickte Schreie, scharrende Schritte, Keuchen und Ächzen.

Sonja Senger drehte sich auf ihrer Matratze auf den Rücken rieb sich die Ohren. Träumte sie?

Sie setzte sich auf. Atmete nicht. Horchte. Die Geräusche wurden deutlicher. Sie kamen nicht von unten. Sie drangen durch das Dachfenster herein, das Sonja auf Luke festgeklemmt hatte.

West lag nicht neben ihr, das war kein gutes Zeichen. Sie schlug die Bettecke zurück, zwei Schritte und sie stand am Dachfenster und drückte es auf.

Vor ihrem Garten war ein Handgemenge im Gange. Zwei Männer waren daran beteiligt. Nein, drei. Neugebauer und den Schutzpolizisten glaubte sie zu erkennen. Ihr war sofort klar, dass es sich bei dem dritten Mann nicht um Hagen Ansberg, den Gesuchten, handeln konnte. Dazu war der Mann viel zu schmächtig. Wahrscheinlich ein zudringlicher Fotograf oder Journalist oder ein Katastrophentourist.

Na warte, dachte Sonja und wählte die 110, gab flüsternd das Ereignis durch, stieg in ihre Pantoffeln, warf sich den Morgenmantel über, schnappte sich die kurze Eisenstange, die sie extra für dieses Ereignis parat gelegt hatte, sowie eine Wasserflasche aus Glas und klapperte die Stiege hinunter. Wenigstens hatte sie heute einen Schlafanzug an, bei dem Shirt und Hose zusammenpassten, dachte sie, während sie die Haustür entriegelte. Sie riss sie auf, der Bewegungsmelder knipste das Flutlicht an und erleuchtete den Vorgarten wie eine Bühne, auf der drei Männer einen nahezu lautlosen Kampf kämpften. Wie lange würde der Akt dauern? Wann fiel der Vorhang?

Wenn die Kollegen mit Blaulicht und Sirene herangeschossen kamen und die Männer trennten?

Darauf wollte Sonja Senger nicht warten. Im Schatten des Scheinwerfers stieg sie die drei ausgetretenen Steinstufen hinunter, bewaffnet mit ihrer Wasserflasche und der Eisenstange, bereit, dem Kampf ein Ende zu machen. Sie musste nur im richtigen Moment den richtigen Kopf erwischen. Das traute sie sich zu. Die Erfahrung im Hotel machte ihr Mut.

Sie schob das Gartentor auf, ein Wind fuhr ihr in die Haare und blähte den zotteligen Morgenmantel auf. Noch ein Schritt und sie riss die Arme hoch und gab einen gellenden Schrei von sich.

Das Männerbündel fiel auseinander, als hätte jemand geschossen. Neugebauer strauchelte und schlug mit hohlem Geräusch auf dem Rücken auf, der Polizist stolperte und landete auf dem Bauch.

Nur der Unbekannte richtete sich auf und erstarrte. Mit offenen Mund und schreckgeweiteten Augen blickte er in das gleißende Licht, in dem eine Figur mit wirren Haaren, weitem Mantel und ausgebreiteten Armen stand, die mit einer Wasserflasche und einer Stange herumfuchtelte. Er taumelte, stolperte rückwärts, sammelte seine Kamera ein, machte auf dem Absatz kehrt, rammte die Hacken in den Boden und rannte davon, als hätte er einen Geist gesehen. Nach wenigen Metern verschwand sein Schatten in der Dunkelheit.

Sonja ließ zufrieden die Arme sinken.

Neugebauer und Micha Dellbrück rappelten sich hoch und kamen Sonja humpelnd entgegen.

Das Blaulicht näherte sich zuckend, und die Sirenen heulten laut in der Nacht.

24. Kapitel

Ich kann nur hoffen, dass Ansberg nicht hierher kommen wird«, klagte Frieda, als Sonja Senger einen Tag später gegen Abend den Riegel aufschob, mit dem das Forsthaus von innen gesichert war.

»Aber wir warten alle sehnsüchtig auf ihn«

»Und dann?« Frieda hätte sich im Forsthaus einquartiert. Ein Wort von Sonja hätte genügt. Aber dieses Wort fiel nicht. »Was machst du dann?«

»Dafür habe ich doch Bodyguards da draußen.«

»Machst du dir keine Sorgen, dass sie nachts im Auto einschlafen könnten?«

Sonja lächelte. »Sie schlafen auch manchmal tagsüber.«

»Echt?«

Sonja nickte, zog ihr Handy aus der Jackentasche und sagte stolz. »Ich trage es jetzt immer mit mir herum.«

»Ist es auch eingeschaltet?«

»Natürlich«, sagte Sonja entrüstet.

Natürlich war das keineswegs. Alle Ex-Kollegen wussten, dass Sonja ein gespaltenes Verhältnis zu ihrem Handy hatte. Entweder hatte sie es vergessen, verlegt oder ausgeschaltet.

»Du hast keine Pistole mehr«, gab Frieda zu bedenken.

»Aber eine Eisenstange und eine Wasserflasche aus Glas griffbereit neben dem Bett. Und an der Haustür schaltet sich automatisch ein Flutlicht an, wenn man in den Radius des Bewegungsmelders kommt.«

Sonja hatte aufgerüstet, die Kollegen hatten davon berichtet. Das passte so gar nicht zu ihr, dachte Frieda. Hatte sie eine schlechte Erfahrung gemacht? Im Urlaub womöglich?

»Und ich kann jederzeit um Hilfe rufen. Neugebauer oder Grassi sind in einer Sekunde bei mir. Wir haben das geübt.«

Frieda schnupperte. Ein Duft wie in einem italienischen Restaurant zog durch den Flur. »Und wenn du das Haus verlässt und in der Gegend herumspazierst oder einkaufen gehst oder …?«

»Das mache ich zurzeit nicht. Ich schicke die Kollegen einkaufen. Sie kochen auch manchmal für mich. Heute zum Beispiel ist Grassi an der Reihe. Riechst du es nicht?«

»Doch.« Aber Frieda ließ nicht locker. »Und wenn du keine Zeit mehr hast, sie anzurufen, weil Ansberg aus dem Hinterhalt …?«

»Ach Frieda!«, rief Sonja aus und warf die Hände in die Luft. »Willst du nicht mit uns zu Abend essen?«

»Wo ist Neugebauer? Ich habe nur einen Mann draußen im Auto sitzen sehen.«

»Draußen sitzt Micha Dellbrück, ein Schutzpolizist. Komm doch erst einmal herein.«

Neugebauer hockte in der Wohnküche am gedeckten Tisch – drei Weingläser, Besteck, Servietten – und vergrub sich hinter dem *Kölner Stadt-Anzeiger.* Grassi stand mit einem karierten Küchentuch als Schürze umwickelt an den beiden Kochplatten. West hockte erwartungsvoll zu seinen Füßen.

»Wenn du einen vernünftigen Herd hättest«, rief Grassi aus. »Dann könnte ich hier ganz andere Dinge kochen. Saltimbocca oder Ossobucco.«

Sonja schob Frieda vor sich her. »Seht mal, wer uns besuchen kommt!«

Grassi fuhr herum und strahlte. Neugebauer ließ die Zeitung sinken, blickte auf und strahlte ebenfalls. West strahlte nicht, er missbilligte jede Verzögerung der Essensausgabe. Neugebauer erhob und sich und legte ein weiteres Gedeck auf.

»Eigentlich habe ich keine Zeit«, sagte Frieda unschlüssig. Sie wünschte, sie wäre allein mit Sonja und könnte mit ihr in Ruhe reden.

»Ach, komm, stell dich nicht an.« Neugebauer zog einen Stuhl vor. »Wir können eh nichts anderes tun als warten.«

»Es gibt Penne mit Butter, Sahne, Salbei!«, verkündete Grassi und schwenkte eine Pfanne, sodass eine neue verführerische Duftwolke in der Wohnküche umherwaberte. West verrenkte sich den Hals.

»Na gut.«

»Welch Ehre!«, rief Grassi und riss das Küchentuch aus dem Hosenbund.

Frieda legte eine Hand auf ihr Glas, als er ihr Rotwein einschenken wollte. »Ich muss Auto fahren.«

»Das müssen wir auch«, sagte Neugebauer leichthin und reichte Grassi sein Glas.

»Vielleicht doch ein halbes?«, fragte Grassi mit seinem umwerfenden Lächeln, nachdem er die anderen bedient hatte.

Frieda gab nach. »Einen Schluck.«

Sonja versorgte West mit einer Katzenportion, die aus fünf Nudeln ohne Sauce bestand. Sein zufriedenes Schmatzen war nicht zu überhören.

Zwischen den Kommissaren stand eine große Porzellanschüssel, randvoll mit dampfender und duftender Pasta auf dem Tisch. Grassi trug auf. Beschwingt füllte er die Teller, legte sich eine Serviette auf den Schoß und hob sein Glas. »Zum Wohl!«

Und dann stachen sie zu.

»Schmeckt gut«, sagte Frieda lahm.

Dabei war das Essen vorzüglich, kein Vergleich zu Sonjas frugaler Kochkunst. Aber die italienischen Sitten im Forsthaus machten Frieda Sorge. Da würde Ansberg leichtes Spiel haben, wenn er kam, falls er kam. Und er kam bestimmt. Hoffentlich.

»Ansberg wird nicht auftauchen, solange wir hier feiern«, erinnerte sie die Runde.

»Er kann ja später kommen«, sagte Neugebauer mit vollem Mund.

Sonja nickte lächelnd.

Ihr Zen-artiges Lächeln machte Frieda langsam nervös.

Eine Pannacotta mit frischen Erdbeeren und ein falscher Espresso, hergestellt aus Instant Nescafé, rundeten das Menü ab. Frieda tupfte sich den Mund mit der Serviette ab, schob den Stuhl zurück. »Ich muss wieder los.«

»Und ich werde Micha im Auto gleich etwas zu essen bringen«, sagte Neugebauer.

»Ich spüle«, verkündete Grassi.

»Und ich lege die Beine hoch«, sagte Sonja.

»Ruhe im Forsthaus«, ergänzte Neugebauer.

Als Sonja Friedas enttäuschten Blick bemerkte, fügte sie hinzu. »Ich bring dich hinaus.«

Sie standen sich am Gartenzaun gegenüber. Sonja mit der Hoffnung, früh ins Bett gehen zu können, Frieda mit ihrer Unruhe.

»Anna Weiler macht sich Sorgen um dich«, sagte Frieda.

»Ich mache mir Sorgen um Anna Weiler«, konterte Sonja. »Ich bin hier gut versorgt, wie du siehst.«

»Wie man es nimmt.«

»Doch, bestimmt, sie sind alle sehr zuverlässig. Und ich bin vorbereitet. Aber vor Anna Weilers Zimmer sitzt nur ein einziger Polizist.«

»Den ich eben schlafend angetroffen habe«, ergänzte Frieda.

»Genau das meine ich.«

Das Korn war gesät. Frieda kehrte zurück ins Krankenhaus. Was sollte sie auch zu Hause tun? An Schlaf war nicht zu denken. Sie hatte das Gefühl, dass heute noch etwas passierte. Warum war sie nicht selbst darauf gekommen?

Im Krankenhaus teilte ihr die Rezeptionistin mit, dass sich am Nachmittag ein Mann danach erkundigt habe, in welchem Zimmer Anna Weiler lag.

»Und Sie haben es ihm gesagt?«, rief Frieda alarmiert.

Die junge Frau nickte. »Natürlich, warum auch nicht?« Sie blickte auf einen Monitor und fügte hinzu. »Zweiter Stock, Zimmer 212. Stimmt doch, oder?

Frieda schlug mit der Hand auf die Theke. »Hat man Ihnen nicht gesagt, dass die Patientin unter Polizeischutz steht?«

Die Frau schüttelte den Kopf. »Ich vertrete hier nur. Das tut mir leid, wenn ich das gewusst hätte, hätte ich natürlich keine Auskunft gegeben.«

»Wann war das?«

»Schätze so 16 Uhr.«

»Wie sah der Mann aus?«

»Normal«, meinte die Frau. »Ich meine, unauffällig. Er war sehr höflich und hat sich bedankt und ist auch sofort wieder gegangen. Er ist nicht hoch aufs Zimmer gegangen.«

Frieda blickte sich um. »Gibt es andere Eingänge als diesen hier?«

»Nicht für Besucher. Aber es gibt natürlich die Notaufnahme und die Eingänge für das Personal. Aber …«

Frieda rannte die Treppen hoch.

Erleichtert war sie, als die den Polizisten vor Anna Weilers Krankenzimmer sitzen sah. Es war ein anderer als am Morgen. Und er schlief nicht, sondern spielte offenbar ein Spiel auf seinem Smartphone, das er sofort unterbrach, aufsprang und Friedas Ausweis sehen wollte. Er stellte sich vor.

»Reiner Schott. Ich habe …«

»Später«, unterbrach Frieda ihn atemlos und lief zum Stationszimmer. »Ich bin sofort zurück.«

25. Kapitel

8. Juni, Euskirchen, Marien-Hospital, Zimmer 212.

Der Holzstuhl neben der Tür war leer. Reiner Schott, der dort Wache schieben sollte, hatte seinen Posten verlassen. Er saß nicht weit entfernt hinter einem Pfeiler.

In Zeitlupe wurde die Türklinke heruntergedrückt. Mit einem schabenden Geräusch, so leise wie ein Atemzug. Ein Lichtkegel fiel vom Flur ins Zimmer. Ein dunkler Schatten zwängte sich durch den Türspalt. Dann wieder Dunkelheit, bis auf den gelblichen Schimmer der Außenbeleuchtung, der durch die zugezogenen Vorhänge an die Zimmerdecke fiel.

Die Patientin lag im Krankenbett auf dem Rücken und trug einen Kopfverband, der bis zum Kinn reichte. Ihr Körper malte sich unter der Decke ab. Nur ihre linke Hand lag auf der Decke und war von einem Rosenkranz umschlungen.

Begleitet von einem Luftzug glitten kaum hörbare Schritte über den Boden und näherten sich dem Bett.

Ein schwarzer Schatten beugte sich über die Frau. Atem wurde ihr ins Gesicht gestoßen, Arme breiteten sich aus wie Flügel, Schweißgeruch verströmend, Hände umfassten ihren Hals, Daumenkuppen trafen sich an ihrem Kehlkopf, hielten kurz inne, ehe sie sich ins Fleisch bohrten wie Zangen.

Keine Sekunde lang. Nicht mehr.

Dann explodierte ein Knall.

Die Tür flog auf. Das Licht ging an. Reiner Schott stürmte ins Zimmer. Mit einem Schrei sackte der schwarze Schatten auf die Frau. Schott zerrte ihn herunter, stieß ihn vom Bett, sodass er auf dem Boden aufschlug. Der Mann wand sich in Krämpfen, aus seinem Bauchraum quoll Blut. Schott stieg ungerührt über ihn.

»Alles in Ordnung?«, fragte er die Frau, die unter der blutenden Bettdecke lag.

Frieda Stein stieß die Decke von sich, setzte sich auf und starrte mit klappernden Zähnen auf ihre zitternden Beine in der schwarzen Jeans und die Stiefeletten an ihren Füßen, die auf das weiße Laken trommelten, als hätten sie einen Stromschlag abbekommen.

Mit langsamen Bewegungen nahm Schott ihr die Pistole aus der Hand und sicherte sie. Er entwirrte vorsichtig den Rosenkranz, in den sich Friedas Finger verknotet hatten, und legte ihn auf den Nachttisch. »Sie waren großartig.«

Das bezweifelte Frieda. Aber das war nun auch egal. Ohne Mitgefühl blickte sie auf den Mann am Boden, der sich vor Schmerzen krümmte und seine Hände auf seinen Bauch presste. Zwischen seinen Fingern sickerte das Blut durch. Seine Beine hatte er angezogen.

Schott riss ihm die Strumpfmaske vom Kopf.

Da war er also.

Hagen Ansberg, den Frieda bisher nur von Fotos kannte. Eine massige Gestalt, mit so wenigen hellblonden, kurz geschnittenen Haaren, dass es aussah, als hätte er eine Glatze. An seinen Füßen steckten Turnschuhe, die garantiert größer waren als 41.

Zwei Tage und zwei Nächte lang hatte Frieda auf diesen Moment gewartet. Im Krankenbett schlaflos herumgelegen, zwischen Hoffen und Bangen. Sie war kurz davor gewesen aufzugeben.

Sonja Senger hatte einen zudringlichen Eindringling vertrieben. Von diesem Auftritt sprach die ganze Polizeibehörde Euskirchen.

Jetzt hatte Frieda neuen Gesprächsstoff geliefert.

»Und was ist mit Anna Weiler?«, fragte Frieda endlich und trennte sich vom Anblick des Gesuchten.

»Oh, keine Sorge«, meinte Schott und drückte endlich auf die Notruftaste neben der Tür. »Da oben im dritten Stock ist alles in Ordnung. Habe eben mit dem Kollegen telefoniert.«

Eine Krankenschwester stürzte ins Zimmer, checkte kurz die Lage und rief einen Arzt zu Hilfe. In seinem Schlepptau war eine weitere Krankenschwester.

Ansberg wurde auf eine Trage gehoben und weggebracht. Er verfluchte alle, insbesondere die »Madonna« von Euskirchen. Frieda bekam eine Beruhigungsspritze und sank in einen Dämmerschlaf.

Als sie daraus erwachte und durch einen Spalt ihrer Augenlider blinzelte, sah sie die halbe Soko Forsthaus an ihrem Fußende stehen und hörte sie miteinander flüstern. Roggenmeier und Wesseling waren nicht da, fehlten Frieda aber nicht. So sehr sie sich auch anstrengte, sie konnte die Herren nicht verstehen, aber eines war klar, es ging um Frieda Steins Meisterstück.

Sie räusperte sich. Das Geschwätz wurde unterbrochen. Brummer trat neben sie und legte eine Hand auf ihre Hand.

»Was ist heute für ein Tag?«, fragte Frieda.

»Donnerstag, der 9. Juni. 11:15 Uhr. Wie geht es dir?«.

»Ich glaube, ich habe eine posttraumatische Belastungsstörung.«

Männliches Gekicher.

»Kannst du aufstehen?«, fragte er.

»Bestimmt. Aber ich will nicht. Ich muss mich ausruhen. Wie geht es Anna Weiler?«

»Soweit gut. Aber aufstehen kann sie nicht.«

»Muss sie auch nicht.« Frieda musterte die Herren. Sie versuchten gleichzeitig mitfühlend und aufmunternd auszusehen, heraus kam ein verlegenes Grinsen. »Und Hagen Ansberg?«

»Der kann auch nicht aufstehen.«

»Der ist fertig mit der Welt«, sagte Neugebauer stolz. »Erst Sonja, dann du.«

»Hat er gestanden?«, fragte Frieda.

»Noch nicht.«

Auch gut, dachte Frieda und kuschelte sich in die sauber duftende Bettwäsche, die während ihres Schlafes gewechselt worden war, und redete sich ein, dass jetzt alles in Ordnung sei. Sie würde am liebsten hier liegen bleiben. Für eine Weile. Für eine lange Weile. Sie hatte sich tapfer geschlagen und eine Pause verdient. Und Lob und Anerkennung. Jetzt waren die anderen mal dran. Jetzt sollten die anderen mal den Kopf hinhalten.

»Sie will mit dir reden«, hörte sie Brummer und fühlte, wie er ihre Hand tätschelte.

»Wer?«, murmelte Frieda.

»Anna Weiler.«

»Bedanken kann sie sich später.«

»Wir nehmen an, dass sie aussagen will. Sie wartet schon seit gestern, und wir finden, ehe sie es sich anders überlegt, wäre es schön, wenn du …«

»Ach nee«, seufzte Frieda und schlug die Decke zurück. »Vorher muss ich mich aber frisch machen.« Frieda schob sich an der Soko Forsthaus vorbei ins Bad. Es plätscherte und rauschte eine Weile, die Tür öffnete sich wieder, Frieda sah unverändert gut aus, wurde aber von einem medizinischen Duft umweht. »So, jetzt können wir.«

Brummer nahm ihren Arm und führte sie zur Tür.

»Viel Glück«, wünschte ihr Neugebauer.

Sie warteten vor dem Aufzug, um in den dritten Stock zu fahren, als Frieda sich die Fakten ins Gedächtnis rief. Eine Amnesie hatte sie nicht. Alles lag klar und deutlich vor ihren Augen.

»Was wirst du sie fragen?«, wollte Brummer wissen.

»Ich werde sie reden lassen.«

»Du musst das Gespräch steuern. Es ist wichtig für uns, dass sie Ansberg ganz eindeutig belastet.«

»Ich weiß, was ihr hören wollt: Ansberg hat aus Rache für ein vermeintliches Fehlurteil auf Sonja Senger geschossen. Kessenich steht ihm im Weg und muss deswegen sterben. Anna hat Ansberg dabei beobachtet. Er nimmt sie als Geisel und misshandelt sie, schlägt sie halb tot, flieht mit ihr, als ich in die Wohnung zurückkomme, wirft sie auf einen Lkw, um sich ihrer zu entledigen – oder alternativ wirft sie aus dem Fenster auf den Lkw, der zufällig unten steht – und türmt. Versucht erst Sonja umzubringen und dann Anna beziehungsweise mich. Habe ich was vergessen?«

Brummer nickte zufrieden. »Nein.« Er schob Frieda in den Aufzug. Ein seltsames Paar blickte ihnen im Spiegel grimmig entgegen.

Anna Weiler wandte nur die Augen Richtung Tür, als Frieda und Brummer das Krankenzimmer betraten. Ein Zweibettzimmer, Anna lag allein und am Fenster. Als sie Brummer erkannte, schloss sie die Augen. Das Kopfteil des Bettes war hochgestellt. Statt des Kopfverbandes trug Anna eine fest gepolsterte Halskrause. Ihre Haare waren raspelkurz geschnitten, sodass die Kopfverletzungen, Narben und Prellungen durchschimmerten.

Auf dem Besuchertisch stand die Marienfigur, die Frieda in Eile von Zimmer 212 in den dritten Stock gebracht hatte, zusammen mit den anderen religiösen Utensilien, die für Anna Weiler von Wert waren, als sie aus Sicherheitsgründen verlegt worden war.

Brummer schob einen der beiden Sessel ans Krankenbett. Frieda ließ sich darauffallen.

»Ich warte draußen«, sagte er und es war ihm anzusehen, wie schwer es ihm fiel zu gehen. Er zögerte, schien zu warten, dass ihn eine der beiden Frauen bat zu bleiben. Aber das geschah nicht.

Die Tür war endlich geschlossen, als Anna Weiler die Hände unter der Bettdecke hervorzog und faltete. Frieda legte den Rosenkranz über sie.

Anna hob ihn an die Lippen und murmelte: »Danke, dass Sie gekommen sind.«

Frieda nickte. »War ja nicht weit. Hagen Ansberg ist übrigens auch hier.«

Ein ängstlicher, flackernder Blick. »Ist ihm etwas zugestoßen?

»Einen Schuss in den Bauch hat er abbekommen.«

»Der Arme«, stöhnte Anna.

»Es ist nicht lebensgefährlich.«

»Gott sei Dank.« Anna hielt sich am Rosenkranz fest. »Ich möchte Ihnen gern alles erklären.«

»Das ist gut«, sagte Frieda und lehnte sich zurück.

»Wo soll ich anfangen?«

»Am Anfang.«

Am liebsten hätte Frieda sich in das andere Bett gelegt. Eine bleierne Müdigkeit überfiel sie. Und sie hatte das Gefühl, dass es eine lange Geschichte werden könnte.

26. Kapitel

Als ich zwölf Jahre alt war, stand für mich fest, dass ich Nonne werden wollte.« Anna Weilers Worte fielen wie Steine in den stillen Raum. »Da ist mir die Muttergottes der Blühenden Lilien erschienen. Es gibt eine Wallfahrtskirche in Barweiler. Waren Sie schon einmal dort?«

»Nein«, sagte Frieda.

»Wenn Sie einmal dort waren, werden Sie mich verstehen. Aber daraus wurde leider nichts, weil es diesen Pastoralreferenten gab, Jonas. Er behauptete, ich sei nicht würdig, ich sei unrein, voller Sünde, weil ich unkeusche Gedanken gehabt und unkeusche Handlungen an mir ausgeführt habe. Ich weiß davon nichts. Aber er muss es wissen, er hat es überprüft.« Anne unterbrach sich.

Frieda hielt den Atem an. »Hat er Sie …?«

Anna nickte mit einer winzigen Bewegung. »Stattdessen bin ich dann Altenpflegerin geworden. Das hat mir auch große Freude gemacht. Eine der Frauen, die ich betreut habe, hat mir die drei Marienfiguren vermacht, als sie auf dem Sterbebett lag. Das da auf dem Tisch ist die *Maria Immaculata.*«

Die Unbefleckte, übersetzte sich Frieda in Gedanken und fürchtete einen Vortrag.

»Die weiße Maria mit der goldenen Krone in meinem Schlafzimmer ist *Fatima*. Und die Maria im weißen Gewand mit hellblauem Kleid darunter ist die *Maria von Lourdes*. Waren Sie einmal in Lourdes?«

Frieda schüttelte den Kopf, sie hatte viele Fragen zu diesen Marien, aber die würde sie nicht stellen. Nicht jetzt.

Anna seufzte. »Altenpflege ist eine sehr schwere Arbeit. Die Schichtdienste haben mir zugesetzt. Ständig hatte ich Rückenschmerzen, nie mehr konnte ich richtig durchschlafen. Von diesen Rückenschmerzen kommt es auch, dass mein linkes Bein mir heute noch nicht immer gehorcht. 1987, da war ich erst 29 Jahre alt, wurde ich entlassen. Ich war einfach zu oft krank gewesen, war nicht mehr schnell genug, habe Fehler gemacht, weil ich immer müde war und mich nicht mehr konzentrieren konnte. Es war meine Schuld, ich mache niemandem einen Vorwurf. Erst war ich arbeitslos, dann bin ich in Hartz IV gerutscht, es ging wirklich bergab mit mir, und beinah hätte ich den roten Faden in meinem Leben ganz verloren, wenn nicht …«, Anna blickte auf die Marienfigur auf dem Krankenhaustisch am Fußende, »wenn SIE mir nicht meine Nachbarin geschickt hätte. Die alte Frau Heimann erlitt einen Schlaganfall, wurde bettlägerig und war von einem Tag auf den anderen auf Hilfe angewiesen. Des eines Leid, des anderen Glück, sage ich immer. Was der mobile Krankenpflegedienst nicht leisten konnte, habe ich übernommen. Ich habe alles für Frau Heimann gemacht, geputzt, gewaschen und gekocht. Ich habe die Einkäufe für sie erledigt und ihr Gesellschaft geleistet. Es war gut für uns beide. Ich bekam ein wenig Geld von ihr. Bald kam zu Frau Heimann eine andere bedürftige Nachbarin, die ich zufällig im Supermarkt kennenlernte. Und diese wiederum kannte einen einsamen Herrn, sodass ich schließlich den ganzen Tag unterwegs war. So war ich gut beschäftigt und verdiente ein bisschen nebenbei. Ich habe keine Eltern mehr, wissen Sie, sie sind beide früh gestorben, ich bin bei meiner Großmutter aufgewachsen, habe keine Verwandten, keine Freunde, keinen Ehemann. Dafür war nie Zeit gewesen.« Anna unterbrach sich und verlor sich in ihren Gedanken.

Frieda wollte sie gerade aufmuntern weiterzusprechen, als Anna sagte: »Und dann hat SIE dafür gesorgt, dass ich eine Anzeige in der Zeitung lese. Das war im Januar vor drei Jahren, 2013, ich weiß es noch genau. Ich war am Heiligen Abend und Silvester ganz allein gewesen. *Ehrenamtliche Hilfe für Straffällige gesucht.* Ich habe die Botschaft sofort verstanden. Ich wusste sofort, dass das nur für mich in der Zeitung stand. Auch der Seminarleiter im Vorbereitungskurs gab mir zu verstehen, dass ich genau die Richtige für diesen Ehrenamt sei. ›Wir haben auf Sie gewartet‹, hat er gesagt.« Anna lächelte bei dieser Erinnerung. »Nach der Zulassung durch das Landesjustizministerium wandte ich mich an die JVA Rheinbach. Es dauerte nicht lange und ich bekam den ersten Straffälligen zugewiesen. Am Anfang hatte ich noch große Angst, ob ich alles richtig mache, aber es war ganz einfach. Die Männer brauchten nur jemanden, der ihnen zuhörte und verstand und freundlich zu ihnen war.«

»Martin Jung war einer von ihnen?«, fragte Frieda, um den Bericht abzukürzen.

»Ja, Martin Jung auch. Ich habe ihn 2014 etwa ein halbes Jahr lang bis zu seiner Entlassung betreut. Er war mein fünfter Häftling. Er hatte wegen Betrug und Diebstahl eine Haftstrafe von dreizehn Monaten absitzen müssen. Er hatte einen Pkw gestohlen, über die Grenze nach Polen gebracht und dort verkauft. Unglücklicherweise wurde der Pkw kurze Zeit später in einen schweren Unfall verwickelt und über die Fahrgestellnummer identifiziert. Ich persönlich fand, dass Martin einfach nur Pech gehabt hatte und aus Not gehandelt hatte. Nach vielen Besuchen und Gesprächen fragte er mich, ob ein Bekannter mir ein Paket schicken dürfe, damit ich es für ihn bis zu seiner Entlassung aufbewahren könne. Einzige Bedingung, ich dürfe es nicht öffnen. Das war kein großer Liebesdienst, fand ich und sagte zu. Am Tag, als Martin entlassen wurde, verbrachten wir den Tag zusammen und schmiedeten Pläne für seine Zukunft. Am Abend fragte er mich, ob er vorerst bei mir wohnen dürfe. Ich war einverstanden, ohne lange nachzudenken.

»Sie wissen, dass das gegen die Regeln ist.«

Anna ignorierte Friedas Einwand. »Er hatte doch niemanden außer mir. Und in meiner Wohnung hat nie ein Mann gelebt. Er schlief im Wohnzimmer – nie hatte er den Versuch unternommen, mich anzufassen. Wir hatten eine gute Zeit. Eine richtige Freundschaft war das.

So eine wie ich sie nie vorher hatte. Eines Tages hat er das Paket geöffnet, eine Pistole lag drin, mit Munition. Martin hat mir erklärt, wie sie funktioniert. Ich habe sie sogar einmal in der Hand gehalten. Haben Sie sie schon gefunden?«

»Ja.«

Anna schluckte und wischte sich über die Lippen.

»Möchten Sie etwas trinken?«, fragte Frieda.

Ein Schluck Wasser tat Anna gut. »Aber von einem Tag auf den anderen verschwand Martin. Ohne ein Wort, ohne eine Vorwarnung. Sogar die Pistole ließ er bei mir zurück. Ich konnte es anfangs nicht glauben, konnte die Hoffnung nicht aufgeben, dass er zurückkommen würde. Die Zeit verging, und ich hörte nichts von ihm. Und dann dachte ich, dass ihm etwas zugestoßen sein musste. Vielleicht hatte er inzwischen aber auch wieder festen Boden unter den Füßen gewonnen und wollte deswegen nichts mehr von mir wissen. Vielleicht hatte er schon seine eigene kleine Spedition. Ich hätte ihm gern im Büro geholfen, das konnte ich mir sehr gut vorstellen, hinter einem Schreibtisch mit einem Telefon in der Hand. Ich hätte Termine gemacht und mit allen Kunden freundlich gesprochen.«

»Er ist wieder in Haft«, meldete sich Frieda zu Wort.

»Ich weiß.«

»Und er will nur mit Ihnen sprechen und mit niemandem sonst.«

»Ich weiß, aber das ist vorbei. Das mache ich nicht mehr. Tut mir leid.«

»Das kann ich gut verstehen.« Frieda blickte unauffällig auf die Uhr.

»Es dauerte eine Zeit lang, bis ich darüber hinwegkam. Aber nach etwa einem Jahr habe ich mich wieder bei der JVA Rheinbach gemeldet. Und Ende 2015 begegnete ich Hagen Ansberg. Er war das Opfer eines furchtbaren Justizirrtums. Bankraub, Geiselnahme, Totschlag hat man ihm zur Last gelegt. Den Bankraub und die Geiselnahme hat er zugegeben, da hatte er auch keine andere Wahl, aber die Geisel, die hat er nicht umgebracht. Die ist von selbst gestorben. Die Geisel war ein alter, herzkranker Mann, der einfach mitten in der Schalterhalle umgekippt war, als er die Pistole auf sich gerichtet sah. Geschossen hat Hagen erst, nachdem der Mann schon tot war. Aber niemand wollte ihm glauben. Eine Frage von Sekunden, um die der Rechtsmediziner, der Staatsanwalt und der Verteidiger stritten. Schnell waren sie sich einig und verdonnerten ihn zu dreizehn Jahren. Dreizehn Jahre, obwohl er niemanden umgebracht hat.«

»Nach zehn Jahren unternahm er einen Ausbruchsversuch«, sagte Frieda. Sie hatte Ansbergs Akte aufmerksam gelesen.

»Aber das ist doch kein Wunder«, verteidigte Anna ihn, »dass er es nach zehn Jahren nicht mehr aushielt. Leider bekam er für den Ausbruch weitere vier Jahre. Stellen Sie sich das doch nur einmal vor.« Nach einer kurzen Gedenkminute fuhr Anna fort: »Jeder Mensch kann sich ändern, finden Sie nicht? Jeder Mensch braucht eine zweite Chance. Eine persönliche Anteilnahme, einen Menschen, der für ihn da ist, keine Vorurteile hat und keine Vorwürfe macht, sondern ihn nimmt, wie er ist. Jemanden, der ihn wieder auf den rechten Weg bringt.«

»Jemanden wie Sie«, sagte Frieda, und es sollte zynisch klingen.

Aber Anna bemerkte es nicht und fuhr fort: »Ja! Genau deswegen habe ich doch dieses Ehrenamt und kein anderes übernommen. Als Hagen meinen ersten Brief erhielt, hatte er noch acht Monate vor sich. Ach, hätte ich mich doch viel früher wieder bei der JVA gemeldet. Vielleicht wäre dann alles ganz anders gekommen und ich hätte ihn umstimmen können. Jede Woche schrieb ich ihm einen Brief. Er schickte mir ein Foto von sich. Er war ein bisschen dick, aber das kam sicher von der ungesunden Gefängniskost und dem Bewegungsmangel. Blass war er auch, kein Wunder, wenn man nur eine Stunde am Tag Freigang hat. Und die wenigen Haare, die er noch hatte, waren hellblond und kurzgeschnitten. Sein trauriges Lachen, das gefiel mir besonders. Immer wenn wir uns im Besuchszimmer gegenübersaßen, kam er mir so hilflos, armselig und verlassen vor, dass ich ihm doch irgendwann meine Anschrift zusteckte.«

Frieda seufzte. »Sie wissen, dass das gegen die Regeln ist.«

»Natürlich. Das habe ich in der Ausbildung gelernt. Das war mir klar, aber …«

»Ja?«

»Ich habe mir so gewünscht, dass es dieses Mal anders wird. Für länger. Für immer. Dass er mich für immer braucht. Aber Anfang Februar drehte sich plötzlich das Blatt und er weihte mich in seinen unseligen Plan ein.«

»Seine Rache an Hauptkommissarin Sonja Senger«, ergänzte Frieda.

»Er sprach von nichts anderem mehr. Mit Beschwörungen, Bitten und Betteln versuchte ich es ihm auszureden. Er blieb dabei, schwor Stein und Bein, dass er noch am Tag seiner Entlassung die Polizistin ein für alle Mal erledigen würde. ›Ich weiß, wo sie wohnt‹, sagte er immer, und hat mir den Ort beschrieben. Hagen den Vollzugsbeamten auszuliefern, schaffte ich nicht. Dann wäre ich mir wie eine Verräterin vorgekommen. Ich suchte nach einem Ausweg. Aber im April teilte mir die JVA plötzlich mit, dass meine Hilfe nicht mehr gebraucht wurde. Von einem Tag auf den anderen. Sie haben wohl herausbekommen, dass ich ihm meine Adresse zugesteckt hatte. Aber der 13. Mai, der Tag, an dem Hagen entlassen wurde, ging mir trotzdem nicht mehr aus dem Kopf.«

Frieda richtete sich auf. Endlich war Anna Weiler dort angekommen, wo der Fall der Soko Forsthaus begann. Sie hatte befürchtet, dass Anna einsilbig sein würde und sie ihr jedes Wort aus der Nase ziehen müsste. Sie war nicht darauf gefasst gewesen, dass das Gegenteil der Fall war und Anna wie ein Wasserfall redete.

»Wussten Sie, dass die meisten Marienerscheinungen an einem 13. Mai geschehen?«, fragte Anna Weiler.

Frieda schüttelte langsam den Kopf.

»Doch, das ist so. Dieser Tag hat etwas Besonderes. Ich nahm es als Zeichen. Als Zeichen von IHR. Als Auftrag. Ich holte also die Pistole unter meinem Bett hervor und lud sie. Ich fuhr mit Zug und Bus in diesen Ort, der Wolfgarten heißt, und wartete in gebührendem Abstand vor dem letzten Haus auf dem Ziegenbendgesweg, einem Forsthaus am Waldrand, in dem die Polizistin wohnt. Den ganzen Tag trieb ich mich dort in der Gegend herum.« Anna Weiler trank noch einen Schluck Wasser.

Und Frieda hielt den Atem an. Sie war weit entfernt davon gewesen, eine Landneurotikerin zu werden. Die weiße Frau am Waldesrand hatte es wirklich gegeben. Sie hatte Anna Weiler gesehen. Das war ihre persönliche Marienerscheinung am 13. Mai gewesen. Ihr wurde mulmig bei der Erinnerung.

»Und am späten Abend ist Hagen dann endlich gekommen«, fuhr Anna fort. »Er hat sich viel Zeit gelassen. Es war schon dunkel, ich konnte ihn nicht erkennen, aber ich wusste, dass er es war. SIE hat es mir gesagt.«

»Da hat SIE sich wohl geirrt«, presste Frieda hervor.

Anna überhörte ihren Einwand. »Der erste Schuss hat den Mann gar nicht berührt, obwohl meine Hände gezittert haben. Nur das Fenster, vor dem er stand, ist in tausend Stücke zersplittert. Warum habe ich danach nicht einfach aufgehört?«

»Sagen Sie es mir.«

»Habe ich die Polizistin im Forsthaus verletzt?«, fragte Anna.

»Das haben Sie nicht.«

»Gott sei Dank. Ehe Hagen sich umdrehen und mich erkennen konnte, habe ich ein zweites Mal abgedrückt. Ich konnte die Finger einfach nicht vom Abzug lösen, als würden sie am Eisen kleben. Dieses Mal traf ihn die Kugel. Er fiel um wie ein Baum.« Anna räusperte sich.

»Haben Sie jemals vorher in Ihrem Leben geschossen?«, fragte Frieda die Meisterschützin.

»Nein!« Anne fuhr in ihrem Kissen hoch und fiel stöhnend wieder zurück. »Wie können Sie das nur denken? Als ich damals Martins Pistole in meiner Hand hielt, da wurde mir fast schlecht nur von der Berührung des kalten Eisens.«

»Was haben Sie getan, nachdem Sie ihn erschossen hatten?«

»Ich habe mich nicht getraut, in sein Gesicht zu blicken, als ich seine Taschen durchsuchte. Ich konnte es einfach nicht. Ich habe sein Handy, sein Schlüsselbund und sein Portemonnaie mit seinen Ausweispapieren an mich genommen und ihn mit aller Kraft unter das Auto geschoben, das vor dem Haus stand. Ich habe alles weggeworfen, nur nicht die Pistole und nicht das Geld. 90 Euro waren drin.«

»Sein Handy haben Sie in einem Papierkorb in den Erftauen entsorgt?«, fragte Frieda und dachte an den Jungen Felix Brandt.

Anna nickte langsam. »Die Pistole wollte ich auch wegwerfen, aber dann fiel mir ein, wenn jemand die Waffe findet, kann er damit neues Unheil anrichten. Sicherer schien mir es, sie mit nach Hause zu nehmen und dort zu verwahren, wo sie schon die ganze Zeit über gelegen hat.«

»Zum Glück«, seufzte Frieda. Nicht auszudenken, wenn Felix Brandt sie gefunden hätte.

»Ein paar Tage später sah ich das Foto des Toten. Ich ging von einer Verwechslung aus. Noch einmal ein paar Tage später wusste ich, wie er hieß. Paul Kessenich. Geglaubt habe ich es erst, als Hagen bei mir leibhaftig in der Tür stand.«

»SIE hat sich also geirrt«, wiederholte Frieda.

Anna schwieg. Es schien, als suchte sie nach einer Erklärung. Ihr Blick ruhte auf der Marienfigur. Ihre Lippen zitterten, oder sprach sie ein Gebet?

Ihre Hände umklammerten den Rosenkranz, als wollte sie sich daran festhalten. »SIE irrt nie! Ich habe mich geirrt. Ich bin schuld. Ich allein. Ich habe IHRE Stimme missverstanden.«

»Aber das würde doch bedeuten, dass …«

Anna wollte von keinem Zweifel hören und unterbrach Frieda hastig: »Er war im Schlafzimmer, als Sie und Ihr Kollege wegen der Anfrage der JVA Rheinbach bei mir waren. Ich konnte nicht frei sprechen. Als Sie weg waren, war er sehr böse auf mich. Er glaubte, ich hätte Sie gerufen. Dann hat er selbst die Polizei gerufen.«

»Er hat uns aber nicht angerufen«, sagte Frieda.

»Doch! Und Sie sind doch auch gekommen.«

Frieda schüttelte den Kopf. »Ich bin zurückgekommen, aber nicht weil Hagen Ansberg uns angerufen hat, sondern weil ich ein Geräusch in Ihrem Schlafzimmer gehört hatte.«

»Als Sie unten an der Haustür klingelten, habe ich so eine Panik bekommen, dass ich aus dem Fenster gesprungen bin.«

Frieda hielt den Atem an.

Anna blickte lächelnd zur Marienfigur. »Aber SIE hat einen Lkw unter mein Fenster gestellt.«

Wie einfach das Leben war, dachte Frieda, wenn man so einen Glauben hatte. »Der Fahrer hat Sie erst bemerkt, als er seinen Lkw bei sich zu Hause ausräumen wollte. Er hat Sie sofort hierher gebracht, die Ärzte haben sich um Sie gekümmert und Ihnen vielleicht sogar das Leben gerettet. Wenn der Fahrer und die Ärzte nicht gewesen wären, dann …«

»Aber das konnten sie doch nur tun, weil SIE vorher den Lkw unter mein Fenster gestellt hatte. SIE hat mich aufgefangen.« Anna wandte den Kopf zu Frieda und sagte mit vorwurfsvollem Blick: »Ich habe den Eindruck, Sie verstehen die Zusammenhänge nicht.«

Frieda erhob sich und schüttelte den Kopf. Es wurde Zeit für sie, dieses Krankenzimmer zu verlassen, ehe sie die Marienfigur nahm und aus dem Fenster warf.

27. Kapitel

Die Tür zum Krankenzimmer 212 flog auf. Eine Krankenschwester informierte Frieda Stein, dass die Herren Polizisten im Besprechungszimmer des Oberarztes seien. »Einen Stock tiefer, genau hier drunter.«

Dort saßen Brummer, Neugebauer und Grassi aufgereiht wie die Täubchen auf einem langen, schwarzen Ledersofa. Ohne Oberarzt.

»Anna Weiler hat auch einfach alles verkehrt gemacht, was sie verkehrt machen konnte!«, rief Frieda aus und knallte die Tür hinter sich zu. »Ich frage mich, warum sie diesen Lehrgang für Ehrenamtliche gemacht hat? Sie hat Martin Jung sogar bei sich wohnen lassen!« Sie raufte sich die Haare. »Und auch Hagen Ansberg kannte ihre Anschrift, sonst hätte nicht passieren können, was passiert ist.« Sie ließ sich auf einen schwarzen Ledersessel fallen, der den Kollegen gegenüberstand, und betrachtete deren Gesichter. Sie sahen mitgenommen aus.

»Hat sie ausgesagt?«, wollte Brummer wissen.

»Und wie! Mir fiepen noch die Ohren. Sie hat erzählt und erzählt. Ich dachte schon, sie kommt nie zu einem Ende. Aber eure These könnt ihr knicken.«

»Welche These?«, fragte Neugebauer.

Brummer verdrehte die Augen und leierte die einzelnen Positionen herunter. »Ansberg hat aus Rache Sonja Senger erschießen wollen, erschießt aber aus Versehen Kessenich, Anna beobachtet ihn dabei, er nimmt sie als Geisel und misshandelt sie, schlägt sie halb tot, flieht mit ihr, als Frieda in die Wohnung zurückkommt, wirft sie auf einen Lkw, um sich ihrer zu entledigen, und türmt, und versucht dann im Krankenhaus, Anna endgültig umzubringen.«

»Hört sich doch gut an«, bestätigte Grassi und Neugebauer nickte zufrieden dazu.

»Das könnt ihr alles vergessen.« Frieda sprang auf und lief vor den Herren auf und ab. Es war ein sehr großes Zimmer und bot reichlich Auslauf. Nach dem tagelangen, untätigen Herumliegen in einem Krankenhausbett spürte sie einen unbändigen Bewegungsdrang. Sie berichtete vom Missbrauch eines Mädchens bis zum Sprung einer erwachsenen Frau aus dem Fenster. Als sie geendet hatte, machten die Kollegen betretene Gesichter.

»Und jetzt muss ich los.«

Ehe sie sich versahen, hatte Frieda den Raum verlassen. Verdutzt blieben sie zurück.

Nach einer Weile erhob Brummer sich ächzend. »Dann hätten wir ja alles geklärt und können jetzt in Ruhe die EM gucken.«

»Sollen wir tippen?«, schlug Grassi vor.

»Um Geld spielen?«, fragte Neugebauer entsetzt.

»Nein, um ein großes Bier.«
»Oh je«, seufzte Neugebauer. »Das wird hart.«
»Stell dich nicht an«, brummte Brummer.

In der Eingangshalle des Krankenhaus lief Frieda Sonja fast in die Arme, aber sie stoppte rechtzeitig, ehe es zu einer Berührung kam und machte einen Schritt zurück. Sonja trug einen Strauß weißer Lilien in den Armen.

»Wie passend!«, stieß Frieda hervor und starrte auf die Blüten.

Sonja lächelte wieder ihr neues Zen-artiges Lächeln. »Gratuliere, du hast dir Anna Weiler und Hagen Ansberg geschnappt. Das war erste Klasse!«

Frieda verzog das Gesicht.

»Ich wollte dich zu einem Spaziergang einladen.«

»Hier in Euskirchen?«, knurrte Frieda. »Ich verzichte.«

»Nein. Bei mir in Wolfgarten. Ich könnte dich mitnehmen. Ein bisschen frische Landluft würde dir guttun. Außerdem ist dein Cello noch im Forsthaus, und West würde sich …«

»Mein Auto steht vor der Tür«, wiegelte Frieda sie ab und wollte weitergehen.

Aber Sonja nahm ihren Arm, hielt sie auf und sagte. »Dann nimm wenigstens die Blumen.«

Frieda rümpfte die Nase. »Nein. Lass mal. Sie duften mir ein bisschen zu süß.«

Sie gingen nebeneinander die Treppen hinunter und auf dem Parkplatz in verschiedene Richtungen davon.

Eine gute halbe Stunde später rollten mitten im Nationalpark Eifel zwei Autos hintereinander auf das Forsthaus am Ende der Stromleitung zu und hüllten den Hühnerwagen in eine Staubwolke. Die Hühner standen kurz vor einem Infarkt, der Hahn wusste nicht mehr ein noch aus.

Die Autos parkten nebeneinander vor dem Gartentor. Ein alter, grauer Kater saß vor der Haustür und leckte sich die Pfoten.

Danken möchte ich …

… Jan, der weiß, wie ein Smartphone funktioniert.

… Ina, die weiß, wohin man schießen muss,
damit das Opfer sofort tot ist.

… dem Künstler für seine Marginalien.